カズオ・イシグロ、沈黙の文学

Kazuo Ishiguro

原 英一
Hara Eiichi

A Pale View of Hills
An Artist of the Floating World
The Remains of the Day
The Unconsoled
When We Were Orphans
Never Let Me Go
The Buried Giant
Klara and the Sun

北烏山編集室

目次

カズオ・イシグロ、沈黙の文学

序
沈黙の語り

小説にはさまざまな語りの手法がある。ウェイン・C・ブース（一九二一－二〇〇五）は、一人称や三人称の語りや語り手を再検討する中で、「信頼できない語り手（unreliable narrator）」を定義した。この概念あるいは用語は、カズオ・イシグロ批評の中で、「記憶」と並んで、おそらく最も多用されている。二十世紀半ばに提出されたブースの議論は、一般の研究者の間にも深く浸透しているために、時には、原典を参照することもせずに、浅薄な理解だけで、安易に使っていると思われる例も散見されるほどだ。「信頼できない語り手」は、イシグロの小説を理解するための重要な手がかりにはなるのだが、迷宮とも言うべき彼の語りに踏み込むためには、いまいちど、ブースが述べていたことを振り返ってみることが有用だろう。

ブースは、一人称の語り手や彼が「非人称の語り手（impersonal narrator）」と呼ぶ三人称の語り手と、「含意された著者（implied author）」や小説の最終的読者との間に存在するさまざまな距離を論じ、次のように述べる。

> おそらく実践的批評にとっては、こうしたさまざまな種類の距離の中で最も重要なのは、誤りを犯しがちな、つまり信頼できない語り手と、その語り手を判断する際に、読者を同伴していく、含意された著者（implied author）との間のそれである。……
>
> 語り手におけるこの種の距離を表すためのわれわれの用語は、ほとんどどうしようもなく不十分である。よりよい用語群が欠如しているため、私は、語り手がその作品の基準（つまり、含意さ

れた著者の基準）と一致して語る、あるいは行動するときは、その語り手を「信頼できる」と呼び、そうでないときは「信頼できない」と呼んできた。　(Booth 158–59)

語り手の信頼性について、「含意された著者の基準」を指標とするのは、なかなか賢明である。なぜなら、ここではフィクション、すなわち虚構の世界を論じるわけなので、語り手が信頼できるか否かについて、何を基準にして判断すべきかというのは、実はかなり面倒で深い問題――「フィクションとは何か」という根本に関わってくる問題だからである。ブースの関心は、そのような、いわば哲学的な深いところではなく、現代のフィクションを成立せしめているさまざまなレトリックの記述にあった。彼は、実践的な批評（practical criticism）のために、用語体系（ターミノロジー）と諸概念を整備しようとしたのである。「含意された著者の基準」というのは、精査してみれば、かなりあいまいで、議論の余地があるものとはいえ、哲学的アポリアにはまることを避けたという意味で、賢明だった。その結果、彼の「信頼できない語り手」は、「非人称の語り手」と並んで、小説作品の語りの深奥に迫るための、きわめて実践的な概念となったのである。

語り手が意図的に嘘をつくということは、近代小説では、マーク・トウェイン（一八三五―一九一〇）の短篇「キャラベラス郡の名高き跳び蛙」（一八六五年）のような「ほら噺」などを例外とすれば、まずないのだが、語り手の語りをそのまま信じていいのか、読者が疑問を感じることは少なくない。たとえば、エミリ・ブロンテ（一八一八―四八）の『嵐が丘』（一八四七年）でのネリー・

ディーンの語り、あるいは、ヘンリー・ジェイムズ（一八四三―一九一六）の『ねじの回転』（一八九八年）での家庭教師の語りは、額面通りに受けとめられないのではないか、どこまで信頼してよいのか疑問だ、と炯眼な読者は感じるだろう。しかし、こうした信頼できない語り手の語りも、「作品の基準」と矛盾することはない。そこには語り手の背後にいる「含意された著者」の意図が作用しているからである。子供時代のデイヴィッド・コパフィールドやブースが挙げているハックルベリー・フィンの語りが信頼できないのは、彼らの無垢を前景化するためのレトリックなのである。カズオ・イシグロの小説の例を挙げれば、『日の名残り』のスティーヴンズや『クララとお日さま』のクララの場合も、彼らが事の真実を捉えられないのは、極端な視野狭窄の結果であることを、読者は容易に理解することができる。いずれにしても、「信頼できない語り手」であっても、その語りには、原則として、「含意された著者の基準」から外れない、すなわち「嘘」はないというのが、近代小説の読者が前提とするところであり、「含意された著者」が守らなければならないルールであるとも言えるだろう。

ところが、「信頼できない語り手」の中には、いわゆる「嘘」はついていないのだが、語るべきことを語らないという者もいるのだ。最も顕著な例として、アガサ・クリスティ（一八九〇―一九七六）の『ロジャー・アクロイド殺し』（一九二六年）の語り手とその語りを挙げることができる。この小説では、イギリスのとある田舎の村キングズ・アボットで発生した地元の名士、ロジャー・アクロイドが殺された事件とその犯人探索が扱われる。ミステリの古典的傑作としてあまりにも有名な作品であり、中核となるトリック自体も広く知られたものになっているので、いわゆる「ネタバレ」に配慮することなく、その内容を紹介しよう。キングズ・アボット村の開業医ジェイムズ・シェパードが語り手の「私」として書く、あるいは語る物語が、一人称小説『ロジャー・アクロイド殺し』そのものである。シェパード医師は事件についての詳細な記録を書きためている。その手記をいずれは何らかの形で出版することをぼんやりと夢想していた彼の前に、思わぬ最初の読者が現れる。それが名探偵エルキュール・ポワロだ。シェパードが事件についての記録を書いていることを知ったポワロは、俄然興味を示し、読ませてほしいと頼む。手記の出来映えに実はかなりの自信があったシェパードは、いささかためらいながらも、それまでに書きためていた原稿をそのままポワロに渡す。往診から帰宅した彼に、ポワロは読後感を次のように語る。「あなたの慎ましさを称賛します。……それから、あなたの寡黙さもね」（傍点は筆者）。ポワロによれば、相棒のヘイスティングズが書いたものには、どのページにも「私」が何度も何度も出てきて、私はこう思ったとか、私はああしたとか言うのに比べて、「あなたはご自分というものを背景に留めていらっしゃる」と褒める。

> 「非常に几帳面で正確な記述ですな」と彼は優しく言った。「あなたは全ての事実を忠実に、ただそのままに記録なさっている。もっとも、ご自分がそれらの事実にどのように関わっていたかについては、適切にも、寡黙でいらっしゃることがわかりました」　（Christie 359　傍点は筆者）

ポワロが「寡黙」という語を繰り返していることに注目すべきである。シェパードの手記は、彼が経験したことを綿密に、正確に記録したものであり、その簡潔で、出しゃばらない記述には嘘や誇張は全くない。しかし、そこに書かれていないことが、実は最も重要な部分であることをこの名探偵は見抜いたのだ。明敏な読者ポワロは、慎ましく寡黙な語り手シェパードの語りの背後に巧妙に隠蔽された、語られていないことを読み取って、事件の真相を読者の前に示していく。英語の「寡黙(reticence)」は、ラテン語の「沈黙する(reticere)」という動詞が語源である。ポワロは、冷徹な論理を駆使して、沈黙の語りの壁を引き剝がし、隠された意味を暴露していく。かくして、完璧なミステリ小説『ロジャー・アクロイド殺し』は、語られなかった空白部分が埋められ、消滅して、見事に完結する。出版当時の読者のほとんどは、一人称の語り手が常に誠実に語り、嘘はついていなかったにもかかわらず、「信頼できない、沈黙の語り手」であったことを名探偵に突きつけられて、驚愕したのであった。

ミステリではないイシグロの小説ではどうなのだろうか。イシグロの「信頼できない語り手」の代表のように扱われる『日の名残り』のスティーヴンズは、「偉大な執事」という理想に固執するあまり、眼前で展開する事象を正しく解釈することができない。そのために、一方的で偏った見方で語ることになる。しかし、彼は「含意された著者の基準」に反してはいない。読者は、過度に理想的な執事としての彼のキャラクター造形、まるで心理学でいう過剰適応の症例のような自己成型を面白がり、視野狭窄による彼の語りの歪みをほぼ常に正しく読み取ることができるからだ。チャールズ・ディケンズ（一八一二—七〇）の『リトル・ドリット』（一八五五—五七年）に登場する「執事頭（the Chief Butler）」（名づけられていないキャラクターだが、大文字で表記されるので、固有名詞同然）を思い出せば、主人であるダーリントン卿の価値観に盲目的に追従するスティーヴンズは、過去の文学に登場した執事とはかなり違っていることに気づくだろう。富豪マードル氏に仕えていた「執事頭」は、金融詐欺の破綻がばれて、主人が自殺したとき、冷たく言い放つ。「マードル様は［皆様が思っておられたような］ジェントルマンでは決してありませんでしたので、マードル様がどのようなジェントルマンらしからぬ行為をなされたとしても、私は驚きはいたしません」（*Little Dorrit*, Vol. 2, Chapter 25）。執事は主人の行動に介入はしないが、抜け目ない観察者であることが普通なのだ。イシグロのスティーヴンズにはそのような観察眼の鋭さはない。読者のほうが、彼の視野狭窄や愚かさを客観的に観察する。ところが、スティーヴンズの語りを追っていくと、ときどき、読者は、はぐらかされることがある。とくに語り手とミス・ケントンとの関係でそれが起こる。このハウスキーパーと執事の間に生まれた思慕の情はどのように形成されていったのだろうか。スティーヴンズは、自分たちの関係は純粋に「職務上（professional）のもの」であるという。しかし、忘れていたかのように、思いがけない事実が語られる。彼は、一日の終わりに、ミス・ケントンの部屋で、ココアを飲むのが習慣になっていたのである。「毎日の終わりの、彼女の部屋での会合について、おそらく少し話しておくべきでしょう」（*The Remains of the Day* 155）。仕事上の簡単な打ち合わせをしていたのだとスティーヴンズは言い訳するのだが、毎日、ココアを飲んでくつろぎながら、二人だけの時間を過ごしていたのだから、そこに私的な感情が介在していないとは考えられない。この「ココア会（cocoa sessions）」はスティーヴンズとミス・ケントンの恋愛で、重要な役割を果たしていたはずなのだ。にもかかわらず、スティーヴンズはそれについてほとんど語らない。こうして、「信頼できない」のではなく、「語らない」ことが語り手としての彼の最大の特質として浮かび上がる。彼は、クリスティのジェイムズ・シェパードと同様に、肝心なことについて寡黙な、「沈黙の語り手」なのである。

　沈黙すること、語らないことは、カズオ・イシグロの文学の大きな特徴である。イシグロ批評の先駆者の一人、バリー・ルイス（Barry Lewis）は、彼の最初の小説について、次のように述べていた。「『幽かなる丘の眺め』は、沈黙と省略と隙間だらけだ。まるで、断片が全体よりも大きいという俳句の規則に、テクストが従っているかのようだ。省かれたところが、とどめられているところと等しく重要なのである」（Lewis 37）。語り手エツコは、イギリスに住んでいる。夫のシェリンガムはすでに亡くなっているが、彼との間にニキという娘をもうけた。エツコと前夫のジロウとの間に生まれていたもう一人の娘、ケイコが自殺したところから物語が開始され、日本の長崎での生活の回想が展開する。ところが、エツコは自分について、ほとんど語ることがない。ジロウとの生活はごく表面的に描写されるだけであり、なぜ彼と別れたのか、離婚したのか死別したのか、読者には暗示すら与えられない。シェリンガムとの出逢いと再婚についても、全く語られず、そもそも彼は名前だけしか言及されないのだ。名前しか出てこないのは、自殺した娘ケイコも同様である。エツコの語る物語の中心になっているのは、友人のサチコとその娘マリコなのだが、サチコについてエツコは「決して深く知っていたわけではない」とし、そもそも二人の友情は「何年も前の夏の数週間のことにすぎなかった」(*A Pale View of Hills* 11)という。

語らない語り手は、非人称の語り手が語る『埋葬された巨人』を、さしあたっては、除外するとして、イシグロのほとんど全ての小説に主人公として現れる。エツコのほか、『浮世の画家』のオノ、『わたしを離さないで』のキャシー、『クララとお日さま』のクララなどが、顕著な「沈黙の語り手」の例である。全編に饒舌が満ちあふれているかに見える『癒やされざる者たち』は例外ではないかと思われるかもしれないが、実はそうではない。語り手のライダーは、いざというときに、何ものかの力により、強制的に沈黙を強いられるのだ。複数の興味深い箇所があるのだが、ここでは一箇所だけ引いておこう。故郷の村の小学校のクラスメートだったが、なぜか今は、ライダーが初めて訪問したヨーロッパ中央のどこかにある匿名の都市で、路面電車の車掌をしているフィオナ・ロバーツが住む団地のアパートで、彼女の友人たち、インゲとトルーデが「有名ピアニスト」ライダーについて、さまざまにあげつらう場に、本人であることをあかさないまま――「有名人」の彼の顔を見れば、友人たちはすぐに認識するだろうという期待に反して、二人とも全く無反応であったので、フィオナも彼を紹介しそこねてしまったまま――同席していた彼は、満を持して言葉を発しようとする。

私は決然として前屈みになり、私が何者かを堂々と宣言してインゲを黙らせ、その衝撃が部屋に染みわたる間、再びそっくり返るつもりだった。残念なことに、この介入に大いに力を込めたにもかかわらず、出てきたのは、首をちょっと絞められたみたいなフガッという音だけだった。その音は、しかしながら、インゲのおしゃべりを止め、三人の女性たちをふり返らせて、私を凝視させるに十分なくらい大きかった。

（*The Unconsoled* 239）

いくらがんばっても「フガッ、フガッ（grunt）」しか発することができないライダーは、フィオナの友人たちからますます軽蔑されてしまう（この小説の顕著なコメディ性については、本書第三章で詳しく論じる）。彼が突然に失語症の発作に襲われるのはなぜなのか、ここだけを見れば、理解に苦しむのだが、この小説では、果てしなく繰り返される饒舌の中身が常に空虚であることを考慮すると、必然であると納得することになる。空虚な饒舌は、語らないことと本質は変わらず、より深い沈黙と言ってもいい。実質を伴う言辞を発しようとしたライダーは、ブースの言葉を借りれば、「含意された著者の基準」から外れそうになったために、むりやり沈黙させられてしまうのだ。

「沈黙の語り」に満ちているイシグロの小説は、何を語っているのだろうか。語らない語りは、何かをたしかに語ってもいる。しかも、「沈黙」は、イシグロの創作活動全体を通じて常に支配的なのである。沈黙によって語られていることは、もちろん、「アクロイド殺し」の真相のように、明快に提示できるものではないだろう。語らずに語る、沈黙によって語るという矛盾の構造を解き明かすためには、『幽かなる丘の眺め』から『クララとお日さま』までの、イシグロがこれまでに発表した全ての長編を全体として、総体として検討しなければならない。そうすることで、それぞれの長編に隠された「真相」が、明らかになるだろう。そればかりではない。イシグロの全ての長編の背後に共通して見え隠れしていたものが、初めてその全貌を顕すことになるだろう。

シンシア・ウォン（Cynthia F. Wong）が「作家とその仕事（Writers and Their Work）」シリーズに書いたイシグロ入門は、すでに三版を重ねているが、そこで次のように述べていた。

どんなときにも自分の感情を口に出すというのは、これら［イシグロの］語り手たちにとって、柄に合わない（out of character）ことなのである。なぜなら、沈黙することは、彼らが結果的に発する言葉と同じ程度に、彼らの物語の一つの面なのだから。「人々はその構築物によって現実に対処する」と、ポストモダニズム批評家のイーハブ・ハッサンは書いており、そのような構築物の一つの形としての沈黙が、「通常のディスコースが意味の重荷を支えられなくなったとき、精神の極限状態――空虚、狂気、憤慨、エクスタシー、秘儀的恍惚――を満たす」のである。

（Wong 15–16）

ウォンは、語り手と語りを読者がどう受容するかという「読者反応批評」という、いささか古風な手法とポストモダニズム批評とをツールとして縦横に駆使しながら、イシグロの小説について、入門的な文章とはいえ示唆に富む論を展開している。しかし、「沈黙の語り」を軸として、イシグロの八篇の長編全体を論じることはしなかった。

かつて、村上春樹は、イシグロの文学について、次のように述べた。

イシグロにはある種のヴィジョン、マスター・プランがあり、それが彼の作品を形作る――彼が書く新作小説の一つ一つは、このより大きなマクロ・ナラティヴ（macro-narrative）構築に向けての新たな一歩なのである。（Murakami viii）

誠に卓越した洞察である。「沈黙の文学」は、語られない部分があまりに大きくなって、読者の把握力を越えてしまうと、作品そのものと乖離した議論を生み出してしまう。『浮世の画家』を俎上にあげて日本の戦争責任を論じたり、『日の名残り』とスエズ動乱（第二次中東戦争）を関連付けたり、『わたしを離さないで』をクローン技術に関わる生命倫理問題をテーマとして解釈したりすることを誤読とは言わない。イシグロの小説は、沈黙の部分が大きいために、多種多様な解釈を許容するからだ。しかし、その書かれない部分に切り込み、なぜ語らないのか、なぜ沈黙しているのかを根底から問い直さなければ、小説家として彼が成し遂げてきたことを正当に扱うことができないことも間違いない。個々の作品の読みにこだわってしまうと、それは困難になる。一方では、作者の描こうとするものが十分に表現されているのか、疑問を抱かざるを得ない作品もある。イシグロの最新作『クララとお日さま』は、その最たる例である。語り手クララの視野があまりにも限定されているため、沈黙の領域があまりに広大であるために、彼女の語りの背景にある大きな、不気味なものを表現しきれなかったと判断してもよいのではないだろうか。しかし、これまでに発表された八篇の長編小説を、全体として、一つのマクロ・ナラティヴとして捉えるならば、その部分部分の持つ意味は、明瞭になってくる。イシグロの「沈黙の文学」が語っている巨大なテーマもまた、その全貌を示すことになるだろう。

本書では、発表年代順に彼の長編小説を「沈黙の文学」として論じていくが、その際には、イシグロ文学の総体が形成するマクロ・ナラティヴを常に念頭に置いている。個々の作品の議論を通じて、このマクロ・ナラティヴは、次第にくっきりとした輪郭を備えた姿を見せてくることだろう。

＊＊＊

本書での英語テクストの引用は、全て拙訳による。

本書では、カズオ・イシグロの小説に登場する日本人名は全てカタカナとしている。イシグロの最初の小説の翻訳者である小野寺健（一九三一―二〇一八）は、日本人名の漢字表記について、『遠い山なみの光』の「あとがき」で、次のように述べていた。

初めは、作者がほとんど日本語を読めない以上、人名はカタカナ書きにしようと考えたのだが、思いがけず作者から、ある人物の名にある漢字は避けて欲しいという連絡があって、漢字表記を予想していることが分かり、そのほうが自然で人物に現実感が出るとも思っていたので、漢字表記に踏み切った。そしてそのばあい、音を読みちがえる恐れがなく、その音にとってなるべく一般的な表記を用いることにした。景子のように、左右対称の文字にしたようなものもある。例外は佐知子と万里子で、この個性的な二人には少しは目立つ文字をえらんだ。

（「訳者あとがき——カズオ・イシグロの薄明の世界」）

一般読者向けの翻訳での小野寺の判断は、至極妥当なものである。本書で日本人名を全てカタカナ表記としているのは、イシグロの原テクストに可能なかぎり忠実でありたいという考えによる。イシグロの長編作品とノーベル文学賞受賞記念講演のタイトルの日本語表記については、既存の邦訳と同じものを採用している場合もあるが、原則として筆者独自の訳としている。以下、リストにして示す。

『幽(かす)かなる丘の眺め』*A Pale View of Hills*
小野寺健（訳）『女たちの遠い夏』（筑摩書房）
小野寺健（訳）『遠い山なみの光』（早川書房）

『浮世の画家』*An Artist of the Floating World*
飛田茂雄（訳）『浮世の画家』（中央公論社・早川書房）
『日の名残り』*The Remains of the Day*
土屋政雄（訳）『日の名残り』（中央公論社・早川書房）
『癒やされざる者たち』*The Unconsoled*
古賀林幸（訳）『充たされざる者』（中央公論社・早川書房）
『わたしたちが孤児だったころ』*When We Were Orphans*
入江真佐子（訳）『わたしたちが孤児だったころ』（早川書房）
『わたしを離さないで』*Never Let Me Go*
土屋政雄（訳）『わたしを離さないで』（早川書房）
『埋葬された巨人』*The Buried Giant*
土屋政雄（訳）『忘れられた巨人』（早川書房）

『ぼくの二十世紀の黄昏、およびその他いくつかの小さなブレイクスルー　ノーベル文学賞受賞記念講演』*My Twentieth Century Evening and Other Small Breakthroughs: The Nobel Lecture*
土屋政雄（訳）『特急二十世紀の夜と、いくつかの小さなブレークスルー　ノーベル文学賞受賞記念講演』★（早川書房）

『クララとお日さま』*Klara and the Sun*
土屋政雄（訳）『クララとお日さま』（早川書房）

★　イシグロはこの講演の中で、二〇〇一年のある晩、ハワード・ホークス（Howard Hawks）監督のコメディ映画『特急二十世紀号（*Twentieth Century*）』（一九三四年）を自宅で鑑賞したことを述べている。このタイトルは、映画の舞台となるシカゴとニューヨークを結ぶ特急列車の名称。講演の全体では、イシグロが過ぎ去ったばかりの二十世紀を念頭に置いていることは明らかで、この講演タイトルは、いかにもイシグロらしい韜晦である。

第一章 『幽かなる丘の眺め』『浮世の画家』

——省筆と偸聞

I イシグロと日本

二〇一八年に出版された論文集『カズオ・イシグロ『わたしを離さないで』を読む――ケアからホロコーストまで』の「まえがき」で、編者の田尻芳樹氏が、二〇一四年に、自身が主催する国際イシグロ・シンポジウムが開催されたときのことを述べている。海外から六名の発表者が参加したのだが、彼らはイシグロと日本の芸術とを結びつけた日本人の発表に「まったく関心を示さなかった」だけではなく、「イシグロと日本」は、彼らにとって、「問題ですらないようであった」。田尻氏としては、「イシグロを、特に日本を舞台にした最初の二作品を、日本人ならこう読むという視点を、海外の研究者、読者に知ってもらいたいという気持を捨てることができない」ので、これは非常に不本意な「すれ違い」であった（田尻・三村 一〇頁）。

このようなことが起こったのは、意外ではない。イシグロは、二十一世紀初頭には、『日の名残り』以降の作品が高く評価される作家となり、日本とかイギリスとかいうローカルな視座からではない議論の対象となっていたのだから、いまさら日本人が彼をどう読むかということなど、海外の研究者から見れば、些末なことでしかなく、関心を持てるはずはなかったのだ。田尻氏は、その後も「イシグロと日本」にこだわり、「古い革袋にできるだけ新しい酒を盛る」ことを狙いとして（田尻・秦 一八頁）、論文集『カズオ・イシグロと日本――幽霊から戦争責任まで』（二〇二〇年）を、秦邦生氏と共に、編集し、出版した。そこには、田尻氏による戦争責任についての論考のほか、テキサス大学ハリー・ランサム・センター（Harry Ransom Center, University of Texas at Austin）のイシグロ・アーカイヴに収められた資料に基づいて、「イシグロと日本」に新たな光を当てた二篇の論考などが収録されている。この論文集が英語で刊行されていれば、ある程度の影響を世界のイシグロ批評に与えることもできていたかもしれない。それでもなお、「イシグロと日本」に広い関心を集めることはできなかっただろう。それは、このテーマをめぐる議論が、日本と直接に関わる内容を持った初期の二作品、『幽かなる丘の眺め』と『浮世の画家』に集中していて、イシグロがこれまでに発表した全ての作品に――日本を舞台としない作品がほとんどとなった――適用できる視点としての「イシグロと日本」が、未だに存在しないからなのである。

しかし、「イシグロと日本」という「古い革袋」には、イシグロの作品全体を理解する上で大きな手がかりとなる残滓、可能性が残されている。実際、『幽かなる丘の眺め』と『浮世の画家』を日本人が読むと、完璧でイディオマティックな英語で書かれているにもかかわらず、内容的には近代日本小説の古典、たとえば夏目漱石、川端康成、谷崎潤一郎の作品を強く想起させるものが感じられる。五歳でイギリスに渡ったイシグロは、日本の文化的環境の外にあったのだから、彼の作品を安易に日本の文学・文化に引き寄せて解釈することには、慎重でなければならない。それでもなお、われわれ日本人読者には、彼の小説には「日本文学の血脈」と呼ぶべきものが生きているように感じられるのだ。その血脈は、初期の二作品、『幽かなる丘の眺め』と『浮世の画家』、さらに、日本人が登場する『わたしたちが孤児だったころ』ばかりではなく、日本とは隔絶されているように見える『日の名残り』『癒やされざる者たち』『わたしを離さないで』『埋葬された巨人』『クララとお日さま』にすら、感じとることができる。それは作者自身も意識することがなく、日本人にしか、少なくとも直感的には、知覚できないものかもしれない。その血脈を、漠然とした感覚としてではなく、明瞭な形で言語化することができれば、「イシグロと日本」という、狭く、陳腐な枠組みを超越して、彼が創造してきた文学が持つ深遠な意義が浮かび上がってくるのではないだろうか。

本章では、初期の二作品を取り上げて、イシグロ独特の「沈黙」「語らない語り」を分析して、それが表す「日本文学の血脈」との関係を解明してみよう。

Ⅱ 『山の音』と『幽かなる丘の眺め』

イシグロと日本を比較研究する際には、日本国内・国外を問わず、小津安二郎や成瀬巳喜男の映画との関係が取り上げられる場合が多い。一方で、日本文学と比較する批評、研究は意外に少ない。その中で、荘中孝之氏は、その著書『カズオ・イシグロ――〈日本〉と〈イギリス〉の間から』（二〇一一年）において、『幽かなる丘の眺め』と川端康成の『山の音』（一九五四年）を並列して、興味深い分析を行っている。イシグロは、川端の作品としては――『幽かなる丘の眺め』執筆の段階では――『雪国』（一九四八年）を英訳で読んでいるだけであり、『山の音』を読んではいない、少なくとも読んだという証拠はない。しかし、荘中氏は、「ここで検証したいのは……この作品からイシグロが何らかの影響を受けたという可能性であり、また何よりも両者を対比することによって、イシグロの作品解釈に寄与する部分が必ずやあると思われる」(荘中　四二頁)として、二篇の小説の時代設定、登場人物の名前、彼らが置かれた状況や相互の関係などに顕著な相似性があることを指摘している。その議論は、おおむね妥当なものと言ってよいだろう。しかし、二つの作品を並列して見たときに、最も重要な類似は、荘中氏が考察していないところにある。それは、両作品ともに、最も肝心なと読者には思われることについて、すなわち、『幽かなる丘の眺め』では原爆について、『山の音』では「山の音」について、説明しないこと、語らないことである。

『山の音』では、主人公の信吾が「山の音」を聞く場面は、次のように書かれている。


八月の十日前だが、虫が鳴いている。

木の葉から木の葉へ夜露の落ちるらしい音も聞える。

そうして、ふと信吾に山の音が聞えた。

風はない。月は満月に近く明るいが、しめっぽい夜気で、小山の上を描く木々の輪郭はぼやけている。しかし風に動いてはいない。

信吾のいる廊下の下のしだの葉も動いていない。

鎌倉のいわゆる谷の奥で、波が聞える夜もあるから、信吾は海の音かと疑ったが、やはり山の音だった。

遠い風の音に似ているが、地鳴りとでもいう深い底力があった。自分の頭のなかに聞えるようでもあるので、信吾は耳鳴りかと思って、頭を振ってみた。

音はやんだ。

音がやんだ後で、信吾ははじめて恐怖におそわれた。死期を告知されたのではないかと寒けがした。

風の音か、海の音か、耳鳴りかと、信吾は冷静に考えたつもりだったが、そんな音などしなかったのではないかと思われた。しかし確かに山の音は聞えていた。

魔が通りかかって山を鳴らして行ったかのようであった。

（川端　一一―一二頁）

八月初めの弱々しい虫の声と夜露の落ちる音が、静寂をかえって深めている中、不気味な山の音が信吾の耳に響く。遠い潮騒でもなく、風の音でもなく、耳鳴りでもない。それは「山の音」としか表現できないものだ。信吾のみならず、読者の不安をかきたてる鮮烈なパッセージである。タイトルにしているのだから、川端は、これがこの小説の核であることを明示している。しかし、「山の音」が響くのは小説の冒頭に近い、ここ一箇所のみであり、その後に、その音の意味が解き明かされることは一切ないまま、小説は完結する。老境にある信吾に確実に近づいている死を表すものかもしれないのだが、そのような、いわば単純素朴な予兆というものではおさまらない深い響きを持ち、音がやんだ後でも長い余韻を残す。この「山の音」はいったい何か。

ここで、マサオ・ミヨシ（三好将夫　一九二八―二〇〇九）の日本近代小説論を参照してみることにしよう。ミヨシは、東京大学英文科を卒業後、ニューヨーク大学で博士号を取得した。その後、カリフォルニア大学バークレー校、サンディエゴ校教授を長く務めた。きわめて意欲的なヴィクトリア朝文学論『分裂した自己――ヴィクトリア朝文学の展望（*The Divided Self: A Perspective on the Literature of the Victorians*）』（一九六九年）を最初に出版したが、その後は、日米文化交流史の研究を中心に行った。二冊目の著書『沈黙の共犯者たち――近代日本小説（*Accomplices of Silence: The Modern Japanese Novel*）』（一九七四年）において、ミヨシは、明治以降の近代日本小説について、二葉亭四迷、夏目漱石、森鷗外、太宰治、川端康成、三島由紀夫を取り上げ、英米の文学研究者や一般読者向けに、その特徴を詳細に解説している。俳句に代表されるように、日本の文学では、語られる部分よりも語られない部分が、つまり「沈黙」こそが、重要である。その日本的特質が、明治以降の西欧文化との衝突で生まれた新しい文学形式である「小説」にどのような形で継承され、変容していったのかが中心テーマとして論じられている。ミヨシは川端の『山の音』の、先に引用した部分を取り上げて、次のように論じている。

……不気味な山の音を、われわれが信吾を通して聞き始めるにつれて、その人物とその存在が透明に近づいていく。この月光に照らされた現実の中で、信吾自身は、実は、確たる実体があるわけではない。むしろ重要なのは、彼がその周囲に広がっている広大な世界を手に届くものにするという補助的な役割を果たしていることなのだ。信吾にとっても、川端にとっても、人間とその行為の周囲にある世界の大きな外縁が存在し、人間の語りとこの小説の言語にもかかわらず、無傷のままの広大な沈黙の領域が存在しているという意識こそが彼の精神に強烈に充満しているのだ。（Miyoshi 118　傍線は筆者）

「山の音」が「広大な沈黙の領域（the large area of silence）」を表すものだというミヨシの洞察は、明治以降の日本近代小説を英米の小説と対比することによって得られた。彼は、日本の文化には「言語化されたものに対する、典型的に日本的な嫌悪」があることを指摘する。日本では「寡黙であるほうが雄弁であるよりも報われるのが社会規範になっている。……芸術においても、明晰であるよりは、沈黙という、より精妙な芸術が評価される」。その結果、「日本語で書くということは、常にある種の挑戦のようなものだといっても過言ではない。……話そうとする者、書こうとする者を沈黙がいざない、誘惑するのみならず、実際、社会全体を通じて、強力な強制力となっているのだ」（Miyoshi 15）。明治期に、ときとして過剰なまでに饒舌な「小説」という新しい文学ジャンルが西欧から輸入されたとき、寡黙であることが、あるいは沈黙すらが、美徳とされる文化に育まれてきた言語芸術は、大きな挑戦を受けたのであった。二葉亭四迷、夏目漱石、森鷗外、太宰治、川端康成、三島由紀夫ら、日本の近代小説家たちは、この挑戦を受けとめつつ、「語らないことにより語る、語ることができないことを語る」という伝統を新しいジャンルの中に溶け込ませていった。川端の『山の音』は、それを典型的に示す作品なのである。

山本健吉は、『山の音』の「解説」(末尾に「昭和三十二年四月」とある)の冒頭で、この作品は「戦後の日本文学の最高峰に位するものである」と述べた(山本 三八二頁)。山本の評価がどのような意味なのかは、必ずしも判然としないが、ここでは「戦後」に注目すべきだろう。すなわち、未曾有の大戦を、そしてその敗戦を経験した後の日本の文学として、川端の作品は捉えられなければならない。ところが、一九四九年に、第一章となる「山の音」が、『改造文藝』に短篇として発表されてから、一九五四年に最終章となる「鳩の音」(単行本では「秋の魚」と改題)が『オール讀物』に掲載されるまで、終戦(敗戦)直後の時期に執筆された作品でありながら、『山の音』の全体には戦争の影は薄い。老境に至った主人公、信吾と息子の嫁、菊子との淡い交流、信吾の回想の中に描かれる早世した美しい義理の姉のことなどが前景化され、淡々とした筆致で語られていく。もちろん、さまざまな箇所に、終戦直後の時代の世相は表れている。信吾の息子、修一は出征し、「心の負傷兵」(一六八頁)として復員した。道徳的に退廃した修一の不倫相手の絹子は、戦争未亡人である。空襲についての言及も数カ所ある。印象的なのは次の場面だ。まだ赤ん坊の孫、国子が、低空飛行してきたアメリカ軍の飛行機の音に驚く。戦後なのだから、それは占領軍の軍用機であっても、空襲ではない。しかし、信吾の脳裡には、「赤んぼが飛行機に撃たれて、惨死している」という、ほんの数年前には「現実に数知れずあった」凄惨な光景の「写真」が浮かぶ(二三七―三八頁)。この一節は、「山の音」のパッセージよりもさらに短く、ほとんど一刹那で終わる。しかし、川端独特の研ぎすまされた描写は鮮烈であり、読者ははっとさせられる。淡々とした物語の中に、決して語数を費やして表現されないとはいえ、「戦争」が消しがたく刻印されていること、この小説が「戦後文学」、つまり戦争を経なければありえなかった作品であることは、やはり確かなのだ。「山の音」は、信吾に自分の「死期を告知されたのではないか」という恐怖を与えるのだが、つい最近終わったばかりの未曾有の大戦を示すイメージであるかのように、どこまでも余韻を引いていく。ここで注意すべきは、イシグロの小説でもそうなのだが、「山の音」が指し示すものを同定しようとするのは、無意味だということである。「音」でありながら、それは、常に作品の背後にある「広大な沈黙の領域」を示唆している。その「沈黙」を、語り得ないものを、語らないことによって語り，表現することが、川端の戦略というべきものであり、それは、川端のみならず、日本近代小説の根幹なのである。

『山の音』を読んでいないイシグロは、「沈黙」を通して何か巨大なものを語ること、「語らないで語る」という日本近代小説の伝統を、あたかも自然に身につけていたかのようである。彼は『幽かなる丘の眺め』で、長崎の原爆については、ほぼ沈黙し、語っていない。バリー・ルイスは、この小説で「最も重要な沈黙は、第二次大戦の終わりでの長崎をめぐるものである」とし（Lewis 37）、原爆が「驚くべき不在」（39）であると述べた。しかし、原爆、そして戦争が、この小説に基調音として常に響いているのは、否定できない。イシグロが舞台を長崎に設定したのは、そこが生まれ故郷であることが最大の理由かもしれないが、同時に「ナガサキ」が、イギリスの読者にとっても、ただちに原爆と連想されるということがあったのだろう。ところが、『幽かなる丘の眺め』のテクストでは、原爆の惨禍は、直接描写されることはない。原爆に関する最も長い言及は、エツコが義父のオガタさん(Ogata-San)と、「観光客のように」、平和公園に見物に出かけるところなのだが、そこではオガタさんは平和祈念像の絵葉書を買い、エツコはその像が「交通整理の警察官」のようだと思う。

私はいつも、その像の外観がかなり不格好だと感じていて、爆弾が落ちたあの日と、その後に続いたおそろしい日々とそれとを結びつけることは、どうしてもできなかった。遠くから見ると、その像はほとんどコミカルで、交通整理をしている警察官みたいだった。それは、私にとっては、彫像以外の何ものでもなかったし、長崎のたいていの人たちは、それを何らかの態度を示すものとして評価しているらしかったけれども、一般的な感想は、私のそれとあまり違わなかったのではないだろうか。そして、今日、長崎のあの大きな白い像をふと思い出すと、あの日の朝、オガタさんと平和公園に行ったことと彼が購入した絵葉書に関わることばかりが浮かんでくるようなのだ。(137–38)

絵葉書になった平和祈念像が示すのは、観光地と化した長崎であり、原爆で瓦礫となった長崎はすでに遠くなっている。しかし、原爆あるいは戦争は、小説全体に影を落としている。戦争がなかったら、エツコは異なる人生を歩んだはずだし、ケイコの自殺もなかったかもしれない。エツコのダブルとみなし得る友だちのサチコは、フランクというアメリカ兵と関係を持ち、娘のマリコと共にアメリカに渡ることを望んでいる。その二人の悲劇にもまた、戦争が決定的に関与している。『幽かなる丘の眺め』の精妙で、繊細な語りの背後に戦争あるいは原爆が、語られない沈黙の領域として広がっているために、この小説は深い含蓄を獲得することになった。

Ⅲ 川辺の亡霊

イシグロが常に扱ってきた主たるテーマあるいはモチーフの一つは、記憶である。彼の作品中の記憶や語り手による記憶の操作については、先行批評でも、マシュー・ビーダム（Matthew Beedham）、ヴォイチェフ・ドロング（Wojciech Drag）、ユージン・テオ（Yugin Teo）、シンシア・ウォンなどにより、さまざまに論じられてきた。『幽かなる丘の眺め』も、イギリスに渡って長年暮らしていたエツコが回想する過去の記憶の物語となっている。一般的に言って、記憶というものがあてにならないこと、信頼できないものであることは、誰でも経験上知っている。エツコは、このように語る。

どうやら、記憶というものは、信頼できない（unreliable）こともあるように、私には思われる。しばしば、人がどういう状況下で思い出すのかによって、記憶は濃く色づけられてしまうものであり、それは、私がここにかき集めた思い出のいくつかにもあてはまることは、疑いない。(156)

記憶そのものが信頼できないものである以上、記憶を語ろうとするエツコが信頼できない語り手であるのは、必然なのである。実際、エツコはサチコ母子との一夏の交流を語っていくのだが、その年代を同定しようとすると、読者は、日本の戦後史あるいは長崎の戦後史をある程度知っている日本人読者はとくに、戸惑わされることになる。イシグロは、時代のさまざまな動きに言及するのだが、小説の内部に設定された時間とそれら歴史指標との間には、かなりのずれが生じている。物語の時点は、エツコがオガタさんと見物に行った平和祈念像の完成が一九五五年だから、その数年後なのだろうか。小説のタイトルとなっている「幽かなる丘」の丘とは、エツコが「私のアパートから見える丘は、イナサのことで」(102)と言っているように、長崎郊外の稲佐山を指しており、エツコがサチコ母子とケーブルカーでそこに登る場面がある(第七章)。長崎ロープウェイが開通したのは、平井杏子氏の『カズオ・イシグロの長崎』(二〇一八年)によれば、一九五九年(平井 八六頁)。ところが、一九五〇年に勃発した朝鮮戦争への言及があり、「アメリカ兵がうようよいた」(11)という。サチコが戦争未亡人であるらしく、アメリカ兵の愛人がいることを考慮すると、一九五一年のサンフランシスコ平和条約締結の前の占領時代のようでもあることは、「新聞には占領が終わるという記事が載っていた」(99)という言及に示されている。

このような、ささいな、とはいえ、最大で十年近くの幅のある時間のずれ、平井氏が「時代のくいちがい」と呼ぶ時間のずれは(平井 八五―八六頁)、イシグロが厳密に故郷の歴史を調べたわけではないこと、というか、そもそも細かな時間軸の設定には関心がなかったことの表れだろう。エツコの記憶と同じように、ここに提示される長崎の歴史が信頼できないことは、彼の創作意図の根幹部分が、年代の特定などとは無縁なところにあることを示している。その根幹部分とは、エツコの「語りの現在」における「過去の記憶」である。

エツコと夫は長崎の中心部から路面電車で少し行ったところにあるアパートに住んでいた。近くには川が流れていて、戦前、その川のほとりには小さな集落があったが、原爆が全てを焼き尽くしてしまった。復興が始まって、四棟の新しいアパートが建設された。そこと川との間には数エーカー（数千坪）というかなり広い荒れ地（wasteground）が未開発のまま残されていた。その荒れ地の端、ほとんど川縁のところに一軒の木造家屋があり、そこに引っ越してきたのがサチコとその娘マリコだった。戦後に建てられた近代的なアパート群とこのポツンと離れた木造家屋の対照は、かなり象徴的である。妊娠三ヶ月か四ヶ月のエツコと夫のジロウは、勤務先の会社が社員用に借り上げたアパートに住み、住民たちの多くは、狭さと夏場の暑さ、荒れ地に発生する大量の蚊に悩まされつつも、新しく近代的な住居に満足している。しかも、ここは仮の住まいであり、やがてもっといい所に引っ越すことになるだろうという雰囲気が漂っていた(12)。急速に復興して未来に向かい、高度経済成長の予感が早くも感じられる中で、広大な荒れ地の川辺に残された一軒家は、歴史の流れに置いて行かれてしまった、過去の遺物であるかのようである。

その家に移り住んできたサチコと娘のマリコは、エツコと違って、急速に過去になりつつある戦争の影を色濃く残している。それを最も具体的に示すのが、マリコが見る亡霊である。サチコの家でエツコは、マリコが子を孕んだ猫を撫でているところに出逢う。

「どうして子猫をもらってくれないの？」と、その子は言った。「あの別な女の人は一匹もらうって言った」

「そうね、マリコさん。その女の人って誰のこと？」

「あの別な女の人。川向こうから来た女の人。その人が一匹もらうって言った」

「でも、あそこには誰も住んでいないと思うわよ、マリコさん。あっち側には林や森しかないもの」

「その人はあたしを家に連れて行ってくれるって言った。川向こうに住んでるの。あたし、一緒に行かなかった」(18)

この女はマリコだけに見えるものらしい。サチコの説明によれば、その女は完全にマリコの空想の産物というわけではなく、戦争中、マリコがもうすぐ六歳になる頃に、一度だけ会った女だという。二人が東京に住んでいた頃、空襲下の東京は悲惨な状況にあった。マリコはいろいろ怖ろしいものを見たのだが、こんなことがあったとサチコが語る。理由もなく突然走り出したマリコを追っていくと、路地の突き当たりの掘り割りのところに、肘まで水に浸かった若い、とても痩せた女がひざまずいていた。

「私には何かおかしいとわかったし、マリコにもわかったのでしょう、走るのをやめましたから。最初私はその女は目が見えないのじゃないかと思った、そんな様子だったし、目は実際には何かを見ているようには思えなかった。それから、彼女は両腕を掘り割りから抜き出して、水の中で抱えていたものを私たちに見せたの。それは赤ん坊でした」　(73)

その女は数日後に喉をかききって死んだのだが、マリコは、彼女が自分をときどき訪ねてくるようになったと言う。マリコにしか見えない女は亡霊なのだろう。しかし、事はそう単純ではない。後になって、その女はサチコと重なるのである。神戸に行くために引っ越すことになったサチコは、マリコの猫が産んだ子猫を川に沈めようとする。

彼女はその子猫を水の中に入れ、そこで押さえていた。しばらくの間、両手を水面の下に入れて、水を見つめながら、その状態を保持していた。　(167)

マリコが見ていることに気づいたサチコは、まだ死んでいない子猫を水から引き上げ、あらためて野菜箱の中に入れて、川へ流す。その箱をマリコは追っていく。サチコと嬰児殺しの狂女が重なり、マリコは殺された赤ん坊と子猫とを重ね、さらに自分自身を子猫に重ね合わせているのではないだろうか。さらに注意すべきは、エツコの娘、自殺したケイコがマリコと重なってくることである。ケイコは一度も登場しないが、エツコは死んだ娘の気配を感じている。イギリスの田舎の家で、明け方、ケイコのことを思い出し、目を覚ましたエツコが、今は使われていないケイコの部屋のドアの前に立つと、中で物音がしたような気がした。ドアを開けてみるが、中には誰もいない（88）。小説の終わり近くで、寝ていたエツコは、「誰かが私のベッドの傍を歩きすぎていって、部屋から出て行き、静かにドアを閉めたと確信」して目を覚ます。ケイコの部屋から音がしたように思われて近づくと、階下のキッチンの方からはっきりした物音が聞こえる。そこにいたのは眠れないのでコーヒーを淹れにきていたニキだった。エツコは「泥棒じゃないかと思った」と言いわけするが、ニキのほうも、亡霊を見たかのように、動揺していた（174）。

このようにエツコとサチコとマリコとケイコ、さらにニキという「ダブル」たちが錯綜する重層構造の中で、イシグロは、戦争という大きな惨禍を経た女たちのトラウマや罪や狂気や孤独や喪失を描いていく。そこでは姿を見せない亡霊が、いわば触媒として、機能している。加藤めぐみ氏は、「幻のゴースト・プロジェクト——イシグロ、長崎、円山応挙」の中で、カズオ・イシグロの初期作品群には「『幽霊的なるもの』がしばしば立ち現れる」と指摘し、ハリー・ランサム・センターのイシグロ・アーカイヴに収蔵されている「ゴースト・プロジェクト（"Ghost Project"）」というファイルの内容を、詳細に紹介している（田尻・秦　二一七—四四頁）。イシグロは、一九八七年、『浮世の画家』出版後に、日本の幽霊についてのテレビ・ドキュメンタリー番組の企画案を作成した。詳しくは、加藤氏による紹介を参照していただきたいが、日本とイギリスの幽霊の比較、幽霊を描いた円山応挙と長崎との関係などが扱われることが計画されていた。結局、この企画は実現しなかったのだが、イシグロが作家活動の初期に幽霊に強い関心を持っていたことは興味深い。『幽(かす)かなる丘の眺め』に亡霊すなわち死者の霊が登場することが意外ではなく、むしろ自然であったことが理解される。

亡霊は、何らかの強い怨みや未練を抱えたまま非業の死を迎えたために、現世に出現するのが通例だ。『ハムレット』の先王や『クリスマス・キャロル』のマーレイの亡霊のように、生者に語りかけて、その生き方に大きな影響を及ぼすこともある。一方、イシグロが描く亡霊は語ることがない。嬰児殺しの狂女の亡霊は、マリコに語りかけたらしいけれど、その内容はマリコが伝えるのみなので、無言であるのと変わりはない。エツコとサチコが路面電車内で見かけた女がその亡霊であったかもしれないことを例外とすれば（125）、彼女の姿は見えないのである（この時は、マリコもいたのだが、彼女は窓外を見ていて、この女に気づいていない）。しかし、嬰児殺し、子猫殺し、ケイコの自殺が重なり合う中で、この沈黙の亡霊は何かをたしかに語っている。

ケイコの自殺がエツコの心に重くのしかかっていることは、物語にケイコが不在であるにもかかわらず、語り手のエツコ自身が寡黙であるにもかかわらず、繰り返し出現する「子殺し」のモチーフによって明らかである。エツコは大きな罪を犯した。「産まれてから七年の間、あの子にとって、よき父親であった」ジロウと別れ、シェリンガムと結婚し、ケイコを連れて、イギリスに渡ったことが、結果的にケイコの自殺へと繋がった。エツコは、「私が日本を去った動機は完全に正当化できるものであったし、常にケイコのためにということを強く心に懸けていたと、私にはわかっている」（91）

と強弁しているが、罪の意識は重く深く心に沈んでいる。エツコのイギリス移住の動機が何であったか、語り手が完全に沈黙している以上、読者は知りようがない。しかし、エツコとサチコが重なり合い、マリコとケイコが重なるとき、エツコの罪とケイコの悲劇が、語られていないのに、浮かび上がってくるようだ。エツコは、物語の最後で、稲佐山へケーブルカーで遊びに出かけたことをニキに話す。

「今朝あなたにあげたカレンダーだけど」と私は言った。「あれは長崎の港の景色なのよ。今朝、私は日帰り旅行でそこに行ったことを思い出していた。港の上に見えるあの丘の連なりはとても美しい」

……

「そのことの何がそんなに特別なの？」とニキが言った。

「特別？」

「お母さんが港で過ごしたその日のこと」

「ああ、それには別に特別なことはないわ。私はただ思い出していた、それだけよ。あの日、ケイコは幸せだった。私たちはケーブルカーに乗ったの」私は笑ってニキの方を向いた。「いいえ、何も特別なことはなかった。幸せな思い出、それだけよ」

（182　傍点は筆者）

エツコが、サチコとマリコを伴って、ケーブルカーで稲佐山に登ったことは、第七章で語られていた。ケイコがまだエツコの胎内にいるときである。★しかし、この段階では、幾重にも重なり合ったダブルを選り分けることが不可能であることを読者は、すでに悟らされている。語らず、沈黙している亡霊が彼女たちを緊密に結びつけているのだ。

Ⅳ 省筆あるいは偸聞（たちぎき）

自分を語ることがないエツコが語ることによって『幽（かす）かなる丘の眺め』という小説が成立しているとすれば、そこにはマサオ・ミヨシが説明していたような、語らない語り、沈黙の語りという、日本文学の顕著な特性、パラドックスと同じものがあると言えるだろう。ミヨシは近代日本小説について論じたのだが、その伝統は、夏目漱石や川端康成などの近代日本小説が生まれるよりもはるか以前から存在していた。田村隆氏は、『省筆論――「書かず」と書くこと』（二〇一七年）の中で、日本の古典『源氏物語』が「どのように書かれなかったのか」、「書かれなかった事」が「どのように書かれているのか」を検討している。『源氏物語』もまた、「書かれなかった」文学、沈黙の文学であったというのである。田村氏の出発点は、幕末の国学者、萩原広道（一八一五―六四）が、『源氏物語』を「省筆」という語を用いて論じ、「書かない」ことを「さらにいとめでたし」と評価したことである。「省筆」は、田村氏が引用している萩原の『源氏物語評釈』（一八五四―六一年）で、次のように簡潔に説明されている。

事の長かるべきをいたく約（ツヾ）めて。前後（アトサキ）のさまによりて。か丶る事と見ん人にさとらしむる類。また他（ホカ）にてありし事を。人の物語の中にいはせて其趣をしらしめ。或は煩はしきをいとひて省けるなどの類をすべて省筆といふ。

（田村　三頁）

実は、この語は、田村氏も言及しているように、萩原以前に、曲亭馬琴（一七六七―一八四八）の「稗史（はいし）七則」にあった。稗史とは、中国で、正規の歴史書、正史に対して、身分の低い官吏、稗官が、民間の伝承などを記録したものをいい、転じて、大衆的な物語、フィクションを指す。たとえば、『三国志』に対する『三国志演義』であり、馬琴が意識していたのは『水滸伝』であった。彼は、『南総里見八犬伝』（一八一四―四二年）の中で、一見無秩序に延々と展開する長大な物語にも「おのづから法則あり」として、「稗史七則」を提示した。

★遠藤健一氏は、日本におけるナラトロジー研究を代表する著作『物語論序説――〈私〉の物語と物語の〈私〉』（二〇一二年）の中で、マリコとケイコの混同について、エツコが「回想しながら記憶の上書き作業を続けている」と述べ、「語り手の〈私〉と登場人物の〈私〉の時空間的関係という観点から『遠い山なみの光』を読んだ場合、際立つのは登場人物の存在の危うさとともに語り手の〈私〉の生々しい実存」であることを指摘している（遠藤　一七九頁）。

唐山元明の才子等が作れる稗史には、おのづから法則あり。所謂法則は、一に主客、二に伏線、三に襯染、四に照應、五に反對、六に省筆、七に隠微即是のみ。……伏線と襯染は、その事相似て同じからず。所云伏線は、後に必出すべき趣向あるを、數回以前に、些墨打をして置く事なり。又襯染は下染にて、此間にいふしこみの事なり。……省筆は、事の長きを、後に重ていはざらん為に、必聞かで称ぬ人に、偸聞させて筆を省き、或は地の詞をもてせずして、その人の口中より、説出すをもて脩からず。作者の筆を省くが為に、看官も亦倦ざるなり。又、隠微は作者の文外に深意あり。百年の後知音を俟て、これを悟らしめんとす。（「八犬伝第九輯中帙附言」一八三五年、岩波文庫版『南総里見八犬伝』第六巻、一五―一六頁。一部のルビを省略）

驚くべき記述である。「稗史七則」は、現代でいう「物語論」、ナラトロジー（narratology）そのものではないか。ブースの『フィクションのレトリック』が発表されたのは一九六一年、ジェラール・ジュネット（一九三〇―二〇一八）の『フィギュール　I―III』は一九六七年から七〇年にかけてフランスで出版、ジェラルド・プリンス（一九四二―）の『ナラトロジー』の出版は一九八二年であった。一九二八年にロシアで出版されたウラジーミル・プロップ（一八九五―一九七〇）の『民話の形態学』（日本語訳は一九七二年）は一九五八年に英訳されて、西欧の構造主義に大きな影響を与え、ナラトロジーの先駆とされる。西欧のこうした「物語論」、ナラトロジーを遡ること、はるか一五〇年も前に、日本の一作家によって、それらを先取りする物語論が展開されていたのである。「百年後に知音（深意を洞察する人）が現れる」という言葉には、文脈を超えて、意義が感じられる。

馬琴の先進的なナラトロジーで、西欧現代のそれと対比して、非常に独特なのは「省筆」とそれに関連して言及される「偸聞（たちぎき）」についての記述である。萩原広道は、先の引用にあるように、「事の長かるべきをいたく約（ツヾ）めて。前後（アトサキ）のさまによりて。かゝる事と見ん人にさとらしむる類」、つまり作者が書いていないことを文脈（コンテクスト）の中から読者に読み取らせることなどを「省筆」としており、そこを出発点として、田村隆氏は『省筆論』を展開した。一方、渡部直己氏は、坪内逍遥『小説神髄』から横光利一『純粋小説論』に至るまでの近代日本小説の「技術の歴史」を記述することを試みた野心的な著作、『日本小説技術史』（二〇一二年）の中で、馬琴のいう「偸聞（たちぎき）」が、明治期に「小説」という新しい文学ジャンルが生まれようとしていたとき、大きな「影響不安」（この用語を渡部氏は使用していないが）を与えることになったとしている。渡部氏は、馬琴という巨大な先人を乗り越えて日本近代小説を生み出そうとした坪内が最も苦しんだのは、「偸聞（たちぎき）」からの脱却の方策であったと指摘している。

……逍遥のいう「馬琴の死霊」の最大の脅威はまぎれもなくこの「偸聞」に由来するのだ。
……なぜなら、ひとたびそれを繙く者を捉えつづけ、正否をこえた力で長く粘りつくのは、「語りの経済性」といった無色の効率などではなく、その仕草にまつわる色濃い欲望の原理にほかならぬからだ。そこでは少なくとも、甲と乙の会話をたんに丙が「偸聞」しているのではない。その丙が、やがていかなる思いをいだき、前途を開き、秘策をめぐらすのか？　どんな事情をかかえて、障子や襖、板塀、木立、葦辺、廃寺などの陰から、あるいは臨終の暗がりのなかからさえ、彼や彼女らは、その場にじっと耳をそばだてているのか？

（第一章「偸聞小説の群れ——馬琴「稗史七則」と逍遥・紅葉」）

日本近代小説の産みの苦しみ、「偸聞小説」から脱却しようともがくことは、田村氏の『省筆論』を参照するならば、徒労であったのかもしれない。「書かないことによって書く」という「省筆」は、『八犬伝』よりもはるか昔の『源氏物語』以来、日本のフィクションに深く根を下ろしたものであった。「語らない語り」は、江戸から明治への革新を経て、現代でもなお、日本文学の底流として、粘り強く生き続けている。その典型的な具体例を、私たちは、夏目漱石や川端康成ではなく、意外にも、いや、ある種の必然性を感じつつ、カズオ・イシグロの作品に見ることになる。イシグロは、日本人として生まれたとはいえ、イギリスの小説家であり、その作品は、たとえ日本を舞台にしているとしても、日本文学とは言えない。ところが、彼の作品の根底には日本文学特有のものが深くしみ込んでいるように感じられる。それが最も顕著に表れるのは、彼独特のものと思われる沈黙の語りという手法、すなわち「省筆」なのであり、イシグロの作品は、その背後に広大かつ深遠な「語られないこと」を語る文学、『源氏物語』にまで遡る日本文学の特質を継承するものなのである。渡部氏が、馬琴のナラトロジーの記述から、とくに「偸聞」を取り上げていることは、非常に刺激的で、興味深い。なぜなら、イシグロの作品には、「偸聞の語り」が、作品の重要な節目で、頻繁に出現するからであり、それが小説全体の基本構造ともなっているからである。

たとえば、『日の名残り』では、スティーヴンズがミス・ケントンの部屋のドアの前で、彼女が泣いているのを「偸聞」する（*The Remains of the Day* 237）とか、『わたしたちが孤児だったころ』で、幼いクリストファー・バンクスが、両親が食堂で言い争いするのを聞くところとか（*When We Were Orphans* 69–71）、『わたしを離さないで』で、キャシーが、枕を抱きながらジュディ・ブリッジウォーターの曲「わたしを離さないで」を歌っているとき、「マダム」が涙を流しながらそれを「偸聞」していることに気づくところとか（*Never Let Me Go* 70–71）、枚挙に暇がないほど、いたる所にある。重要なことは、それらの部分的、具体的な「偸聞」の例が多数あるということよりは、小説の語りの全体が、読者が「偸聞」すべき語りとなっていることである。『幽かなる丘の眺め』にしても、『浮世の画家』にしても、読者は、エツコやオノの語りに、実は語らない語りに「じっと耳をそばだてている」のである。

一般的に言えば、一人称小説は、非人称小説よりも、語り手の語りを読者が「偸聞」する側面がより強いものであると考えることはできるだろう。しかし、イシグロの小説の場合には、「偸聞」は、馬琴のいう「省筆」、すなわち「書かないことによって書く」という日本的「沈黙の語り」をその本質としているために採用された、必然の手法なのである。イシグロがこれまでに発表した八篇の長編小説のうち、『埋葬された巨人』を除く、七篇が一人称で書かれている。それらの語り手たちは、例外なく、その語りを読者が額面通りに受け取ることはできない「信頼できない語り手」ばかりである。

読者は、彼らの語りを「偸聞(たちぎき)」するのだが、やがて次第に、その語りには語られない部分が多くあることを感じるようになり、沈黙の領域が広がっていくのを感じざるを得なくなっていく。『幽(かす)かなる丘の眺め』は、空白だらけの小説であった。イシグロは、次の作品で、空白がないような語りを構築したように見えるが、語り手の語りに語られないことが多いことに変わりはなかった。

V　私人の罪、公人の罪

小説家として出発したイシグロは、最初の作品が好意的な書評に迎えられ、成功したことで、語らないことによって語ることが自分の小説執筆の基盤になることを自覚したに違いない。しかし、日本を舞台とし、日本人のみを登場人物として、戦争協力者であった画家の戦前と戦後の姿を描いた次作『浮世の画家』では、語り手は、自分について、かなり詳細に語っている。語り手としてのオノは慎ましく、自分について寡黙ではあるが、徹底的に自分を隠すエツコよりは、自分が過去に犯した罪あるいは過ちについて、かなり誠実に、それに向き合い、語ろうとしているようだ。それは彼が、エツコと違って、公的な立場を持つ画家であることが要因なのだろう。エツコはケイコを自殺に追いやった、つまり、子殺しの罪を犯した。それは純然たる私的な領域で起こったことであった。一方、オノは、内務省の「芸術諮問会議（arts committee of the State Department）」の委員に選任されるほどの地位にある、社会的影響力を持つ画家であった（*An Artist of the Floating World* 63）。積極的な戦争協力者であったこと、左傾化した弟子のクロダを警察に事実上密告して、逮捕させたことを罪として抱えている。しかし、彼の思いは複雑だ。自分の犯した罪はどれほどのものだったのか、エツコの「子殺し」が、個人にはどうしようもない戦争という状況がもたらしたものであったのと同じように、敗戦による価値の逆転によって、自分は必要以上に、罪人とされてしまったのではないか。少なくとも自分は、常に良心に従い、誠実に生き方を選択してきたはずだった。彼は、娘ノリコの見合いの席で、見合い相手の父親であるサイトウ博士に、次のように、自分の思いを告白する。

「私たちの国に起こった怖ろしいことに責任があるのは、私のような人間たちだと言う人たちがいます。私に関する限り、私が多くの誤りを犯したことは進んで認めます。私がなしたことのある程度は、私たちの国にとって、究極的には有害であったこと、私の過ちが、私たち自身の国民にとって、数え切れない苦しみをもたらす結果になったことは、受け入れます。それは認めます。そうです、サイトウ博士、私は、このことを、全くためらいなく認めます」……「申し訳ないのですが、オノさん」とサイトウ博士は、言った。「あなたは自分がした仕事について、うしろめたく感じていらっしゃるというのですか？」

「私の絵のことです。私の教育のことです。……私が言えるのは、あの頃、私は誠実にふるまったということだけです。私は、自分は、同胞のために、よいことを達成しているのだと、誠心誠意、信じていたのです」

（123–24）

オノは、子供の頃から、信念を貫く生き方をしてきた。彼を商人として跡継ぎにしようと考えていた父親に逆らい、おそらく勘当されて、画家の道に進んだ。「浮世のはかない美」を追究する師匠、セイジ・モリヤマとも、オノは、国粋主義的主題の絵画を描くことに走ったとき、袂を分かつことになった。自分の人生のそれら重大な転機に、彼は自らの良心に従って、思いきった選択をしたのであったのに、世の中の価値観が逆転してしまった。自分の選択が常に正しかったかどうかは別として、どうして自分は責められる立場に立たなければならないのか、納得できない。オノの表現しきれないわだかまりが、この小説を成立せしめている。オノは、『幽(かす)かなる丘の眺め』に登場していたエツコの義父、オガタさんから発展したキャラクターである。戦前に教師だったオガタさんは、戦後になって、かつての自分の教育が間違ったものであるとして、全面的に否定されることが受け入れられない。教職員組合が発行している雑誌『新教育ダイジェスト（*The New Education Digest*）』に、かつての教え子、シゲオ・マツダが寄稿している記事に自分のことが言及されているのを図書館で読んだオガタさんは、ショックを受け、憤慨する。

「とんでもないことだ。マツダはエンドウ博士と私のこと、私たちの引退のことを話題にしていた。彼の言っていることを正しく理解できているとすればだが、彼は、私たちが教壇からいなくなったのは、まことにけっこうなことだ、と言いたいらしい。実際、マツダは、戦争の最後に、私たちはクビになっているべきだったとまでほのめかしていた。全くとんでもない話だよ」

（*A Pale View of Hills* 31）

オガタさんは、後にマツダと対面したとき、「なぜあんなことを書いたのか」と問い詰めるが、左翼思想に傾倒している教え子との間では、主張がすれ違うばかりである（146–48）。温厚なオガタさんにエツコは好感を抱いているので、彼の気持ちを察して、「あの人はなんてひどいたわごとを言ったのでしょう……お義父さん、何にも気にすることはありません」と言う。しかし、オガタさんはただ笑うだけで、何も答えなかった（149）。

イシグロは、オガタさんをオノという有名画家として、次作で主人公に据えた。それは、エツコの悲劇の背景にあった戦争と個人の関わりを正面から取り上げようという意図によるものだろう。さらに、『浮世の画家』では、基本設定の興味深い変更が行われている。『幽かなる丘の眺め』は、長崎が舞台として設定されていて、平和公園や稲佐山などの実在する場所が言及される。それに対して、『浮世の画家』の舞台となる都市がどこであるのかは、あいまいになっている。「ためらい橋（the Bridge of Hesitation）」が出てくるので、長崎の「思案橋」かと思わせられるが、実は、遊郭の入り口の堀にかけられた「ためらい橋」は、江戸の吉原などにもあったことを知ると、同定不可能となる。では、東京なのだろうかと考えても、それを示す地名などは出てこない。オノが有名画家として活躍しているのは、首都と想定するのが自然のように思われるのだが、イシグロは、意図的に、日本のどことかわからないように仕組んでいるのである。彼は、グレゴリー・メイスンとのインタビューで、

「ここは想像上の都市です」と断言している（Shaffer and Wong 7）。この小説で「浮世」と呼ばれているのは歓楽街のことだが、長崎の丸山とか江戸の吉原とは違って、遊郭ではないらしい。空想の都市を舞台として、イシグロは、戦争が一人の個人に与えた心の傷と罪の意識、さらにそこからの救いを描き出す。

一九四八年十月という語りの現在で、オノの心を占めているのは、次女のノリコの縁談とそれに絡みついている自分自身の過去である。ノリコは、前年にジロウ・ミヤケとの縁談が進んでいたのだが、はっきりしない事情で、突然に破談になってしまった。表向きには「家格が合わない」、オノ家のほうがミヤケ家よりも上過ぎる、ということだったのだが、オノは、ノリコの父親の自分が戦争協力者であったことが、破談のほんとうの原因だったのではないかと疑心暗鬼に陥っている。もうすぐ二十六歳になるノリコは、婚期を過ぎつつあるので、父親としては、今進もうとしているサイトウ博士の息子、タロウとの見合い話がうまくいくことを願っているのだ。オノはすでに引退しているが、戦前は愛国的、国粋主義的な絵画を次々にものし、大きな成功をおさめていた。しかし、終戦によって、価値観の大逆転が起こった今、それは、一転して、不名誉な過去となっている。未曾有の惨禍をもたらした戦争責任の一端を、自分はとるべきなのではないかと、オノは悩む。そんな中で、かつて、ジロウ・ミヤケと交わした会話を思い出す。ミヤケの親会社の会長が、ガス自殺したのだが、会長は、日本的な比喩を使うならば、「お詫びの印に腹を切った」ということらしい。

「われわれの会長は、戦時中に、われわれが関与していたある事業に責任があると、明らかに感じていたのです。重役が二人、アメリカ軍によって、すでに追放されていましたが、会長が、それでは不十分だと感じたのは、明白なのです。彼の行為は、戦争で死んだ者たちの家族に対して、われわれ全員に代わって、お詫びするというものでした」(55)

ミヤケは、さらに、自殺した会長よりも高い社会的地位にあり、戦争に大きな責任があるにもかかわらず、償うこともなく、戦前と同じ地位に涼しい顔で復帰している連中がいる、そいつらは戦犯と同じだ、と非難する。「そやつらが、自分の過ちを認めないのは卑怯です。それらの過ちが、全国民のためだったというなら、それこそ最もはなはだしく卑怯なことです」(56)。このミヤケの言葉、「最もはなはだしく卑怯なこと(“the greatest cowardice of all”)」は、実際に彼が発したものかどうかは、さだかではない。なぜなら、全く同じ表現を、オノは、長女セツコの夫、スイチ★が言うのを聞くからである(58)。ミヤケとスイチが全く同じ表現を使ったとは、考えられない。最もあり得ること

★ 原文はSuichi。翻訳者の飛田茂雄(一九二七—二〇〇二)は「素一」としている。日本人名としてなくはないとしても、かなり不自然。飛田は、翻訳にあたって、イシグロ自身から「日本人から見て不自然なところは、大小を問わず指摘してほしい」という手紙を受け取っていたのだが、「原文からはなるべく離れないように努めた」としている(「訳者あとがき」)。

は、この言葉は、オノ自身が心の中で発し、反芻しているものだということだろう。オノは、自分がしてきたことは、ほんとうに「ハラキリ」に値するようなことだったのだろうか、この会長のように、お詫びの印として自決しないのは、卑怯者だからなのか、と自問するのである。そこで、彼は、自分が画家としてたどった半生を回想することになる。

彼が最も尊敬して師事していた画家は、セイジ・モリヤマであった。モリヤマは、伝統的な日本の画題、とくに遊女などを西欧的手法で描くのが得意であった。それに対して、オノは、愛国的な、明確なメッセージのある絵を描くという方向に向かおうとする。

「……私は、歓楽の世界を見つめ、その儚い美をみとめてきました。でも、今、私は他のことに進むべきときだと感じるのです。先生、このような乱れた時世では、画家は、朝の光とともに消え失せてしまうような享楽事ではなく、もっと実体のあるものに価値を見出すことを学ばなければなりません。画家が、頽廃した、閉ざされた世界に、いつも住んでいる必要はないのです。私の良心が、先生、私は浮世の画家にいつまでも留まることはできないと告げているのです」

（179–80）

実は、オノとモリヤマとの決別は、しばらく前の段階で、予期されていた、というか、すでに描かれていた。モリヤマの道場には、オノをはじめ、多くの若い画学生たちが集い、弟子として薫陶を受けていた。しかし、中には芸術に対する考え方の違いから、モリヤマのもとを去る者もいたのである。その一人、弟子たちの中で卓越した才能を持ったササキという人物が、仲間たちから疎外される場面がある。この場はだいたい次のように展開する。モリヤマの弟子たちが工房の各自の部屋に退いた後、破門されることになったササキが一人一人の部屋を回り、話しかける。語り手のオノにはササキの足音、障子を開ける音、そして中にいる者に話しかける声だけが聞こえる。相手の応答の内容は全く聞こえない。ササキの言葉から判断して終始無言であった者もいたらしいが、何らかの答えを返した者もいたらしい。やがて、ササキが縁側から庭に降りて去って行く足音が聞こえて、この場面は閉じられる。

……彼の足音がさらに近づいてきて、それから、私は彼が私の隣の部屋の障子を開ける音を聞いた。

「君とぼくは長年の親友だったじゃないか」と彼が言うのが聞こえた。「少なくとも言葉をかけるくらいのことはしてくれてもいいではないか？」

彼が話しかけた相手からは何の反応もなかった。それからササキが言った。

「せめて絵がどこにあるのかを教えてくれないか？」

依然として反応はなかった。しかし、暗闇の中で横になりながら、私には隣の部屋の床下でネズミがかさこそと音を立てるのが聞こえ、その音が一種の答えのように私には思われた。

……

また沈黙があった。それからササキが言った。「今、ぼくを見てさよならとも言ってくれないのか？」

やがて、障子が閉められる音が聞こえ、ササキが縁側から降りて、庭を横切って、歩き去る足音が聞こえた。（142–43）

オノはササキの言動を偸聞（たちぎき）している。ササキは仲間たちの部屋を次々に訪れるが、彼がついにオノの部屋の障子を開けたとき、二人がどのような会話を交わすことになるのだろうか、読者は固唾をのんで待ち受ける。ところが、ササキは、ついにオノの部屋は訪れないまま、去っていく。彼はなぜ来ないのか。常識的に考えれば、モリヤマの弟子たちの中で、卓越した画才を認められていた一番弟子、オノのところにササキが来ないはずはない。その不可思議さは、これが「偸聞（たちぎき）」の語りであると考えれば、氷解する。偸聞（たちぎき）しているオノがいることは、ササキの意識にないというか、語りの基本構造としての偸聞（たちぎき）が、二人の直接の対話を許さないのである。ここでも、偸聞（たちぎき）の語りが明白に見られるのだが、そもそもササキは、この一節にしか登場しないキャラクターであるので、オノの分身であると考えるべきであり、この場面には実に複雑な語りの重なり合いがあることが、後のオノとモリヤマとの訣別の場面に至って明らかとなるのである。ササキは、「せめて絵がどこにあるのかを教えてくれないか？」と、ここでは言っているが、師匠のモリヤマが、オノの最近作を快く思わず、どこかにしまい込んだため、オノとの決定的な別れの原因となったことが、後に判明する。ササキはオノと事実上同一であり、ササキが仲間に別れを告げるこの場面は、未来に起こることをあらかじめ描くこと、ナラトロジーで言うプロレプシス（prolepsis）であったのだ。

オノは、チシュウ・マツダという国粋主義者と思われる人物の影響を受けたらしいのだが、どうして「浮世の画家」をやめて、「愛国の画家」となったのか、省筆、すなわち沈黙を基本とする語りでは、ほとんどわからない。いずれにしても、それは彼が主体的にした決断であり、彼なりの誠実な生き方であった。彼の心に、一つだけ重く沈んでいるのは、弟子のクロダが逮捕、投獄されたことに、まさに直接の責任があったことである。彼は、密告というつもりはなかったのだが、「私は、委員会に、誰かが率先して、クロダにお説教するのが、彼の身のためだ、と言いました」（183）と認める。その結果、クロダの自宅に官憲が踏み込み、彼の描いた作品は焼き捨てられる。クロダが連行された直後に、オノがクロダ宅を訪れ、クロダの母親が厳しく尋問されて泣いている声を聞く様子が、急に断ち切られたように終わるのは、彼にとって、あまりに辛い記憶だからなのだろう。逮捕されたクロダは、投獄され、終戦後に解放されるまで、何年もの期間を牢獄で過ごした。戦後、オノは、クロダの自宅に行って面会を試みるが、彼は留守で、エンチというクロダの弟子が応対した。エンチは、オノが何者であるかがわかると、それまで丁重であった態度を一変させる。クロダは逮捕されて、拷問されたのだが、警官から「裏切り者（traitor）」（邦訳では「国賊」となっているが、「非国民」と訳すべきところだろう）と罵られた。そのことをオノに語ったエンチは、「今では、誰が本当の裏切り者であったのられる。

か、みんなわかっています」とあてつけて言う(113)。「裏切り者」というレッテルは、モリヤマの弟子たちがササキに対して付けたものでもあり(143)、それは、やがてオノ自身に対しても投げつけられる。

モリヤマの工房に来る前、彼はタケダ商会という会社で画工として働いていたのだが、そこにヤスナリ・ナカハラという同僚がいた。ナカハラは、腕はいいのだが、仕事が遅いため、仲間から「亀(the Tortoise)」とあだ名を付けられ、誰も本名で呼ばなくなった。オノがモリヤマに画才を認められ、その工房に入るように勧誘されたとき、彼は「亀」に一緒に行こうと誘う。「亀」は、タケダ商会で仲間のいじめに遭っていたとき、助けてくれたことがある上に、自分の才能を認めてくれたオノに心酔していた。オノにとっても、「亀」は親しい友人であった。しかし、オノが愛国主義的な絵画を描くようになったとき、「亀」は、「オノさん、あなたは裏切り者だ」と非難する(165)。

オノが自分の行動の報いを最も痛切に感じたのは、妻と息子を戦争で失ったことに違いないはずである。彼は、チシュウ・マツダの仲介で、ミチコと知り合い、結婚した。ミチコは、終戦直前の小規模な、「気まぐれな空襲(freak raid)」の時のほとんど唯一の死者だった(91)。息子のケンジは、満洲で、地雷原に無謀な突撃をして、戦死したのだが(56–57)、彼の遺骨が遺族のもとに届いたのは一年後、しかも、それが彼の遺骨であるという保証はなかった。葬儀は戦後になってようやく執り行われたが、その葬儀のとき、セツコの夫スイチが、憤然として、途中退席した。セツコは、後で、仲がよかった義理の弟の死だけでなく、多数の友人や仲間が戦死し、葬儀が続いたことに、スイチは動揺していたのだと説明するのだが（57）、彼の怒りは、これほどの惨禍を引き起こした戦争を主導した者たちが、戦後ものうのうと生き延びていることに向けられていた。だからこそ、彼は「最もはなはだしく卑怯なこと」という言葉をオノに投げつけるのである。妻と息子を失ったことに、間接的には自分自身が責任がある、とオノは痛感しているのだろうか。彼は、自分に最も近しい者たちの非業の死について、全く沈黙して語らない。オノはやはり沈黙の語り手なのである。

しかし、『浮世の画家』は、その重い内容にもかかわらず、希望の中に結末を迎える。晩年のオノに喜びを与えてくれるのは、セツコの息子、孫のイチロウである。イチロウは、戦後の文化に早くもなじんでいて、アメリカ西部劇のヒーロー、ローン・レンジャーをまねする遊びをし（30）、デパートの食堂では、ほうれん草を大量に食べ、ポパイになったつもりを見せる（152）。オノと一緒に怪獣映画★を見に行ったときは、雨も降らないのに持ってきたレインコートにくるまって、怖い場面を見ないようにしているとか（82）、酒を味わうことをオノと約束していたのに、母親が飲ませてくれないので、不満を示すとか（156）、その子供らしい自由で自然なふるまいがオノの救いになっている。自分の過去が娘、ノリコの縁談に悪影響を与えるのではないかと、しきりに気にしていたオノだったが、サイトウ家との見合いは成功裏に終わり、ノリコは結婚することができた。見合いの席でのオノの発

★ 映画のタイトルは出てこない。『ゴジラ』なのだろうかと思われるが、一九五四年に公開された映画なので、年代が合わない。しかし、『幽（かす）かなる丘の眺め』の場合と同様に、読者が年代を厳密に確かめようとするのは、無意味である。

言は、波紋を生じることも、別になかった。ユキオ・ナグチという作曲家が、戦意高揚のために愛国主義的な曲を作っていたことを恥じて、自殺したことに関連して、長女のセツコは、過去を気にする必要はない、とオノに言う。

「私が聞いた話では」と彼女は続けた。「ナグチさんの歌は、戦争努力のあらゆるレベルで、すごく流行するようになったわ。だから、彼が政治家たちや将軍たちと責任を分かち持つべきだと思ったことには、多少の実質が伴っていたようね。でも、お父さんが、自分のことで、そんな考え方を持ち始めるとしたら、それだけで、間違っているわ。お父さんは、結局、絵描きだったんだから」

（192　傍点は筆者）

たしかに、軍歌や戦時歌謡は、絵画に比べたら、はるかに大きな影響力があった。絵画が戦時プロパガンダに使用されることがあったにしても、それが与える効果は微々たるものだっただろう。オノは、数々の賞を受けてきたのだったが、一九三八年に、「シゲタ財団賞」という、非常に名誉ある賞を受賞し、それが彼の画家としてのキャリアの頂点だった。しかし、いかに優れていて、有名になろうとも、所詮は「絵描き」、しかも時流に乗ってもてはやされた「絵描き」でしかなかった。終戦によって、すべての栄誉が無意味になって消え去ったとき、オノは、『幽（かす）かなる丘の眺め』のエツコやサチコと同じく、「普通の人」となったのである。かつては精力的だったチシュウ・マツダは、戦後は、病身の老人となって、余生を送っているが、訪ねてきたオノに次のように語る。

「しかし、われわれ自身を過度に責める必要はない」と彼は言った。「少なくともわれわれは信念に沿って、できる限りのことをしたのだ。結局、われわれは普通の人間だったことがわかったということなんだよ。特別な洞察の才などない普通の人間さ。ただ、あのような時代に普通の人間であったことが、われわれの不運だったというだけなんだ」(199–200)

巨大な戦争の時代に生まれ合わせたがために、自分の良心に誠実に生きながら、世界が逆転したとき、肩身の狭い思いを強いられた普通の人間たち――戦争と個人との悲劇的な関わり合いを、イシグロは、「浮世の画家」という表象によって、描き出したのであった。

第二章『日の名残り』

——可笑しな執事のクウェスト・ロマンス

I イギリス的ユーモア小説

カズオ・イシグロの三作目の長編小説『日の名残り』（一九八九年）は、ベストセラーになり、批評家たちからも非常に好評を博してブッカー賞を受賞し、イシグロは一躍注目を浴びる若手作家となった。後に映画化（一九九三年）もされている。彼がこのような小説をものするとは、いろいろな意味で驚きであった。何よりも、これが、前二作とは違って、日本も日本人も登場しない、きわめてイギリス的な小説であったことである。『幽かなる丘の眺め』と『浮世の画家』は、夏目漱石や川端康成の小説と小津安二郎や成瀬巳喜男の映画を思わせた作品であったが、『日の名残り』は、イヴリン・ウォー（一九〇三―六六）の『ブライズヘッド再訪』（一九四五年）やE・M・フォースター（一八七九―一九七〇）の『ハワーズ・エンド』（一九一〇年）を想起させる。ジェイン・オースティン（一七七五―一八一七）などの「マナーズ小説（novel of manners）」にも通じるものを備えているとも見られるのだから、イギリス小説の正統な系譜に、『日の名残り』は位置づけられると言ってよい。「マナーズ小説」は、上流階級の風俗を描く王政復古期の「マナーズ喜劇（comedy of manners）」から派生したものであったことを思い返せば、イシグロの作品が立脚している伝統は、実に古い歴史を持っていることになる。さらなる驚きは、前二作と同様に、痛切な悲哀に満ちた物語でありながら、この小説が全体として、すぐれたコメディになっていることである。同じ作家がこれほど趣向の異なるものを書くとは、にわかに信じられないくらいだ。しかし、沈黙の文学としてのイシグロの特性は、ここでもさまざまな形で現れている。いかにもイギリス的な小説である『日の名残り』のコメディ性を掘り下げることによって、作家としてのイシグロが描く新しい軌跡が、彼の作品の総体をなすマクロ・ナラティヴの輪郭となっていく様を見てみよう。

ジェイン・オースティンの諸作品は、王政復古期のウィリアム・コングリーヴ(一六七〇―一七二九)やジョージ・エサレッジ(一六三五?―九二)などのマナーズ喜劇の伝統に連なるものとされている。『日の名残り』もまた、その末裔であると言えば、違和感を覚えるかもしれない。しかし、イシグロが「ある意味で、私は、P・G・ウッドハウス(一八八一―一九七五)を、まじめな政治的次元を加えて、書き直してみたかったのです」(Shaffer and Wong 46)と、あるインタビューで、語っていたことに注目しよう。彼はウッドハウスの『よしきた、ジーヴス』(一九三四年、このタイトルは森村たまき訳)を、自分に影響を与えた本として、シャーロット・ブロンテ(一八一六―五五)の『ヴィレット』(一八五三年)や村上春樹の『国境の南、太陽の西』(一九九二年)などと共に挙げている。★ウッドハウスは、日本でも、森村たまき氏による翻訳選集「ウッドハウス・コレクション」や岩永正勝氏と小山太一氏による翻訳『ジーヴズの事件簿』などが出て、近年では愛読者が増えつつある。彼が創造

★ Kazuo Ishiguro, "Books That Made a Difference to Kazuo Ishiguro" (https://www.oprah.com/omagazine/never-let-me-go-author-kazuo-ishiguros-favorite-books_1)

したジーヴズは、『日の名残り』[★1]を読んだとき、多くのイギリス人が真っ先に思い浮かべ、スティーヴンズと比較したキャラクターであり、イギリスでは絶大な人気を誇る。ジーヴズは、多数の作品のいくつかでは執事になっていることもあるが、本来は主人であるバーティ・ウースターに仕える従者（valet）である。主人と従者といえば、これもイギリス小説の伝統として、さまざまな先例が思い浮かぶ。淵源をたどれば、セルバンテス（一五四七―一六一六）の『ドン・キホーテ』（一六〇五、一五年）のドン・キホーテと従者サンチョ・パンサに行き着くのだが、十八世紀のイギリス小説誕生の時代に、ヘンリー・フィールディング（一七〇七―五四）は、『トム・ジョーンズ』（一七四九年）で、主人公のトムとその事実上の従者となるパートリッジを描いた。ディケンズの『ピクウィック・ペイパーズ』（一八三六―三七年）に登場するピクウィック氏の従者サム・ウェラーは、この小説が大ベストセラーとなる主たる要因であった。現代でも、J・R・R・トルキーン[★2]（一八九二―一九七三）のファンタジー小説『指環の帝王』（一九五四―五五年）では、主人公のフロドウと従者サムが登場し、ジョン・ファウルズ（一九二六―二〇〇五）のポストモダニズム小説、『フランス軍中尉の女』（一九六九年）では、同じ名前の従者サムが描かれている。トルキーンもファウルズもサム・ウェラーを意識していたのだろう。主人と従者という関係を拡大すれば、シャーロック・ホームズとワトスンのコンビを含めることもできる。

『日の名残り』の主人公スティーヴンズと主人のダーリントン卿との関係は、このようなイギリス文学の確固たる伝統に従ったものとして、まず理解されるべきである。もちろん、そこにはイシグロ独自の変奏が加えられている。過去の文学の主従たちと最も異なるのは、スティーヴンズもダーリントン卿も、そろって過ちを犯すことだ。概してイギリス文学に描かれる従者は、賢く、抜け目のない現実主義者で、主人の愚行を矯正するものである。サム・ウェラーもジーヴズもそのような役割を与えられていて、そこにこれらの作品の面白さ、ユーモアが生まれる。ところが、スティーヴンズは、ダーリントン卿に絶対的に忠誠を尽くしているので、主人が間違った道に進んでも、それをたしなめたり、正そうとしたりはしない。それは、彼自身が愚かで、間違いを犯し続けているからでもある。彼には主人の行動の是非を判断する能力が、そもそも欠けている。この小説独特のユーモアが生じる源泉は、まさにそこにある。

イシグロは、『日の名残り』にユーモアがあること、コメディであることが読者に理解してもらえないことを不満に思っていた。彼は、『日の名残り』のいくつかの箇所について、「それらが非常に滑稽だとは思えないのですが」というインタビュアーに対して、こう答えていた。

★1　Jeeves は、森村訳では「ジーヴス」と表記されているが、岩永・小山訳の「ジーヴズ」が原音に近い。『日の名残り』の語り手 Stevens は、土屋訳では「スティーブンス」。本書ではスティーヴンズと原音に近い表記としている。

★2　日本語では、最初の瀬田貞二訳以来、児童文学作家だという偏った認識あるいは販売戦略のためなのだろうか、「トールキン」と表記されることが多いが、これは、誤りである。英語の発音は［tálkiːn, tóulkiːn］なので、日本語表記は「トルキーン」が正しい。

まさにそこが、ずっと私を苦しめているところなんです。このことが議論されるトーンでは、これは退屈で、重苦しく、気の滅入る作品だとされています。さっき、ウッドハウスのような人々について、私たちが話題にしたのはよかったと思っています。なぜなら、そのとき申しましたが、この作品は、ある程度まで、その［ウッドハウスの］領域を侵略しようとする試みだからで、その領域には軽いタッチとユーモアが含まれるからです。

ユーモアのセンスのない人たちには、何か滑稽なところがあるのではないでしょうか。滑稽なことというのは、私にとって、悲劇的なことと、まさしく同じだ、と思われるのです。この本にはいくつかの笑劇的場面がありますが、私にとって興味のあるユーモアとは、彼［スティーヴンズ］が置かれているばかばかしい、しかし、悲しい状況から湧き上がるユーモアなのです。

(Shaffer and Wong 47)

『日の名残り』でのユーモラスな場面をいくつか挙げてみよう。第二次大戦後、ナチス協力者としての汚名をかぶったダーリントン卿は、失意のうちに亡くなり、後継者のいないダーリントン・ホールはアメリカ人の富豪ファラデイ氏に買い取られる。ファラデイ氏は、いかにもイギリス風の宏壮なカントリー・ハウスにいたく満足し、その付随物として、「本物の古風なイギリスの執事」を雇うことにした（131)。三十年以上にわたってダーリントン卿に仕えたスティーヴンズだが、新しい主人にも忠実に務めを果たすつもりである。しかし、ファラデイ氏との間には、コミュニケーション上のいささかの問題があった。アメリカ人のファラデイ氏は、「軽口をたたくこと（bantering）」が好きらしい。ところが、真面目一方のスティーヴンズには、それができない。そのため、主人から軽口をしかけられても、どう応えるべきか途方に暮れるばかりである。しかし、執事たる者、ご主人様のご趣味には合わせなければならぬ、と考えた彼は、苦心して「軽口」の実践を試みる。

あるとき、ファラデイ氏に朝のコーヒーを給仕していたとき、主人が、「今朝、カラスのような鳴き声を出していたのは、お前ではあるまいね、スティーヴンズ」と聞いてきた。それは不要になった鉄製品を収集に来たジプシーたちの声だったのだが、軽口を返す絶好のチャンスだと思ったスティーヴンズは、「もし場違いだったとしても当たり障りのないような、気の利いた言い方」を試してみることにした。

「カラスというよりはツバメのようなものと申せましょう。渡り鳥的属性からいたしまして」そして、その後に、私が間違いなく警句を言ったのだということを示すために、その場にふさわしく慎ましい微笑みを浮かべました。というのも、ファラデイ様には、見当違いの敬意を示されたと感じて、思わず笑ってしまうことを抑えていただきたくはなかったからです。

ところが、ファラデイ様は、ただ私を見上げて、こう言っただけでした。「何と言ったのかね、スティーヴンズ？」（17）

ファラデイ氏がジプシーのことを知らなかったので、スティーヴンズのせっかくの試みも空振りに終わってしまった。しかし、謹厳な彼が、このような苦労をする有様は、たいへんにおかしい。ここに滑稽さを感じられないとすれば、それは読者がこの段階ですでに、彼の堅苦しい真面目さを正面から受けとめ、感情移入してしまっているからだろう。

スティーヴンズは、ダーリントン卿に仕えていた当時、持ち前の謹厳実直さと相容れない、もっと困難な状況に立たされたことがあった。主人から全く思いがけない任務を与えられたのである。ダーリントン卿が、出し抜けに「お前は、自然の摂理（facts of life）について、よく知っているはずだね」と言う。自然の摂理とは、男女の性の基本的諸事実のことであり、とくに子供や若者に、性教育をほどこす際に使われる婉曲な表現である。

「はあ?」
「自然の摂理だよ。スティーヴンズ。鳥とかミツバチとかね。よく知っているだろう?」
「申し訳ありません、どういうことでございましょう」（85）

もちろんスティーヴンズは「自然の摂理」については、知っているが（たぶん?）、なぜ突然その話題が出てきたのか、理解に苦しんでいる。そこで、ダーリントン卿は事情を説明する。古くからの友人、サー・デイヴィッド・カーディナルの息子、レジナルドが間もなく結婚することになっている。

レジナルドは童貞らしいので、結婚前に男女の交わりの基本を教えてやってほしいと、ダーリントン卿が、サー・デイヴィッドから、依頼されたのであった。

「要点に入ろう。私はたまたまこの若者の名づけ親になっていてな。そこで、サー・デイヴィッドは、レジナルドに自然の摂理を教えてやってほしいと、私に依頼したのだよ。……私がひどく忙しいことは、サー・デイヴィッドも承知の上で、私に頼んできたのだ」

……

「つまり、こういうことでございましょうか」と私は言いました。「この若者にこの情報を伝える役目を私めにやってほしいと」

「お前がかまわなければなんだが、スティーヴンズ。そうしてくれると、大いに私の肩の荷がおりる。なにしろサー・デイヴィッドは、もう話してくれたかと、二時間ごとに私に聞いてくるものだから」

(85–86)

こんな仕事は、執事の職掌には入らないことは、ダーリントン卿も承知の上なのだが、事の性質上、困り果てて、スティーヴンズにすがったのである。主人と同様に独身の彼がこのような役目を引き受けざるを得ないこと自体が、すでにかなり滑稽である。この会話がなされるのは、ダーリントン・ホールでの最初の重要会議の時であり、一九二三年と設定されているので、彼もまだ青年といっていい年齢だったはずだ。そもそも、禁欲的で、もしかしたら女性との性的接触の経験もないかもしれない彼は、「自然の摂理」について、どの程度通じていたのだろうか、読者は疑問を感じてしまう、と同時に、彼がどのようにして、この重要な情報を若者に伝えるのか、大いに興味をそそられる。スティーヴンズは、与えられた使命を果たすべく、機を見て、「お伝えしたいことがございまして」とレジナルドに話しかける。「父上からの伝言か？」と問われて、「さようでございます、事実上」と答える。レジナルドはアタッシェケースからノートとペンを取り出して、聞く態勢を整える。スティーヴンズは、一度咳払いして、できるだけ客観的な調子に自分の声を整えて、「お父君、サー・デイヴィッドは、ご婦人と紳士には、いくつかの肝要な点で違いがあるということを、あなた様に知っていただきたいのです」と口火を切る。するとと、若者は意外な反応を示す。なんと、「そのことなら、いやというほどわかっている」と言うのである。さらに、「ぼくはこの領域全体について、たくさんの文献を読んだし、背景研究もしてきた……この一ヶ月というもの、事実上、それ以外のことは考えてこなかった」と付け加える。スティーヴンズは驚いて、言う。

「さようでございますか。それでしたら、私の伝言は、かなり余計なものということになります」

「父上には、ぼくは十分に情報を受けているとうけあってくれ。このアタッシェケースには」——彼は足でそれを突っついて——「想像できる限りのありとあらゆる角度からのメモが

ぎっしり詰まっているんだ」　(87–88)

主人から任された大仕事は、どうやら簡単に果たせたと一安心したスティーヴンズだが、それは早とちりであった。ちょうどこの時、ダーリントン・ホールでは、秘密の非公式国際会議が開催されようとしていた。レジナルド・カーディナルは、政治の世界に強い関心を持ち、ジャーナリストになることを望んでいる。そのため、彼はこの会議に関する情報、参加者一人一人の背景、とりわけ、難物と思われるフランス代表のデュポンについての情報を集めていたのだった。いかなる怖ろしいものが詰まっているのかと、スティーヴンズが直視できなかったアタッシェケースに入っていたのは、セックスに関わる資料ではなかったのである。

II　可笑(おか)しい語り手

こうした喜劇的場面を振り返ってみると、この小説の主人公スティーヴンズこそが最も喜劇的キャラクターであることが浮かび上がってくる。彼は「信頼できない語り手」とされているが、読者は小説のかなり早い段階で、この語り手の語りを額面通りに受けとめることはできないという前提を持つようになっている。彼はあまりにも偏った人格を持っているからだ。イシグロはこの執事を一人の理想主義者として創造している。スティーヴンズにとっては、「偉大な執事(a great butler)」になることが人生の目標であり、若いときから、その理想に生きようとしてきた。

「偉大な執事」とは何か。その定義は難しく、スティーヴンズも、執事仲間としばしば議論してきた。たとえば、ヘイズ協会（the Hayes Society）という、きわめて格式の高い執事の団体があって、そこでは「第一級の執事」のみが入会を認められる。会員数が三十を越えたことはなく、だいたい十名以下であるという、滑稽なくらいの超エリート集団だが、その会員が「偉大な執事」なのだろうか。執事向けの専門誌『ジェントルマンお付きのジェントルマンのための季刊誌（*A Quarterly for the Gentleman's Gentleman*）』に、ヘイズ協会は入会基準を明らかにすべきだという投書があったりして、すったもんだのあげく、最も重要な基準は、入会を認められる執事は、その立場にふさわしい「尊厳（dignity）」を身につけていることであると、協会は回答したのであった。

私はヘイズ協会に特段熱意を持っていたわけではないのですが、この宣言ばかりは、少なくとも重要な真実に基づいていると信じています。私たちがこぞって「偉大な」執事だと認める人たち、たとえば、マーシャル氏とかレイン氏とかを見れば、彼らを、単にきわめて有能なだけの執事たちから区別する要素は、この「尊厳」という言葉で、最もよく表されているように思われるのです。（33）

スティーヴンズは「尊厳」こそ、その達成あるいは獲得に向けて、自分のキャリアを通じて努力をする意味のある目標だと「強く信じている」（33）。しかし、「尊厳」というのは、あまりに抽象的で捉えがたい。目標とするには、やはり具体的な事例、少なくともイメージが欠かせない。スティーヴンズは、執事として一生を送った父、ウィリアムから聞いた逸話を記憶していた。それは十九世紀のインド植民地での出来事で、あるとき、執事がディナーの準備の確認のため、ダイニング・ルームに入っていくと、一匹の虎がテーブルの下で寝そべっているのを発見した。執事は少しも動ずることなく、主人に十二口径銃の使用許可を求めると、再び部屋に入り、虎を射殺した。しばらくして主人の前に戻ってきた執事はこう言った。「ディナーはいつもの時間にお出しできますし、その頃までには、今しがたの出来事の痕跡は、あとかたもなくなっておりますことを、謹んでご報告いたします」（37）。

ウィリアムは、この執事が虎退治後に主人に言った言葉を、えらく気に入っていた。彼にとっては、この執事が、自分が目標とすべき「偉大な執事」であった。その目標に向けて、ウィリアムは生涯努力を重ね、スティーヴンズは「父のキャリアの絶頂期に、その野望をついに実現した」（37）と信じていた。ゆえに、「尊厳」を備えた「偉大な執事」になるためには、父ウィリアムを見倣えばよいのであり、息子は若いときから、父の一挙手一投足を見て、学んできたのである。

ウィリアムの示す「偉大な執事」とは、どのようなものであろうか。それは、彼に関する二つのエピソードによって、よく表されている。一つは、雇い主の邸宅に来た客人たちを案内する運転手として、近隣の村をドライブしていたときのこと。客人二人が雇い主の悪口を言い始め、さんざんに侮辱していたとき、ウィリアムは、突然、車をとめて、ドアを開けた。彼は全く無言であったが、その厳しい形相に震え上がった客人たちは、すっかりおとなしくなった(40)。もう一つは、個人的なことである。スティーヴンズは二人兄弟だったのだが、兄のレナードは、南ア戦争(ボーア戦争一八八〇―八一年、一八九九―一九〇二年)で戦死していた。それは決して名誉ある戦死ではなく、ボーアの民間人集落への非イギリス的な、つまり非人道的で、しかも、ずさんな攻撃作戦の中で命を落としたのであった。その攻撃の指揮官だった将軍は、責任を問われて軍法会議にかけられることもなく、終戦前にさっさと退役して、南アフリカとの貿易をするビジネスマンに転身していた。その将軍が、大事な客人として、雇い主の邸宅に滞在することになったのである。当時の雇い主ジョン・シルヴァーズ氏は、ウィリアムの事情を知っていたので、数日間休暇をとってはどうかと提案してくれた。しかし、ウィリアムは、この将軍がシルヴァーズ氏と重要な商取引をすることになっているという事情を考慮し、いつも通り勤めると答えた。将軍に会ってみると、外見が醜いばかりでなく、横柄で、いかにも軽蔑すべき下劣な人間であった。しかし、ウィリアムは、私的感情を抑えて、執事としての勤めを完璧にやりとげた。大いに満足した将軍は、異例に多額のチップを置いていった。もちろん、それはすぐに主人を通して慈善団体に寄付されたのであった(40-42)。

この二つのエピソードは、スティーヴンズの考える「尊厳を備えた偉大な執事」がいかなるものであるかを、端的に示している。第一のエピソードが表すのは、雇い主、主人に対する絶対の忠誠であり、第二のエピソードが表すのは、プライベートな感情、私情を徹底的に抑圧して、職務を遂行すること、プロフェッショナルに徹することである。スティーヴンズは、この二つの「偉大な執事」の要件を満たすべく、日々努力していくことになる。彼は、父ウィリアムに負けないくらいの執事として、立派に成長したと言えるだろう。彼は「偉大な執事」について、次のように定義する。

今、私に、次のことを断定させていただきたい。「尊厳」が、執事が我がものとしているプロフェッショナルな自分を捨てないという能力と決定的に関わるものだということを。劣等な執事は、ほんのちょっとしたきっかけで、プライベートな自分のためにプロフェッショナルな自分を捨ててしまうものです。そういう連中にとって、執事であることは、何かパントマイムの役を演じているようなものなのです。少し押したり、ちょっとつまずいたりすれば、化けの皮が剝がれて、隠れていた役者が暴露されます。偉大な執事は、そのプロフェッショナルな役割を自分のものとする、究極にまで我がものとするという能力のゆえに、偉大なのです。そのような執事は、外部の事象に、たとえそれがいかに不意を突かれたり、不安をかきたてられたり、いらだたされたりするようなものであろうとも、揺るがされることがありません。（42–43）

しかし、主人への絶対的忠誠は、盲従することでもあり、主人が誤った道に進んでも、それを正せないことを意味する。実際、スティーヴンズは、ダーリントン卿がナチスの反ユダヤ主義に同調して、何の落ち度もないメイド二人を、ユダヤ人であるがゆえに解雇するという命令を出しても、そのまま従う。ダーリントン卿の没落には、他にいろいろな要因があったのだが、執事のそのような盲従の態度が、結果的に、主人の転落を止められなかったと言ってもいいのかもしれない。一方、私的な感情を殺して、執事としての職務を守り通すことは、自分の人間性の抑圧に繋がりかねない。スティーヴンズの人生最大の誤りは、ミス・ケントンの愛を受け入れなかったことだが、それは彼のアイデンティティが、執事というプロフェッションに凝り固まり、それを踏み越えて、私的感情の領域に入り込む勇気がなくなってしまったためなのであった。

実際、スティーヴンズの「偉大な執事」というアイデンティティ形成は、心理学でいう過剰適応(over-adaptation)の症例といってもよいくらいである。冷静に観察すれば、実に滑稽な状況であり、彼は可笑しな語り手なのである。スティーヴンズがあまりにも偏った人格であるために、読者は、彼が信頼できない語り手であることはとっくに承知の上で、彼の語る物語を読むことになる。

スティーヴンズとウィリアム父子の物語は悲劇的結末を迎える。それは「偉大な執事」としてのスティーヴンズにとって、大きな試練でもあった。最後に仕えた主人シルヴァーズ氏が亡くなり、職を失ったウィリアムは、新たな仕事と住む場所を探していた。七十代になってはいたが、父は、依然として「最高クラスのプロフェッショナル」(54)であると考えるスティーヴンズは、その経験と類い稀な資質を活かしてもらおうと、ダーリントン・ホールの副執事(under-butler)に迎え入れる。ところが、ウィリアムは、老齢のために、副執事のさまざまな業務をこなすのに、明らかに困難を生じるようになっていた。銀器類の磨き方が行き届いていない——磨き粉を使って、いつもピカピカにしておくのが執事の仕事であり腕の見せ所である——、置物の位置がずれるなどは、小さな瑕疵かもしれない。しかし、ディナーのゲストにスープを運んでいるとき、鼻水の大きな滴が垂れそうになっていたというのは、かなりの問題だ（62）。こうしたことは、ミス・ケントンが指摘したのだが、スティーヴンズは、「偉大な執事」である父の失敗をなかなか認めたがらない。しかし、ついにウィリアムは、サンドイッチや茶器などを載せた重い大きなトレイを屋外にいるゲストたちのところへ運んでいるときに、何かの発作を起こして、倒れてしまう（65）。医者は「働き過ぎだろう」と言ったのだが、スティーヴンズは意を決して、ゲストのテーブルでの給仕をやめるように、ウィリアムに指示しなければならなかった。しかし、最悪の事態は、ダーリントン・ホールでの秘密の重要国際会議のときに発生することになる。晩餐会の席で、アメリカの上院議員ルイス氏から「アマチュアだ」と批判されたダーリントン卿が、「プロフェッショナリズム」を逆に批判するスピーチをする。

「……あなたの仰るプロフェッショナリズムとは、人を騙し、あやつって、好き勝手を通すということをどうやら意味しているようです。善と正義を世界に行き渡らせようとするのではなく、貪欲と優越の確保を優先するということです。それがあなたの仰る〝プロフェッショナリズム〟であるとすれば、サー、そんなものは、私は好きになれませんし、それを身につけようとも思いません」（107）

ダーリントン卿は、他のゲストたちから喝采を浴びるのだが、ちょうどそのとき、スティーヴンズは、ミス・ケントンに呼び出される。ウィリアムが重篤な発作を起こして、危篤状態になっていた。医師が駆けつけることになったが、その間にも、スティーヴンズは執事としての業務から離れようとはしない。しかし、死にかけている父親への愛情というプライベートな感情とプロフェッショナルとしての義務感との間に引き裂かれた彼は、動揺を完全には隠せなかった。食後に喫煙室で歓談中のゲストたちにポートワインを給仕していたとき、レジナルド・カーディナルが「おい、スティーヴンズ、だいじょうぶか」と聞いてくる。さらに、ダーリントン卿からも「だいじょうぶか」と声をかけられる。「なんだか泣いているみたいだぞ」。スティーヴンズは笑って、急いでハンカチで顔を拭き、「申し訳ございません。忙しい一日のストレスのためでございましょう」とごまかす。しかし、試練は続いた。ミス・ケントンがドアのところでこっそり手招きしているのに気づいて、出て行こうとすると、デュポンに引き留められる。反ドイツ感情を強く持つこのフランス人は、今回の会議の成否を握る要注意人物として、ダーリントン卿もレジナルド・カーディナルもマークしていたのだが、痛風の発作に苦しんでいて、新しい包帯を用意しろとスティーヴンズに要求する。「少々お待ちを」と言って、廊下でミス・ケントンに会うと、「お父様がつい四分ほど前に亡くなられた」と告げられる。そのまま業務に戻ろうとしたスティーヴンズは、ミス・ケントンに、それが父が望んだだろうことだから、と理解を求める。喫煙室ではデュポンが待ち構えていて、包帯の用意はできたかと聞いてくる。

「申し訳ございませんが、目下のところは、ただちにはお役に立てないのでございます」

「どういうことだ、執事？　基本的な医薬品が底をついているとでもいうのか？」

「実は、ちょうど医者がこちらに向かっているところでございまして」

「ああ、それはたいへんけっこうだ！　医者を呼んでくれたとは！」

「さようでございます」

「けっこう、けっこう」（111）


さらに、ドイツの伯爵夫人からは、料理がすばらしかったとシェフに伝えるよう言われ、スティーヴンズ自身も「三人分」の働きをしていたと褒められる。最後にレジナルドが、「お前が自然の愛好者であるのはすばらしい」と言うので、何のことかと思ったら、数日前に「自然の摂理」を教えようとしていたときのことを言っていたのであった（112）。この場面のイシグロの処理は、まことに卓越したものである。アマチュアとプロフェッショナルの対比の皮肉、かつて嫌悪すべき将軍のために執事の勤めを完璧に果たした父と似た状況に立たされたスティーヴンズの苦悩、さらには、レジナルドの場違いな「自然」讃美が重層して交錯する。非常に演劇的な場面でもあり、『日の名残り』がマナーズ小説というより、マナーズ喜劇に近い特質を持っていることを示している。この場での絶妙な台詞のやりとりは、二十世紀中葉の劇作家で、絶大な大衆的人気を誇ったテレンス・ラティガン（一九一一―七七）の芝居、たとえば『鬼のいぬ間に』（一九四三年）、『ウィンズロウの少年』（一九四六年）、『深く青い海』（一九五二年）を彷彿とさせるほどである。

スティーヴンズは、ここでは自分の内面については、固く沈黙を守っている。彼の涙は、「偉大な執事」としての彼の鎧のようなアイデンティティに生じたほころびだろうか。読者は、異常に偏った人格を備えた可笑しな彼に、ごく普通の人間的感情があることを知って、深く共感し、その苦境に同情する。これはやはりコメディではなく、悲劇なのか。しかし、舞台装置としては、マナーズ喜劇の設定が、揃いすぎるほどに揃っているとも見える。少し観点をずらすだけで、笑いを惹起するようなシチュエーションなのだ。読者が何よりも思い起こすべきなのは、優れた喜劇は、ときとして、優れた悲劇よりも痛切な悲哀を表現することができるということである。シェイクスピアやディケンズにはそれができた。イシグロは、すぐれたコメディを書いているのに、それがあまり理解も評価もされていない。しかし、彼もまた、限りなく可笑しく、かつ限りなく悲しい人間を描いていることは、少なくとも『日の名残り』においては、誰でも認めざるをえないだろう。

III　歴史とロマンスを辿るクウェスト

スティーヴンズは、ダーリントン・ホールの新しいオーナーであるアメリカ人のファラデイ氏のフォードを借りて、イングランド西方へのドライブ旅行に出かける。その旅行の間に、過去三十年間を回想するのが『日の名残り』の枠組みであり、イシグロは、前二作で行ったのと同じ、記憶をたどる物語を展開する。しかし、大きな違いは、スティーヴンズの旅が、第一次大戦から第二次大戦までの歴史の大きな動きを、彼自身の記憶として、振り返るものであるという点だ。『幽かなる丘の眺め』でも『浮世の画家』でも、太平洋戦争が背景となっていたが、実在の人物は言及されず、戦争の状況が具体的に描かれることもなかった。『幽かなる丘の眺め』は、平凡な主婦エツコのなにげない日常が、川端康成の『山の音』とよく似たトーンで、淡々と綴られ、「有名画家」オノが語る『浮世の画家』では、彼が協力者となった戦争や犯した罪は、存在感を明白に増しながらも、その具体的輪郭は、ますます漠然とした、あいまいで捉えがたいものになっていた。ところが、『日の名残り』では、語り手のスティーヴンズの主人、ダーリントン卿が第一次大戦後のドイツとの外交問題に深く関わっていたため、事情が大きく異なることになった。ダーリントン卿は、敵国ドイツの軍人であったカール＝ハインツ・ブレマンと深い友情を結んでいたのだが、ブレマンが没落して、最終的に自殺したことに深く心をいためた。彼は、この悲劇をもたらしたのは、大戦後にドイツに課された多額の賠償金であると考えた。何度もドイツを訪問して、敗戦国の悲惨な現状を目のあたりにしてきた彼は、ヴェルサイユ条約の改定のための陰の政治工作をするようになった。年代が進み、ヒトラーが台頭すると、ダーリントン卿は、イギリス国内の親ドイツ派として、いつしかヒトラーの協力者となっていった。この過程で、ダーリントン・ホールには、有力者や著名人が集うようになる。スティーヴンズは、実際に目撃した歴史上の有名な人物として、たとえば、劇作家でノーベル文学賞受賞者のジョージ・バーナード・ショー（一八五六―一九五〇）、経済学者のジョン・メイナード・ケインズ（一八八三―一九四六）、作家のH・G・ウェルズ（一八六六―一九四六）などを挙げている。大戦の戦中戦後にイギリスの首相であったロイド・ジョージ（一八六三―一九四五、首相在任期間一九一六―二二年）も言及されている。ナチズムの時代になると、イギリスの外相ハリファックス卿（一八八一―一九五九）とドイツの駐英大使であり後にナチス第三帝国外相となったリッベントロップ（一八九三―一九四六）との秘密交渉が、ダーリントン・ホールで何度も行われている。最終段階の交渉では、イギリスの首相も出席していた。名前は出ていないが、ナチスへの宥和政策を取ったネヴィル・チェンバレン（一八六九―一九四〇、首相在任期間一九三七―四〇年）のことだろう。スティーヴンズは、フィクションの中とはいえ、両大戦間のヨーロッパの歴史が動いていく現場を目撃することになったのである。「オフレコ」の訪問者もしばしばあって、使用人（スタッフ）たちが接触することすら避けられる場合もあったのだが、執事は例外だった。主人の絶対的信頼を得ている彼は、どんな密談の場にも顔を出して給仕することができたのである。執事の姿を見てあわてて口を閉ざす客に、ダーリントン卿は「だいじょうぶです。スティーヴンズの前なら何でも言えると保証します」（77）と言うのであった。スティーヴンズは、ヨーロッパの歴史の動きを偸聞（たちぎき）していたわけである。主人と要人たちとの実際の会話の内容については、完全な沈黙を守り通すのだが、彼の沈黙の語りが語っているものを、大戦間のヨーロッパ史を多少なりとも知っている読者は、容易に読み取ることができる。その結果、『日の名残り』は、二十世紀前半の歴史を描き出す「歴史小説」としての性格を帯びることになった。このことは、イシグロのマクロ・ナラティヴがはっきりとした形を取り始めたことを意味している。

二十世紀の歴史小説は、かつてのウォルター・スコット（一七七一―一八三二）のものなどとは、本質的に次元を異にするものとなった。それは、歴史と個人との関係が、大きく変化した結果である。世界的な規模で展開する現代の歴史は、個人にとって、捉えがたいものとなった。しかも、その、あまりに巨大で複雑で、捉えがたく、理解しがたい歴史の動きというものが、戦争という形で、個人の生活や運命、究極的には生死に容赦なく関わってくる。十九世紀の歴史小説、スコットの『ウェイヴァリー小説群』（一八一四―三二年）とかロシアのトルストイ（一八二八―一九一〇）の『戦争と平和』（一八六五―六九年）などでは、歴史の激動の中にあって、その中核に直接関わる個人が描かれていた。典型的な例は、スコットの『ウェイヴァリー』の主人公とか『戦争と平和』のピエールなどであるが、スコットの『古老』（一八一六年）の一節を引いてみよう。ここに登場する狂信的な、ほとんど狂女といってもいい老婆、モーズ（Mause）は、歴史小説に限らず、イギリス小説中最も強烈な印象を残すキャラクターの一人である。スコットランドの「盟約者軍（Covenanters）」の叛乱に加わった彼女が、一六七九年、ドラムクログ（Drumclog）の戦場で敵軍の将クレイヴァハウスを揶揄する場面はこうだ。

ヒースの上に立ち、被り物を脱いだ彼女の銀髪が風に翻る様は、さながら老いたバッカスの巫女あるいはテッサリアの魔女が、狂乱して呪文を唱えているかのようだ。彼女は、敗走する敵軍の先頭にクレイヴァハウスの姿を見つけると、皮肉たっぷりにこう叫んだ。「待ちやれ、待ちやれ、おめえら、聖者様たちの集まりさ行きたくてたまんねえもんじゃから、スコットランド中のムア［荒野］というムアを探し回って、会堂［長老会派の秘密集会所］をやっとこさめっけたってえのに、しっぽを巻いて逃げようってのかえっ？　……性懲りもねえおめえらめが、血をいっぺえ流しやがったくせして、助かろうって魂胆かえっ！　……つるぎは抜き放たれたのじゃ、いくら逃げ足が速かろうが、すぐにおめえらに追いつくべっ！」
（*Old Mortality* Chapter 17）

クレイヴァハウスこと初代ダンディー子爵ジョン・グラハム（一六四八―八九）は、いかなる美女も顔負けの美貌のため「美しきダンディー（Bonnie Dundee）」とバラードに歌われ、しかも外見とは裏腹の勇猛剛胆で知られた歴史上実在の軍人である。モーズは虚構の一介の農婦に過ぎない。しかし、ここでは彼女の存在感は圧倒的だ。我こそ歴史の主人公なり、という気概が溢れんばかりである。白髪をふり乱して荒野に立ちつくし、田舎訛りの英語で激しい呪詛を浴びせるこの狂信的老婆は、読者の脳裏に消しがたい刻印を残す。

『古老』とポストモダニズムの作家D・M・トマス（一九三五―二〇二三）の小説『ホワイト・ホテル』（一九八一年）を対比してみると、二十世紀の歴史小説がいかに大きな変容を遂げたのかがよくわかる。この作品では、ジークムント・フロイト（一八五六―一九三九）がウイーンの精神科医として登場し、原因不明の下腹部の痛み、おそらくは心因性と思われる痛みをうったえる「アンナ・G」という女性の治療にあたる。過去に何らかの心的外傷があったのではないかとフロイトは推測し、「アンナ・G」の妄想を精神分析の症例研究として記録していく。彼女の赤裸々な性的妄想が詩的散文で描き出されていくにつれて、文体は、リアリズムから非リアリズムの幻想的叙述へと移行する。いかにもポストモダン的な小説のように見えるのだが、最後にいたって歴史小説に変貌し、読者は愕然とさせられる。「アンナ・G」は、ウィーンのオペラ歌手、リーザ・エルドマンであることが明かされる。彼女は、痛みは完全には解消されなかったけれども、ユダヤ系ロシア人と結婚してウクライナのキエフ（キーウ）に移住して、平凡な主婦となり、息子も生まれて、幸福な生活を送っていた。その彼女に、歴史の荒波が無慈悲に押し寄せる。夫がスターリンの大粛清で行方不明となる中、一九四一年九月、ドイツ軍に占領されたキーウでは、全てのユダヤ人市民、三万人以上が、郊外の渓谷、バビ・ヤール（ウクライナ語ではバビン・ヤール）に追い立てられて、虐殺される。リーザは、幼い息子コーリャと共に機銃掃射を受けたとき、自分を長く悩ませてきた痛みが、過去のトラウマによるものではなく、実は、バビ・ヤール大虐殺の予感であったことを知る。★『ホワイト・ホテル』は、個人の精神の彷徨とそれを容赦なく押しつぶしていく巨大な力を描き出した。二十世紀が、無力な普通の人間たち、もはや歴史の主人公とはなりえない者たちが歴史の大波に呑み込まれ、理不尽に抹殺されていく時代であることを示したのであった。

★『ホワイト・ホテル』に描かれたバビ・ヤールの虐殺は、ソヴィエト連邦の作家で、後にイギリスに亡命したアナトーリ・クズネツォーフ（一九二九—七九）の『バービイ・ヤール』（一九六六、七〇年）にかなり依拠している。クズネツォーフは、虐殺を奇跡的に生き延びたディーナ・プロニチェワという女性の証言をもとにして、この「ドキュメンタリー小説」を書いた。日本では一九六七年に最初の翻訳が大光社から出版されている。

『ホワイト・ホテル』を参照してみると、カズオ・イシグロの作品もまた二十世紀的歴史小説としての相貌を備えていることが浮かび上がってくる。イシグロは、太平洋戦争下の日本を舞台とした前二作で、歴史の大きな動きとそこに巻き込まれた個人の状況とを同時に描き出すという形で、新しい歴史小説の可能性を示していた。すでに形を取りつつあったその姿に、二十世紀前半のヨーロッパ史に深く関わったイギリスの大貴族の執事、スティーヴンズという特殊な語り手を設定することによって、明瞭な輪郭を与えた。スティーヴンズは、自分には到底理解できない巨大な歴史に翻弄される無力な個人であり、エツコやオノがそうであったように、二十世紀を生きた現実の無数の人々の代表なのである。彼らの物語を書くことが、二十世紀的歴史小説の創造であることを、イシグロは、どこかの時点で、意識したのではないだろうか。歴史小説という概念は、今後展開されるイシグロのマクロ・ナラティヴを捉える上で、有用なものとなるだろう。

しかし、二十世紀前半の歴史を再訪するスティーヴンズの旅には、きわめてプライベートな目的があった。彼自身は、それをあくまでも職務上の、プロフェッショナルな目的であると繰り返す。ファラデイ氏が主人となったダーリントン・ホールには、彼から見ると、使用人（スタッフ）たちの仕事の分担や配置がうまく機能していないという問題があった。その原因は、「スタッフ・プラン」をきちんと立てて、宏壮な邸宅を滞りなく運営できる有能なハウスキーパーが不在であることだ。そう考えていた彼のところにミス・ケントンからの手紙が届く。二十年も前に退職し、結婚してミセス・ベンとなっている彼女だが、結婚生活がどうもうまくいっていないらしい。もしかしたら、彼女が再びダーリントン・

ホールのハウスキーパーを引き受けてくれるかもしれない。有能さは折り紙付きの彼女なら「スタッフ・プラン」の問題をたやすく解決できるだろう。そこで、ミス・ケントン――なぜか、スティーヴンズにとっては、彼女をいつまでもミス・ケントンと呼ぶのが自然なのだ――と交渉するために、「西の国」――イングランドの南西部地方――への旅をすることを決意したのであった。そのことをうっかりファラデイ氏にもらしてしまい、「お前の年で女友だちかい?」(14)と、得意の軽口の格好のネタにされ、あわてて否定する。しかし、スティーヴンズの真の動機、彼自身が意識することを必死に抑圧している動機が、ミス・ケントンと再会し、できることなら過去に、自分が原因で、うまくいかなかった彼女との関係をもう一度やり直したいということであると、読者には次第にわかってくる。

スティーヴンズの父ウィリアムとミス・ケントンは、一九二二年の春、ほとんど同じ時期に、ダーリントン・ホールに着任した。どうしてそうなったかというと、前任の副執事とハウスキーパーとが結婚して辞職することになったためである。下位の使用人たち、メイドや従僕の間でこのような事態が生じることは、もちろん、よくあることなので、執事としては、それを計算に入れておかなければならない。しかし、上位の、使用人とはいえ管理職の立場にある者が、このようなことをするのは、スティーヴンズとしては、はなはだけしからんことだと思える。とくに許せないのは女のほう、ハウスキーパーだ。「自分の職業に対する本当のコミットメントがなく、ロマンスを求めて、ポストからポストへと渡り歩くのが実態だという連中だ。この種の人間は、よきプロフェッショナリズムを腐らせるものである」(53)。

このように女嫌い、ロマンス嫌いのスティーヴンズだが、ミス・ケントンの着任後まもなく、彼女からの攻勢を受けとめなければならない状況となる。

思い出してみると、父とミス・ケントンがスタッフに加わってまもなくの午前中のことでした。私は自分のパントリーにいて、テーブルのところに座ってペーパーワークをしていたのですが、ドアをノックする音が聞こえました。どうぞと応える前に、ミス・ケントンがドアを開けて入ってきたので、びっくりしたことを覚えています。彼女は花々が生けられた大きな花瓶を持ってやってきて、微笑んでこう言いました。

「ミスター・スティーヴンズ、これで、あなたのパーラーも、少しは明るくなると思いました」(54)

ミス・ケントンは、スティーヴンズの部屋があまりに殺風景なので、花を飾りに来てくれたのであった。ここでは、同じ場所を二人がそれぞれ違った呼び方をしていることに注意すべきである。スティーヴンズは「パントリー」と呼んでいるが、これは伝統的には、「執事のパントリー(a butler's pantry)」という、キッチンとダイニング・ルームの間にある部屋で、通常は配膳室、食器室などと訳されている。現代でもやや大きな家屋が新築される際には、設けられる場合もある。以前は、というか本来は、執事の仕事部屋のことであり、執事はここで銀器を磨いたり、帳簿を付けたりするのであった。一方、ミス・ケントンは「パーラー」と呼んでいる。これは「居間」というつもりなのだろう。はっきりはしないのだが、どうやらここは、一般的な「執事のパントリー」とは違って、スティーヴンズの私室らしい。しかし、彼は、それをパントリーと呼ぶことによって、自分にはプライベートな空間はないのだ、あらゆる場所が仕事場なのだという意識を持っていることがわかる。実際、執事のパントリーは「戦闘中の将軍の司令部のようなもの」(173)とさえ、彼は考えている。ところが、ミス・ケントンは、花を持って、神聖な仕事場にずかずかと入り込んできて、そこをパーラーと呼び、たちまちプライベートな空間に変容させてしまう。

ミス・ケントンは、明らかに最初からスティーヴンズに好意を抱いている。おそらく「偉大な執事」をめざして「尊厳」を身につけようと努力している堅苦しい彼を、面白がり、その固い殻の下に隠された、あるいはわずかに垣間見える、真の姿に興味をそそられている。スティーヴンズも、彼女に対して、好意らしきものを抱くようになった。彼はそれを、彼女のプロフェッショナルとしての仕事ぶりへの賞賛の念以上のものとは、決してならないように、抑圧する。二人が最接近するのは、スティーヴンズが自室で読んでいた本に、ミス・ケントンが強い興味を持った場面である。スティーヴンズが「パントリー」で本を読んでいたとき、入ってきた彼女が、「何を読んでいらっしゃるの？」と聞いてくる。彼が「ただの本です」と言いながら、その本を胸に抱えて隠そうとしたため、好奇心に火の付いたミス・ケントンは「何かきわどい本じゃないの、どうして隠したがるの、見せてちょうだい」と迫ってくる。彼女はスティーヴンズの指を一本ずつはがすようにして、その本を奪い取って開いてみる。あぶない本かと思いきや、期待に反して——

「あらまあ、ミスター・スティーヴンズ、これ、ぜんぜんいかがわしい本なんかじゃないじゃない。ただのセンチメンタルなラヴ・ストーリーだわ」　（176）

ここでスティーヴンズはミス・ケントンを追い出してしまうのだが、自分が読んでいた本について、説明というか弁解をすることになる。その本はたしかに「センチメンタルなロマンス（a sentimental romance）」の一冊であって、主人の書斎や客人用の寝室に備え付けられているものであり、主として女性のお客様のためのものだった。彼がそれを選んだのはなぜかといえば、至極単純な理由であり、「英語の運用力を維持し、改善するためのきわめて有効な方法だったから」というのである（176）。もっともらしい、しかし、自己欺瞞の弁明であり、読者は失笑せざるを得ない。一方、最初から最後まで読み通すことはめったにないけれども、「つい楽しんでしまうこともあった」と認めている（177）。女嫌い、ロマンス嫌いのスティーヴンズのはずだが、密かな憧れがあることが見てとれる。

そのロマンスは、ミス・ケントンという女性の姿をとって、彼のすぐ傍にあった。しかし、実際には相思相愛であったにもかかわらず、それは結実することがなかった。イギリスの首相、外務大臣、ドイツの駐英大使がダーリントン・ホールで一堂に会し、ヨーロッパの運命を左右する極秘の重要会議が進行中の夜に、ミス・ケントンに、知り合いの男性からプロポーズされ、それを受諾したことを知らされる。彼女は明らかに、スティーヴンズに決断を迫っているのだが、この大事なときに自分を殺すことこそが偉大な執事の証しであると信じる彼は、「世界的に重要な事案（matters of global significance）」が二階で進行中」のためという理由で、おめでとうとだけ述べて、そそくさと立ち去ってしまう。その後、セラーから極上のポートワインを持ってくるようにダーリントン卿から命じられた彼は、ミス・ケントンの部屋の前で、立ち止まる。

ミス・ケントンのドアに近づいたとき、ドアの縁から灯りが漏れていたので、彼女がまだ中にいることがわかりました。そして、今となっては確信しているのですが、私の記憶にずっと留まってきたその瞬間——廊下の薄闇の中で、トレイを両手に持って立ち止まっていたその瞬間に、ほんの数ヤード離れたところ、ドアの反対側で、ミス・ケントンがまさにその時、泣いているという確信が、私の中でどんどん深まっていったのです。（237）

このとき、彼が決断して、ドアを開けて中に入り、自分を縛っているしがらみを振りほどいたならば、ロマンスが完成していたはずであった。しかし、彼は、偸聞（たちぎき）するのみなのである。この一件は、そのとき進行していた「世界的に重要な事案」と同じ程度に、彼個人にとって重大な「曲がり角（turning point）」であった。彼はミス・ケントンとのココア会をやめることを「曲がり角」と何度か呼んでいるが（185）、二人の関係を引き裂くことになる、さらに決定的な場面に直面して、動揺せざるを得ない。今はジャーナリストとなったあのレジナルド・カーディナル——第二次大戦で戦死することになる——が彼の様子がちょっとおかしいことに気づいて、「お前、具合が悪いんじゃないか？」と聞いてくる。スティーヴンズは「ちょっと疲れてはいますが、全くだいじょうぶでございます、サー」と、懸命に冷静を装って答えるのだが、父ウィリアムが亡くなったときと同様に、彼の内心は千々に乱れているのであった。しかし、彼は、最終的に自分の感情を抑圧し、自分の立場にふさわしい「尊厳」を保ち得たことに「勝利の深い感覚（a deep feeling of triumph）」（238）を覚える。ミス・ケントンとの決定的な別離は、彼が「偉大な執事」という理想像をついに我がものとした勝利の瞬間であったのだ。それがいかに空虚な勝利であったか、彼は二十年後に思い知ることになる。

スティーヴンズの旅は、その外形を見ると、古典的なクウェスト、探求譚と言っていいだろう。たとえば、「金の羊毛」を探求する英雄イアソンとアルゴナウタイの物語とか、中世騎士道ロマンスにある聖杯探求譚とかと、構造は相似なのである。使用人たちの間のロマンス＝恋愛沙汰を嫌悪する彼が、ミス・ケントンとの再会をめざして、つまりロマンス＝恋愛を求めて、クウェストをするロマンス＝物語を語ることになるというのは、実に皮肉なことであり、秀逸なコメディでもある。彼はサンチョの役も兼ねる老騎士ドン・キホーテでもあろうか。しかし、三日間のドライブ旅行、それは三十年のヨーロッパ政治史と彼自身の個人史を回想する旅でもあったが、その目的地、イギリス南西部ドーセットシャーの海岸の町、ウェイマスに到達したとき、このクウェスト・ロマンスは、悲哀に満ちた結末を迎える。ミス・ケントンことミセス・ベンは、スティーヴンズの思いを代弁するかのように、「自分の人生について、なんてひどい間違いを犯してしまったのか……別な人生、もっといいい人生があったかもしれない……たとえば、あなたと一緒に過ごす人生があったかもしれません、ミスター・スティーヴンズ」と語るのだが、「時計の針を戻すことはできない」(251 傍点は原文ではイタリック体)と言う。二人の初めての出逢いは一九二二年、現在は一九五六年、別れてからでも二十年以上が過ぎている。二人の年齢は正確にはわからないが、現時点で、おそらく六十代か、七十歳前後だろう。容赦なく残酷な時間の経過の前に、スティーヴンズも、「時計の針を戻すことはできない」ことを思い知る。再会は再びの別れでもあった。ミセス・ベンを見送った後、夕暮れの埠頭でスティーヴンズは、「私の人生の残りを最良に過ごすように努めよう(try to make the best of what remains of my day)」(256)と考える。しかし、彼に残された時間はあるのだろうか。ここでは動詞で使われているが、タイトルになっている名詞の「残されたもの(remains)」には、「遺骸」という意味があり、むしろその用法が普通である。

スティーヴンズの旅は、イングランドの西方へ向かうものであったことに意味があるのではないだろうか。イシグロのマクロ・ナラティヴの中で考えると、後知恵(hindsight)ならぬ先知恵(foresight)となるのだが、ここにはアーサー王伝説の結末のエコーが響いているように思われる。『日の名残り』から十六年後に刊行されることになる『埋葬された巨人』では、スティーヴンズと同じく年老いたヒーロー、アクスルが、クウェストの果てに「終着の浜辺」に行き着く。トマス・マロリー

（一四〇〇?―七一）の手になる十五世紀の散文ロマンス『アーサー王の死』では、致命傷を負ったアーサー王は、エルフたちの迎えの舟に乗り、ケルト伝説の西海浄土、アヴィリオンへ去って行く。時遅しとはいえ、初めて真の尊厳――イシグロ自身は「人間であること、誠実であることという尊厳」と語っている（Shaffer and Wong 39）――を体得したスティーヴンズにとって、ここに書かれてはいないエンディングは、アーサー王のそれに近いものとなったはずではないだろうか。ダーリントン・ホールに帰って、ファラデイ氏と「軽口を言い合う」という未来、哀切きわまりない悲劇から再びコメディへ戻る未来は、想像しがたいのである。いかに虚しい結果であったとしても、スティーヴンズはクウェストを成し遂げ、一つの悟りに至ったのだから、その彼にもっとふさわしい結末が――それが彼の死であるとしても――用意されてしかるべきではないだろうか。いずれにしても、クウェストといういう枠組みないし原型は、イシグロの物語構造の基盤をなすものとして、今後繰り返されていくことになる。

スティーヴンズは、信頼できない語り手というよりは、語るべきことを語らない沈黙の語り手である。自分の職業上のこと、とくに執事の理想像については、むしろ饒舌であるほどなのだが、心の内は決して見せようとしない。プライバシーを頑丈な殻で包み込み、徹頭徹尾プロフェッショナルとして生きようとしてきた。彼は前二作の語り手たち、語りながらも、自分を語ることを巧妙に避けてきた――というより、語らないことによって語ってきた、エツコとオノのまぎれもない継承者であり、

『日の名残り』は、すぐれてイギリス的な小説であるにもかかわらず、沈黙の文学なのであり、日本的沈黙の語りの伝統を引き継ぐものなのである。

第三章『癒やされざる者たち』

——ネクロポリスに充満する空虚な饒舌

I　最も楽しめる二十世紀の本

批評家に絶賛された『日の名残り』から六年後、一九九五年に出版された『癒やされざる者たち』は、イシグロとしては最長の小説である。初期の二作とは全く異なる三作目によって、読者を驚嘆させた彼が、次にはどのような新しい趣向の作品を書くのかと期待されていたが、新作長編は、あらゆる予想を裏切るものであった。読者はたしかに驚かされたのだが、その驚きは必ずしも賞賛には繋がらなかった。スザンナ・ハネウェルは、二〇〇八年に行われたイシグロへのインタビューの導入部で、次のように述べている。

「『日の名残り』の成功によって」神聖化されることを拒否した彼は、次の、五百ページを超える意識の流れのように見える長編『癒やされざる者たち』(一九九五年)によって、読者を驚かせた。困惑した批評家の何人かは、それを酷評した。ジェイムズ・ウッドは、「それは独特の劣悪さを作り上げた」と書いた。しかし、他の批評家は、熱烈にその弁護に回った。その中には、アニタ・ブルックナーがおり、彼女は、当初感じた疑問を乗り越えて、それを「ほぼ確実に傑作」と呼んでいる。(Hunnewell)

ジェイムズ・ウッド(一九六五―)もアニタ・ブルックナー(一九二八―二〇一六)も、共に著名な作家であり、批評家である。ウッドは『日の名残り』と『わたしを離さないで』を高く評価しているのだが、イシグロのノーベル文学賞受賞後に行われたインタビューでは、『癒やされざる者たち』はとても読みにくい」と正直に語っており、★ブルックナーも最初は当惑していて、称賛に至るまでに時間がかかったようである。批評家たちの否定的評価は、ミチコ・カクタニ（一九五五―）による『ニューヨーク・タイムズ』の書評の最後のまとめが代表的なものだろう。

イシグロ氏が『癒やされざる者たち』で主張したいと考えている哲学的ポイントは、たしかに重要なのだが、それは、強情な、独善的な長話（シャギードッグ）の語り、著者の知性と技巧にもかかわらず、読者の忍耐力をはなはだしく苦しめる語りの過程で、失われてしまっている。　(Kakutani)

「独善的な長話（shaggy-dog narrative）」とは、つまらないトピック、たとえば犬の毛のもじゃもじゃ度とかについて、脈絡なく、だらだらと続く語りで、しかも、最後の、いわゆるオチが拍子抜けの、アンチクライマックスで終わるストーリーのことである。これは『癒やされざる者たち』の語りを実によく、簡潔に表現していると言えなくもない。一見すると、脈絡もなく、延々と続く長話であり、しかも、結末はまさにアンチクライマックス、というより、後で論じるように、この大長編の大団円

★ https://news.harvard.edu/gazette/story/2017/10/harvards-james-wood-on-nobel-prize-for-kazuo-ishiguro/

が、ノンイベント（nonevent）で終わる、すなわち何も起こらないまま終わってしまうからだ。主人公の有名ピアニスト、ライダーは、コンサート・ツアーで、ヨーロッパ中央のどこからしい都市に来て、「木曜の夜」というイベントで演奏するはずであったが、三日間にわたって、さんざん回り道をさせられたあげくに、やっとコンサートホールの舞台にたどり着いたときには、会場には誰もおらず、座席すら取り外されている。すでに「木曜の夜」は過ぎて、金曜日の朝になっていた（519）。

このように手練れの批評家ですら、困惑し、忍耐力を試されるのだから、一般読者が、この小説をどのように捉えていいのか、途方に暮れたのは当然であった。しかし、ハネウェルが述べているように、弁護に回った批評家も多かったのである。中でも、卓越した鑑識眼で名高いジョン・ケアリ（一九三四―）は、『癒やされざる者たち』を『純粋な悦楽――二十世紀の最も楽しめる本へのガイド』で紹介する五十冊の中に挙げている。彼の「最も楽しめる本」という評言が、一般読者にとって、有益な示唆だろう。ケアリはこう述べている。

この本は、最初は困惑を引き起こすかもしれないが、いったん、それが現実を引き裂く様に慣れてしまえば、それは緊迫した、夢中にさせられるものとなる。カフカと『不思議の国のアリス』のどこか中間に位置するこの手法によって、普通のフィクションには閉ざされている意識下の深奥に、イシグロが入ることを許されるのである。（Carey 165）

とはいっても、『癒やされざる者たち』が普通のフィクションではないことは変わらないのだから、十分に理解し、楽しむためには、読者にとっては、読み方の指針が必要だろう。これまでのイギリス小説にも、過去のイシグロ作品にも類例がない独特な語りは、しかし、彼のこれまでの三つの長編によって構築されつつあるマクロ・ナラティヴという展望の中に置いてみれば、理解できるものとなる。本章では、まず三つの相ないし次元から、『癒やされざる者たち』を分析していく。一つは「時間と空間の歪み」であり、もう一つは「不条理コメディ」であり、最後は「死者たちの物語」である。最後のところで、イシグロのマクロ・ナラティヴとは何か、『癒やされざる者たち』の異常な語りは、そこにいかなる位置づけを与えられ、理解できるものとなるのかを示したい。

II　時間と空間の歪み

『癒やされざる者たち』は、世界的に有名なピアニスト――「世界で最も優れた存命中のピアニストであるばかりではなく、今世紀のまさに最も偉大なピアニスト」(11) ――であるライダー（ファースト・ネームは一度も出てこない）が、コンサート・ツアーで、ヨーロッパ中央に位置するらしい、とある都市のホテルに到着するところから開始される。この都市の名前は最後まで不明のままなのだが、ホフマンとかフォン・ヴィンテルシュタイン、あるいはトルーデとかインゲという名前が出てくることから、どうやらドイツ語圏のようだ。けれども、敬称はミスター、ミス、ミセスと英語式であり、登場人物たちは例外なく自然でイディオマティックな英語を話す。読者にこの小説に流れる時間が異様に歪んでいることがわかってくるのは、ライダーが年老いたポーター、グスタフと共にホテルのエレベーターに乗ったところからである。「あまり上まで行くわけではありませんから」(5)とグスタフが言ったのだが、彼はライダーに、ポーターの仕事のことや仲間のポーターたちについて、とりとめのない話を始め、それが延々と続く。エレベーターはいっこうに目的の階に着かない。いったい、何階建てのホテルなのか。しかも、ライダーは、そこに乗っているのが自分とグスタフだけではなく、もう一人、ヒルデ・シュトラトマンという女性が背後にいることに、しばらく時間が経ってから気づいて、びっくりする(9)。彼女は「市民芸術院」に所属していて、どうやらこの都市に滞在中のライダーのスケジュール管理を担当しているらしい。このとき、彼女から自分のスケジュールについての詳細を教えてもらわなかったことを、ライダーは後で後悔することになる。なぜか彼女は、それは先刻ご承知でしょうという態度だったので、聞きそびれてしまったのである。シュトラトマンはここで初めて登場するのだが、彼女が再度姿を見せるのは(途中で電話はするのだが)、物語も終わりに近いところであり、スケジュールはとっくに無意味になっている。そんなこんなで、テクストで六、七ページもかかって、ようやく部屋に着くと、飛行機の長旅で疲れ切っていたライダーはベッドに飛び込む。ところが、そこでさらに不思議なことが起こる。天井を見上げた彼は、この部屋が、彼が子供の頃、両親と共に二年間暮らした、イングランドとウェールズの国境にある叔母の家で自分の部屋だったところだと気づく。そんなことがあるはずはないのだが、ライダーは少しも異常だとは思わず、むしろ子供時代に自分の聖域（サンクチュアリ）だったところに戻ったことに安堵感を覚えて、眠りに就く（17）。しかし、果てしなく続くかに思われる長い、長い一日は、まだ始まったばかりなのであった。

ライダーが、ホテルの支配人、ホフマンからの電話で起こされるところから第二章となるのだが、第一部（一日目）のその後のプロットの展開を章ごとに、できるだけ簡単にまとめてみよう。実は、この小説には、一応のメイン・プロット――有名ピアニストのライダーが、コンサートのために、ヨーロッパのどこかの都市にやってきて、そこの住民たちと交流する三日間、というかなり単純なもの――はあるのだが、普通のリアリズム小説とちがって、時間と空間が異常に錯綜するために、それを「簡単にまとめる」のは不可能である。その複雑きわまる錯綜ぶりを示すために、この要約が、要約とは言えないほどの長さにならざるを得ないことを、あらかじめご承知いただきたい★。

第二章

ライダーはホフマンに会う。コーヒーを渇望していたライダーは、ホフマンの案内で、ホテル

★ 安藤和弘氏の「カズオ・イシグロ『充たされざる者』――語りの歪みの考察」(1)及び(2)は、小説の展開に沿いながら、「語りの歪み」の詳しい分析をしている。議論として示唆に満ちているばかりでなく、「あらすじ」としても読めるので、この作品を再読する勇気がない読者にも有用だろう。安藤氏の『充たされざる者』論は(3)まで予定されているとのことだが、(3)は、本書執筆中の二〇二四年一月時点では、未刊である。この小説の語りをまともに分析しようとしたら、論文の長さが合計一〇〇頁前後になるのは理解できる。

のアトリウムに向かう。コーヒーを飲んでいたライダーは、ホフマンの息子でアマチュアのピアニストだと称するシュテファンに声をかけられて話し込む。その後、グスタフが現れ、疎遠になっている娘が、すぐ近くのカフェに来ているので、仲介してほしいと依頼する。

第三章

ライダーは、ホテルの近く、旧市街（オールドタウン）にあるハンガリアン・カフェに向かう。そこでは、グスタフの娘ゾフィー（英語読みならソフィー）が幼い息子のボリスと一緒にいる。ゾフィーはライダーを以前から知っているらしく、「ミスター・ライダーは特別なお友だちなのよ」とボリスに言うのだが、話しているうちにライダーは、ゾフィーの顔に見覚えがあるような気がしてくる。電話で彼女と口喧嘩した記憶がよみがえる。ゾフィーが「わたし太ったと思う？」と聞き、彼は「そんなことはない」と笑って返す。ゾフィーは彼の妻であり、ボリスは息子なのであった。

第四章

親子三人は、ハンガリアン・カフェからゾフィーの自宅アパートに向かう。ところが、歩いて数分のはずなのに、なかなかたどり着かず、しかも、ゾフィーが、なぜかどんどん先に歩いて行くので、息子と手を繋いでいたライダーは、妻の姿を見失ってしまう。日がとっぷりと暮れて、郊外の寂しい場所で置き去りにされ、途方に暮れていると、イングランドで子供の頃に友だちだったジェフリー・ソーンダーズが現れ、長話をする。ソーンダーズと別れ、息子と一緒にバスを待つ。

第五章

二人がバスを待っているところにシュテファンが車で通りかかる。彼は、指揮者ブロツキーの元妻、ミス・コリンズ（きわめてイギリス風の名前）のところに、大事な要件で行く途中だという。車に乗せてもらって、ミス・コリンズのアパートに行く。ミス・コリンズとブロツキーの仲をなんとか修復したいと考えるホフマンが、彼女を説得するため、息子を使者として派遣したのであった。シュテファンがアパートに入り、ライダーとボリスは車に残って、待っている。その間、ライダーは、ミス・コリンズとシュテファンの間で交わされる、聞こえるはずのない会話を——テレパシーによるのか、彼がシュテファンに憑依したのか——聞いている。

第六章

ミス・コリンズのアパートから車に戻ってきたシュテファンは、自分のこれまでの人生のこと、ピアノの演奏のことで、両親の期待を裏切っていたことなどを長々と語る。彼の車で、ライダーとボリスは、ホテルに戻る。

第七章

ホテルのフロント係が、寝る前にリラックスしたいなら映画を観に行ってはどうかと提案する。ちょうどそのとき、ゾフィーからフロントに電話がかかってくる。ホテルに住んでいるというグスタフにボリスを預けて外に出る。

第八章

外で待っていたゾフィーと一緒に映画館に行く。映画は『２００１年宇宙の旅』。映画を観ているとき、市の参事会の一員だというカール・ペダーセンという男がライダーに話しかけてくる。彼は、評判のよくないチェロ奏者、クリストフについて語る。

第九章

ペダーセンに促されて席を立ったライダーは、映画館でトランプをしている男たちに出逢う。彼らはクリストフやブロッキーについての話をする。クリストフは、市民の期待に添えなかったために、嫌われており、離婚して以来スランプに陥っているブロッキーは、市民たちからカムバックを期待されている。ホテルに帰ったライダーは、ドレッシング・ガウンに着替えて、ベッドに倒れ込む。ゾフィーは彼の語りから、いつの間にか消えてしまっている。

第十章

ライダーは、支配人のホフマンからの電話でたたき起こされる。ドレッシング・ガウンのままロビーに降りていくと、ホフマンからブロッキーの愛犬ブルーノが死んだという「悪い知らせ」を聞かされる。支配人は夜会服で正装しており、当たり前のように、「それではまいりましょう」と言う。どこに行くのかわからないまま、ホフマンの車に乗って、郊外の伯爵夫人の邸宅に着くと、どうやらブロッキーを主賓とするレセプションがあるらしく、市長のフォン・ヴィンテルシュタインをはじめ、市のお偉方たちが正装して集まっており、そこには、ミス・コリンズもシュテファンもいる。ブロッキーの犬について議論が交わされる。祈念の彫像を建てようという意見まで出る。市民が結束して、失意のブロッキーを励まし、優れた指揮者としての彼の復活を後押ししているらしい。シュテファンが、疲れたので歩いて帰る、と言う。郊外の伯爵夫人邸だったはずなのに、シュテファンの後について邸内の奥へ歩いて行くと、そこはホテルのアトリウムであった。シュテファンの求めに応じて、彼のピアノ演奏を聴いていたライダーは、疲れを感じて、ロビーに戻る。

これが初日であった。テクストでは一五〇ページに及ぶ、長い長い一日、というか、午後から始まっているのだから、半日である。リアリズム小説を読み慣れている読者は、次々に展開する異常な状況にとまどってしまう。初めて訪れた中欧の都市に自分の妻と息子がいるとはどういうことか、なぜゾフィーに置き去りにされるのか、疲れているのに、なぜ映画館に行くのか、深夜に——ライダーがホフマンの車に乗せられて街に出ると、映画館を出たときには車も人通りも絶えていた街路がなぜか渋滞しているので、実は深夜ではなく、時間が前に戻ったのかもしれない——開かれる正装のレセプションにドレッシング・ガウンのまま出かけるのはなぜか、ホフマンやゲストたちはなぜ見咎めないのか。何かもっともらしい説明があるのではないかと待ち続け、裏切られ続けている間に、読者がかなり疲労してしまったとしても、やむを得ない。ミチコ・カクタニが「読者の忍耐力をはなはだしく苦しめる語り」と言っている通りである。この全てを語っていく語り手のライダーも、疲れていると言いながら、実際飛行機の長旅で疲れているはずなのだが、周囲からのさまざまな、唐突で奇妙な要求に応じ続けるのだから、そのタフさは尋常ではない。

この小説世界の異常さは、現実にはあり得ない空間の歪みに、最も顕著に示される。車でかなりの時間をかけて着いた郊外の伯爵夫人邸が、実はライダーの滞在するホテルの一部だったというところが典型的である。似たような状況は、第二部（二日目）以降にも、何度か出現する。ジャーナリストとカメラマンの取材をカフェで受けたライダーは、「サトラー館」の前でポーズを取るように頼まれ、「すぐ近所だから」と言われて、ボリスをそのカフェに残したまま出かける。しかし、サトラー館は、郊外の遠くの場所にあり、しかも、それは館ではなく、マックス・サトラーという人物を記念するモニュメントであった。その後、そこで出逢った、あの嫌われ者のクリストフの車に乗せられて、カフェで開かれているランチ会に付き合ったライダーは、長い時間、ボリスをほったらかしにしてきたことを思い出すのだが、そのカフェが実はボリスを置いてきたのと同じ建物にある別な店であることに気がつき、キッチンを通って行くと、ボリスが待っていた。そのことに何の疑問も感じないライダーは、この都市の歪んだ空間にどうやら順応してしまったらしい。

ゾフィーの住むアパートの場所も大きく変動する。ハンガリアン・カフェでの最初の出逢いの時は、そのすぐ近く、つまり都心にあるとされていたが、実際はどこまで歩いてもたどり着かなかった。バスでかなり郊外まで行った「人造湖」のある団地にそれがあるというので、行ってみると、たしかに昔住んでいたアパートであることをライダーは思い出す。ゾフィーが、シュトラトマンから何度も電話があって、カルウィンスキー・ギャラリーというところで開かれるレセプションにライダーが出席するかどうか聞いてきたと伝える。ライダーは、その場所がわからなかったのだが、ちょうど駐車場を出て行った「赤い車」がそこへ行くところだから、ついていけばいい、と近所の住民に言われて、ゾフィーとボリスを連れて、車で追いかける。しばらく行ったところで、ボリスがトイレに行きたいと言い出し、ゾフィーも飲み物とスナックを買いましょうというので、サービス・ステーションに立ち寄る。かなりの時間、道草を食ったはずなのだが、再び車に乗ると、あの赤い車は依然として前方を走っている。郊外にあるはずのレセプション会場、カルウィンスキー・ギャラリーも、伯爵夫人の邸宅と同じで、都心のホテルと繋がっている。というか、実は、ここは昨夜とまったく同じ場所なのであった。エントランスでライダー一家を迎えたメイドが「またお会いできましたね」と言ったので、彼はそこが「前の晩、ホフマンに連れて行かれたのと同じ館である」ことに気づく。一つのドアを開けると、そこはホテルの廊下になっていた（一九―二〇章）。

　このような空間の歪みは、時間の歪みと不可分に組み合わされている。最初のエレベーターの場面で、この都市での時間の進み方が通常と異なることが示されたのだが、時間の歪みは、さらに深いところで、過去のよみがえりとして現出する。カルウィンスキー・ギャラリーの駐車場に着いたとき、錆びついた古い自動車が打ち捨てられていた。それを見たライダーは、その車が昔、家族とドライブしていた父の愛車であることに気づく（260）。それがきっかけで、しばらくの間、彼は子供時代の回想に引き込まれる。ホテルの部屋とかこの廃車とかは、ゾフィーのアパートにあるいろいろな品々もそうなのだが、時空を越えて現在に漂流してきて、彼の眼前で実体化した過去そのものであった。過去のよみがえりは、こうした物理的な形のみならず、登場人物としても姿を現す。ライダーは、ゾフィーと結婚し、ボリスという息子を得たという人生の大きな出来事を、二人に会ってから、ようやく思い出す。それは記憶喪失とか、ましてや健忘症などと言えるような、なまやさしいものではない。『癒やされざる者たち』という小説の顕著な特徴は、過去が登場人物として、実体化することである。ライダーはこの異国の都市で、そこにいるはずのない者たちと次々に出逢う。ゾフィーとボリスがそうであり、旧友のジェフリー・ソーンダーズがそうである。さらに、ライダーがサトラー館に行くために、ジャーナリストに促されて飛び乗った路面電車（トラム）の車掌は、村の小学校の同級生だったフィオナ・ロバーツであった。

　この異国の都市の住民の多くは、過去にライダーと関わりのあったイギリス人たちばかりではなく、全くの他人であるキャラクターたちまでも、ライダー自身の過去を再現しているように思われる。シュテファンは、彼と同じく、ピアニストである。子供のときから、神童扱いされ、ホフマン夫妻の大きな期待を受けつつ育った彼だが、大人になった今、その期待に応えられなかったと自覚し、両親との関係がぎくしゃくしている。それはライダー自身がたどったかもしれない人生だった。彼は今や「世界的に有名なピアニスト」になっているのだが、彼の自信は盤石のものではない。両親が、彼のコンサートを聴くために、この都市に来ることになったということを聞いて、彼は胸を躍らせる。シュテファンは、「木曜の夜のコンサート」で、両親に自分の腕前を披露して、肯定してもらい、認めてもらうことを熱望しているが、ライダーも似たような心理状態なのである。ブロツキーとミス・コリンズとのねじれた関係は、ライダーとゾフィーとの夫婦関係を転写したものとも捉えられる。ライダーの人生の過去において、彼にとって大きな意味のある関係を持っていた人々が、別な姿を取って、いわばアヴァター＝化身となって、彼の周囲に出没するのである。

語り手のライダーは、健忘症あるいは記憶喪失に陥っている信頼できない語り手のように見えるかもしれないが、実は不思議な能力を持っている。見えないはずのものを見ることができ、聞こえないはずの会話を聞くことができるのだ。シュテファンの車でミス・コリンズのアパートを訪れ、二人が会っている間、ボリスと車にとどまって待っているのだが、突然に全知の語り手になったかのように、まるでシュテファンに乗り移ったかのように、ミス・コリンズとの対話の場面が詳細に描写される。彼は二人が交わす会話を偸聞(たちぎき)しているのである。『癒やされざる者たち』では、極端な、拡大された偸聞（たちぎき）が至る所に現れる。二日目の朝、ボリスとゾフィーのアパートに行こうとしたライダーは、カフェの前で、インタビューを求めるジャーナリストに呼び止められる。カフェの中に入って、ボリスにケーキ等を買い与えて、待つように言い、屋外の席に戻ると、そのジャーナリストとカメラマンが話している。二人は、同じテーブルに座ったライダーになぜか気づかず、彼を揶揄するような会話を目の前で交わす。

「だけど、やつにあまりごり押しするなよ。先月、シュルツが、ウィーンで失敗したのはそこなんだ。それからな、こういうタイプのご多分に漏れず、やつはうぬぼれがひどく強いってことを忘れるな。だから、やつの大ファンだってふりをしろ。新聞社がお前を派遣したときは、お前がほんとうにすげぇファンだってことを知らなかったって言え。それでやつはいちころだぜ。だけど、意気投合するまでは、サトラー館のことは口に出すなよ」

……

二人はお互いにうなずきあった。それから、ジャーナリストは深く息をつき、両手をパシッと叩き、体を回して私のほうを向き、そうしながら突然顔を輝かせた。

「ああ、ライダーさん、いらしたのですね。私どもに貴重なお時間をさいていただき、ありがとうございます……」

(166–67)

ジャーナリストとカメラマンは、ライダーにうまく取り入って、サトラー館（実はモニュメント）の前で写真を撮ることを承知させる作戦を練っていたのだ。マックス・サトラーという人物は、モニュメントが建てられるほどの市の偉人らしいが、彼をめぐる市民感情は、なぜか非常に悪い。何も知らないライダーがモニュメントの前でポーズする写真がさっそく地元新聞の夕刊の一面に、「ライダー、結集を呼びかける」という見出し付きで、でかでかと掲載されると、市民たちから非難の目を向けられてしまう（267）。地元の事情を知らない有名ピアニストをおだてあげて、スキャンダル的な写真を撮るための、いわば内密の作戦会議をやっていたのに、なぜかジャーナリストとカメラマンは、当の本人が同じテーブルの目の前にいることに気づかない。というか、聞こえるはずがない会話がライダーには聞こえてしまうのだ。ライダーのいわば透視能力ともいうべき力は、他者の心の中にまで及ぶ。ブロツキーは「［ミス・コリンズと］またヤリたいと思っているんだ」と彼に告白する。自分は年老いたけれども、まだセックスはできると言って、こう続ける。

「おれはまだセックスができるよ。……試してみたんだ。つまり一人でね。まだできる。痛みは忘れられる。酔っ払っているときは、おれの突き棒はなあ、役立たず、役立たずだ。……おといの夜もやってみた。まあ必ずしも最後まで、すっかりやれるわけじゃないけどな。おれの突き棒は年とっちまって、何年もの間、トイレにしか用がないというしろものだった。ああ、……彼女とまた、すごくヤリたいんだ。……最後まではいかないけど、固くすることはできたんだ」

（309–10）

「突き棒」の英語（prick）は男性器を指す卑猥な俗語である。いい年輩の尊敬される市民であるブロツキーが、こんなあからさまな自慰行為の話を、ほとんど初対面のライダーに語るとはとても思えない。彼の長々とした独白は、内心の、言葉にならない妄想をライダーが偸聞し、語りに変換していると言ったほうが、正しいだろう。

語り手の超自然的な偸聞の能力がここまで示されると、『癒やされざる者たち』の基本的な語りの仕組みがわかってくる。ライダーは、それぞれのキャラクターたちが心の中に抱えている「物語」を聞いて、それを語っているのである。他人から見ればきわめて私的で、ある意味ではどうでもよいものだが、本人にとってはきわめて切実な悩みや苦しみや欲望や憧れや怒りや悲しみを、それぞれのキャラクターが心の中で反芻している。ライダーが彼らと接触すると、それらが堰を切ったように流れ出す。彼は「内的独白（interior monologue）」の聞き手なのだ。そのために、キャラクターたちの語りは、ときには段落の切れ目もないまま、何ページにもわたって続く。この小説で、わずか三日間の物語が、五百ページ以上も、長々と続くことになるのは、「内的独白」が饒舌となって、あふれかえっているからなのだ。

しかし、イシグロの沈黙の文学は、この饒舌が横溢する中から、次第にその本来の姿を顕していく。その饒舌の背後に隠されているものについて論じる前に、この小説の「不条理コメディ」としての次元を見ておかなければならない。

Ⅲ 不条理コメディ

『日の名残り』が優れたマナーズ喜劇として読めることは、前章に示した通りであるが、『癒やされざる者たち』も、コメディとしての面を備えている。ここでも読者がコメディ性を読みそこなってしまうことが多いのだが、それをきちんと鑑賞することができれば、この小説を、ジョン・ケアリが言うように「純粋に楽しむ」ことができるようになる。ただし、『日の名残り』のようにイギリスの階級制度に立脚した伝統的なコメディではないので、さらに捉えにくくなっていることは確かである。それに読者にとっては、時間と空間が異様に歪んだこの小説世界に慣れなければならないという関門がある。この時間と空間の歪みそのものも笑いの要素であることを見抜ければ、事は容易なのだが、イシグロのなめらかな言語によるリアリスティックな描写が読者を最初に捉えてしまうので、なかなかそうはいかない。この小説は、読者＝観客の反応という点では、演劇の世界であれば、ウジェーヌ・イヨネスコ（一九〇九—九四）やサミュエル・ベケット（一九〇六—八九）の不条理劇（absurd drama）とかなり似たところがある。イヨネスコの『授業』（一九五〇年）、ベケットの『ゴドーを待ちながら』（一九五三年）は、初演のときは観客を大いに戸惑わせたのだが、次第に受け入れられ評価が高まると、演出によっては観客が爆笑することもあるという芝居になった。『癒やされざる者たち』

も、不条理性という点では、フランツ・カフカ（一八八三―一九二四）の『城』（一九二六年）と出版時からしばしば対比された。ライダーは、『城』の主人公の測量技師Kが「城」にたどり着くことができないのと同様に、自分が演奏することになっているコンサートホール、彼が滞在しているホテルから徒歩で十五分程のところとされる会場に、なかなかたどり着けない。『癒やされざる者たち』をカフカ的不条理小説と見ることは、もちろんできるだろう。しかし、コメディ性という点では、かなり異なっている。「不条理（absurd）」とは、英語では、「滑稽な、ばかばかしい」という意味であり、本来、コメディと親和性がある。『癒やされざる者たち』の中での、まさにばかばかしいとしか言いようのない場面をいくつか見てみることにしよう。

第一部（一日目）で、息子のボリスを連れて、シュテファンの車でようやくホテルに戻ったライダーは、フロント係から映画館に行くことを勧められて、ゾフィーと共に映画館に行く。そのこと自体がかなりおかしな状況だが、彼が観る映画がさらにおかしい。上映されているのは、スタンリー・キューブリック（一九二八―九九）監督の『２００１年宇宙の旅』。一九六八年に公開されたＳＦ映画の古典的名作である。この映画の第三部では、ＨＡＬと名づけられたコンピュータ、今で言えばＡＩが、人間に対して叛乱を起こして、宇宙船を乗っ取ろうとする。出演しているのは、当時は全く無名の俳優ばかり。ところが、ライダーが観る映画では、「クリント・イーストウッドとユル・ブリンナーが木星に向かう宇宙船に乗っている」（94）。さらに、「ユル・ブリンナーが部屋に入ってきて、イーストウッドの前で手を叩き、彼の抜き打ちの速さを試すという有名なシーンに近づいている」(100)。クリント・イーストウッドは、一九六〇年代に、いわゆるマカロニ・ウエスタンで活躍し、その後の大スターへの道を切り開いたのだったし、すでに一九五〇年代からハリウッドのスターだったユル・ブリンナーは一九七三年のSF映画、『ウエストワールド』で、ロボットのガンマンを演じていた。イギリスの著名なSF作家アーサー・C・クラーク(一九一七—二〇〇八)が脚本を書き、アメリカ映画界の異端児であったキューブリックが監督して、哲学的、思弁的とされ、難解で物議をかもしたSF映画が、安物の娯楽西部劇と混同されてしまっている。滑稽といえば滑稽だが、これらの映画を知っていない読者に笑いを求めるのは、無理かもしれない。

一方、次の場面は、そのあまりのばかばかしさ(absurdity)のゆえに、まず確実に笑いを誘うものである。映画館から帰って、ドレッシング・ガウンに着替え、ベッドに入ったライダーは、ホフマンからの電話でたたき起こされ、着替える間もなく、郊外の伯爵夫人邸のレセプションに連れて行かれる。そこで、有名ピアニストとしてスピーチしようと立ち上がったのだが——

……私は立ち上がって、強く咳払いをした。

部屋はほとんどすぐに静まりかえり、全員の目が私に向けられた。[ブルーノの]彫像に反対を唱えていた男は演説を中断して、急いで席についた。私が二回目の咳払いをして、スピーチを始めようとしたそのとき、突然、私のドレッシング・ガウンの前がはだけていて、体の裸の前面がすっかり露わになっていることに気がついた。狼狽した私は一瞬ためらい、それから再び腰を下

(143)

ろした。

まずおかしいのは状況である。ホフマンは、自分はディナー・ジャケットにカマーバンド、蝶ネクタイという正装をしているのに、ライダーの服装については何も言わず、ドレッシング・ガウン姿の彼をそのまま車に乗せる。伯爵夫人邸に集まっている人々は、もちろん全員が正装している。にもかかわらず、誰もライダーを咎めようとしない。一人だけ場違いな服装をしているというか、ほとんど裸のライダーがそのまま演説を始めようとして、「体の裸の前面がすっかり露わ」になってしまい、あわてるというのだから、まさに滑稽なばかばかしい場面だ。ところが、会場では、何事もなかったかのように、他の人物たちのスピーチが続いていく。

このようにライダーがスピーチをしようとして阻まれる場面は、本書の「序」で引用した箇所にもある。もう一度、簡単に振り返ると、幼友だちのフィオナのアパートで、本人が目の前にいるにもかかわらず、それに気づかないまま、ライダーのことを話題にしているインゲとトルーデに対して、ここぞとばかり名乗りを上げようとしたときに、彼は「フガッ」としか発することができなかった(239)。ここは伯爵夫人邸のレセプションの場面よりも、はるかに滑稽である。なぜそんなことが起こるのかと読者はいぶかるかもしれないのだが、『癒やされざる者たち』の中で機能している不条理の原理が介入したのだと考えるべきだろう。

この小説で最もばかばかしく滑稽な場面は、いよいよ「木曜の夜のコンサート」が近づいたところに出てくる。ホフマンの車を借りて、ゾフィーのところに向かう途中で、ライダーは助けを求める数人の人たちに呼び止められる。なんと、ブロツキーが自転車で交通事故に遭い、重傷を負ったらしいという状況であった。

そのとき私は辺りを見回して、車からあまり離れていない地面に、金属の大きなもつれ合った塊があるのに気がついて、ぎょっとした。……その金属のほうに動いていくと、それが実は自転車の残骸であることに気がついた。金属はひどくねじ曲がっていて、そしてぞっとしたのだが、その真ん中にブロツキーがいるではないか。彼は地面に仰向けに横たわり、私が近づいていくのを両目で冷静に見ていた。(439–40)

周囲の人たちに、なぜ救急車を呼ばないのかと聞くと、一時間も前に呼んだのだが、「木曜の夜のコンサート」という大イベントのために混み合っていて、なかなか来ないのだという。たまたま、外科医だという男がそこに居合わせて、ブロツキーの脚をただちに切断しなければならないと告げる。緊急を要するが、手術道具がない。あなたの車に何か道具はないかと言われて、ライダーは車のトランクにあった弓鋸を持ってきて、外科医に渡す。急いでいた彼は、外科医が弓鋸でブロツキーの脚の切断手術を始め、ブロツキーが悲鳴を上げるのを尻目に、ゾフィーに電話するため、公衆電話ボックスに走る。

全く異常で、現実にはありそうもない状況である。救急車が一時間経っても到着しないというのは変だし、その場に居合わせた外科医が、麻酔も消毒薬もなしに、ありあわせのノコギリで脚の切断を始めるというのは、とうてい考えられない。イヨネスコの不条理劇にでも出てきそうな場面であり、実際、芝居として舞台上で上演すれば、観客を笑わせることは間違いない。しかし、これにはさらに続きがある。

緊急の脚切断手術を受けたブロツキーが、あまり時間も経過していないのに、コンサートホールに姿を見せるのだ。松葉杖の助けを借りて、自力で歩いている。ところが、よく見ると、その松葉杖は代用品で、実際はアイロン台だった（455）。ライダーは驚いて、「ブロツキーさん、あなたは脚をなくしたばかりではありませんか」と聞くと、「たしかになくしたが、それはもう何年も前のこと、たぶん子供の頃だった」と答える（465）。彼はもともと義足を付けていたのであった。

あの馬鹿な医者め。あいつは義足をノコギリで切り落としたんだ。そう、たしかに血は出たし、今も血が流れている。……あの馬鹿めが、私の義足をおしゃかにしただけじゃなく、脚のほうをすりむきやがったんだ。傷跡からこんなに出血したの何年ぶりかだ。まじめくさった顔をして、なんたるアホなんだ。自分がすごく重要人物だと思っていやがるくせに、私の義足をノコギリで切り落としたんだぞ。

（464–65）

ブロツキーの切り落とされた脚が義足であったとは、実にばかばかしいお笑いであったのだ。しかも、どこであつらえたのか、アイロン台を松葉杖替わりにしているのだから、ますます滑稽である。このアイロン台は、ちょっとした弾みでパカッと開いてしまうという不都合があり、舞台に登場したときに、ブロツキーはそれで一苦労することになる。不条理なコメディは、物語の終わり近くまで、かなり間延びしながらも、続くのである。★

Ⅳ　マクロ・ナラティヴの中の死者の都（ネクロポリス）

ライダーは、「木曜の夜のコンサート」のために、この都市を訪れたはずであった。ところが、この「木曜の夜」について、彼は実はよく知らないようなのである。ホテルに着いたとき、フロント係

★　武田将明氏は、この小説で悲劇が成立しないことについて、次のように述べている。

このように、『充たされざる者』の人物・場所・時間はいずれも単独性・固有性を失っているが、人物と出来事との固有性なしに、悲劇は成立しない。個人として認められた者が取り返しのつかないあやまちを犯すことで、初めて運命の恐ろしさを実感できるのだから。ここまで考えると、本作が異様に長く、しばしば退屈と評されるのも、悲劇の成立しない世界をありのままに描いたからだと説明ができる。（四七八頁）

が、支配人ホフマンが現在席を外しているのは「木曜の夜」の準備で大忙しだからだと言い訳をするのだが、長い飛行機の旅で疲れていたライダーは、「〝木曜の夜〟が、正確にはなんなのか、と尋ねるだけの気力が出なかった」(3)と語る。エレベーターで出逢った市民芸術院のシュトラトマンが、彼のスケジュールについて言及したとき、そのことを確認するチャンスだったが、なぜかできないままやり過ごす。

「実際、ミスター・ライダー、かなり重要な社交行事の二件は別として、あなたのプログラムにある他の全ては、多少とも木曜日の夜に直接関わっているんです。もちろん、あなたは、ご自身のスケジュールをよく知るための機会がありましたよね」

この最後の言葉を発したときの彼女の口ぶりには、私が全面的に腹蔵なく反応するのを困難にさせる何かが感じられた。そのため、私は「ええ、もちろん」とつぶやいた。(11)

しかし、ライダーは、いつの間にか、自分が木曜日の夜に開かれるコンサートで演奏することになっているという前提で行動するようになる。一時的に健忘症にかかっていた彼が、自分が何のためにこの都市にやってきたのか、思い出したのだろうか。このコンサートでは、ミス・コリンズとの離婚とアルコール依存症のためにスランプに陥っていたブロツキーがオーケストラを指揮することになっていて、シュテファンもピアノを演奏することになっている。主要なキャラクターたちにとって、いや、全市民にとって、かなり意義深い行事であるらしい。しかも、「世界的に有名なピアニスト」であるライダーのパフォーマンスは、単なる音楽イベントではない、政治的ともいうべき重みを持っているようなのだ。どうやら、彼は、コンサートの際に、聴衆に向けてスピーチをすることになっているらしく、しかも、彼の意志とはまるで無関係に、そのスピーチは、ただの舞台挨拶にはとどまらない、ある意味で政治的な意味を持つものになることが、いつの間にか、当たり前のこととして期待され、予定されている。それに関連して、ライダーは、グスタフ――実は義父であるはずだが、なぜかその意識は両者共に持っていない――から、一つの小さな、しかし、彼を代表とするポーターたちにとっては重要なことを頼まれる。グスタフによれば、ポーターたちは、長年にわたって市民の下支えとして働き、年老いてきたのだが、その職業と働きが市民たちに認められていないことに、フラストレーションをつのらせているのだという。

「……私どもはみな、若返るわけではありませんし、状況は決して変わらないという感じもしています。しかし、今夜、あなた様からの一言があれば、全ての流れが変わるでしょう。それは私どもの職業にとって歴史的な転換点になり得ます。仲間たちはそんなふうに見ているんです。実際、サー、連中の何人かは、これが私どもの最後のチャンスだと信じているくらいです。だから、連中は頼み続けているんです。そんなわけで、私がこうしてあなた様にお願いしたんです。もちろん、それはちょっと不適当だとお感じになるとしても、そんなふうに感じることは十分理解できます。何しろ、あなた様は何か重要な問題を取り上げるためにここに来ておられるわけですし、私が話していることは小さなことだからです。私どもにとっては大きいんですけど、全体として見れば、小さなことだって、わかっております」（296）

グスタフの頼みは、ライダーがコンサートで重要演説をする際に、ポーターたちのための「ちょっとしたスピーチ」を挿入してほしいというものであった。ライダーは快く引き受ける。「木曜の夜のコンサート」は、ポーターたちのみならず、この都市の市民全体にとって、計り知れない意義があるらしい。映画館で出逢った市の参事会員、ペダーセンによれば、この都市は「危機に瀕している」（99）という。伯爵夫人邸のディナーでのスピーチの中でも、「危機」のことが何度も言及される。ライダーにとっては、その「危機」とはいったいどんなものなのか、皆目わからないのだが、彼が木曜の夜に開催を予定しているコンサートが、その「危機」を乗り越えるための、非常に重要なイベントであるらしい。アル中の指揮者、ブロツキーの復活も、その「危機」との関連で、期待されているために、ホフマンを始めとする市民たちは、彼を何とか立ち直らせようと努力しているのである。ライダーもその「木曜日の夜」を目指して突き進もうとすることになるのだが、妻と息子との出逢い、ホフマン親子の葛藤、ブロツキーとミス・コリンズの愛情のもつれあい、その他さまざまな事態に巻き込まれ、コンサートのための練習すらできない。ようやくのことで、なぜか郊外の木造小屋にあるアップライトピアノで練習を始めると、近くでブロツキーが愛犬を埋める墓を掘っている騒音で邪魔される（357–61）。さらに、コンサートホールの近くまで到達したとき、巨大な壁が道を完全に塞いでいて、前進できない（387）。多数の障害をなんとか乗り越えて、ホールにたどり着いたライダーは、それでも舞台にたどり着くことができず、やっとのことで、窮屈な物置の陰から、舞台の様子をうかがうことになる。

シュテファンのピアノ演奏は、両親との和解がならなかったにもかかわらず、聴衆には好意的に受け入れられたが、次に登場した詩人の朗読はさんざんだった。いよいよブロツキーの指揮によるオーケストラの演奏が始まり、出だしこそよかったものの、次第に楽団員との不調和が目立つようになる。ついに彼は、興が乗って飛び上がったために、松葉杖代わりのアイロン台やら楽譜台やらもろともに、転倒してしまう（496）。プログラムのメインであるはずのライダーのピアノ演奏は行われないまま、公的にも私的にもきわめて重みのあるはずの一大イベント、「木曜の夜のコンサート」は、そのまま終わってしまう。ようやく舞台に到達した彼が、カーテンの間から客席を覗くと、すでに観客はいなくなっていた。夜も明けて、金曜日の朝となっている（三七章）。

ライダーが、そして彼のアヴァターたちが、こぞってその目標に向けて、いわばクウェストを繰り広げてきた「木曜の夜」は、いろいろな小事件が起こりはするのだけれども、待ち望まれていたことは起こらず、全て無意味なものとなって消えて行く。ライダーは、グスタフと約束した、ポーターたちのための「ちょっとしたスピーチ」をすることができなかった。ブロツキーとミス・コリンズの仲は修復されないままであり、ライダーの両親もついに姿を見せなかった。共同体と個人の命運がかかった、全てがそこに収斂するはずであった「木曜の夜」は、スティーヴンズの旅の結末がそうであったように、ノンイベントでしかなかった。ゾフィーとボリスも、夫であり父である彼を見捨てて去っていく。二人を追って、路面電車(トラム)に飛び乗ったライダーには、妻が息子に、「あの人は決して私たちの仲間にはなれないわ。わかってね、ボリス。あの人はほんとうの父親らしくあなたを愛することは決してないのよ」(532)と話すのが聞こえる。ライダーが、夫として父として、なぜいたらないのかは、わからないままである。

ゾフィーとボリスが電車から降りて去ったあと、取り残されたライダーが、座席に戻り、すすり泣いていると、乗客の電気技師らしい男が慰めの言葉をかけてくれる。「ときには何もかもが悪く思えるときもある。でもな、それは全部過ぎていくんだから、見た目ほど悪いことなんて何もないんだ。元気出せよ」(532)。この場面は、ウェイマスの埠頭で、クウェストが虚しく終わり、抜け殻のようになったスティーヴンズに、元執事だったという男が語りかける場面とそっくりである。この電気技師がクロワッサンとバターの載ったプレートを持っていることに気づいたライダーが、どこでそれを手に入れたのかと聞くと、電気技師は電車の後部を示す。するとそこには、ビュッフェがあって、クロワッサンだけではなく、卵やベーコンやトマトやソーセージが用意されている。ライダーが、次の公演地、ヘルシンキに向かうため、ホテルに戻って荷造りをしなければと言うと、電気技師は「これは朝の市内循環便だから、町のどこでも好きなところへ連れて行ってくれるよ」という。この都市の閉鎖空間はまさに循環的であり、一直線のクウェストを拒否するように、ゴールが定められないように、仕掛けられている。ずっと食事ができず空腹だったライダーは、ビュッフェの食べ物をたっぷりとプレートに盛り、なみなみと注いだコーヒーカップを片手に、自分が「誇りと自信を持ってヘルシンキに向かう」ことを確信しつつ、席に戻る（535）。『日の名残り』がそうであったように、挫折したはずの主人公に、意外にも、未来へ向かう希望が与えられて、この長い小説は結末を迎える。

ジョン・ケアリは、先に引いたように、『癒やされざる者たち』について、「それが現実を引き裂く様に慣れてしまえば、それは緊迫した、夢中にさせられるものとなる」としていたのだが、どれだけの読者が、この小説を十分に愉しむことができただろうか。愉しめたとしても、大きな疑問が残ったままだろう。この都市とその市民たちはいったい何だったのか、イシグロはなぜこのような小説を書いたのか、これまでの三作とあまりに違うように見えるこの作品は、彼の著作活動の中で、どのように位置づけられるべきものなのか。それらの疑問に対する答えは、『癒やされざる者たち』だけではなく、彼がこれまでに書いてきた三篇の長編とこれから書くことになる作品を一つの総体として捉え、一つの文脈、すなわちマクロ・ナラティヴの中に置くことによって得られるのではないだろうか。本書の「序」で引用した、村上春樹が述べていたことを振り返ってみよう。村上は、イシグロにはある種の「マスター・プラン」があり、それが彼の作品を形作る」とする。イシグロが書く「新作小説の一つ一つは、このより大きなマクロ・ナラティヴ構築に向けての新たな一歩」なのだという（本書一二頁）。イシグロがこれまでに発表した全ての長編小説を概観してみると、これがいかに正しい洞察であったかがよくわかる。イシグロの八つの長編作品は、最初の日本文学的二作品のあと、イギリス的ユーモア小説の形をとった歴史小説、不条理小説、探偵小説、サイエンス・フィクション、ファンタジーなど、多様なサブジャンルにわたっているが、それら全てに共通するテーマというか、共有される基本的なプロットの枠組みが、たしかに存在する。彼の作品の総体は、一つの「大きな物語」＝マクロ・ナラティヴを作り上げているのだ。この「大きな物語」がどのような姿であるのかは、すでに『幽かなる丘の眺め』と『浮世の画家』において、その輪郭がおぼろげに見えてきていた。それは、『日の名残り』に至って、戦争の世紀である二十世紀に生きた「普通の人々」を描くという、イシグロ独特の新しい歴史小説としての姿をくっきりと示すに至ったのである。

イシグロが、日本を舞台とした最初の二作とイギリスを舞台とした『日の名残り』の三篇で、共通して物語の背景に置いてきたのは、個人の生を容赦なくかき乱す「戦争」であった。『癒やされざる者たち』には、一見すると、戦争の影は見えない。しかしながら、イシグロのマクロ・ナラティヴという展望の中で考えてみると、ここでも戦争が不在であるはずはないとしか考えられない。彼が次に発表する長編、『わたしたちが孤児だったころ』が日中戦争を背景とすることを、先知恵（foresight）のある読者は知っているからだ。しかも、この小説では、主人公の語り手、クリストファー・バンクスは戦場のまっただ中、上海事変で日中両軍が衝突する最前線に投げ込まれる。イシグロのマクロ・ナラティヴが『日の名残り』で明瞭な輪郭を示し、『わたしたちが孤児だったころ』がそれを継承しているのだから、二つの明らかに戦争をめぐる歴史小説として捉えられる作品に挟まれた『癒やされざる者たち』が、戦争とそこに巻き込まれる普通の人たちを描いていないのは、納得しがたいと感じられるのはあまりにも当然ではないか。

しかし、『癒やされざる者たち』には、ほんとうに戦争が不在なのだろうか。実は、それは語られていないだけであって、イシグロの文学が、語らないことで語るという沈黙の文学であることを思い返せば、沈黙の中で、実は語られているのではないだろうか。『癒やされざる者たち』の登場人物たちは、前三篇とは全く違って、過剰なまでに饒舌である。しかし、彼らが話す中身は、非常にプライベートなこと――ライダー自身やシュテファン、あるいはグスタフとゾフィーの場合は、家族の絆あるいは軋轢とか、ブロツキーの場合は性生活とか――ばかりで、実に空虚である。ここでは、「語りながら語らない語り」が満ちあふれている。中身のない空虚な饒舌は、深い沈黙と等しい。

饒舌が空虚である最大の原因は、ここでは公共圏が私圏にすっかり呑み込まれてしまっていることに帰せられるだろう。伯爵夫人邸でのレセプションで、ブロツキーの愛犬だったブルーノの彫像を建立すべきかどうかについて議論が行われることが、その典型的な表れだ。この都市の市長など、公的立場にある要人が出席している行事であるはずの場で、あまりにも私的なことが、公の問題として真剣に扱われる。この小説では、全てが「木曜の夜のコンサート」へ向けて収斂していくことになっていて、これは公的な重要行事らしい。ところが、そこに到達するまでのライダーや彼のアヴァターたちの葛藤がプライベートな饒舌に包まれているために、そこで期待されていること――この都市が瀕している実態不明の「危機」の解決らしい――にもかかわらず、ブロツキーとミス・コリンズ、シュテファンと両親、グスタフとゾフィー親子、さらにはライダー自身の家族、妻と息子と両親との間の関係を修復し和解するという私的な問題ばかりが、前面に出てしまっている。有名ピアニストであるライダーのパフォーマンスは、この都市の「危機」を解決するための公的なイベントであって、そこで行われる舞台挨拶――演説というべきなのかもしれない――は、かなり政治的なものとなるらしかった。彼には、いわば救世主的な役割が期待されているらしい。かつて、彼と同じように市民の期待を一身に集めて外国から招かれたチェロ奏者クリストフ――名前に多少の象徴的意味が込められているかもしれない――は、市民の期待に応えられなかったために、今では市民から軽蔑され、嫌われている。ライダーもまたクリストフの轍を踏むことになるのだろうか。しかし、ライダー本人は、自分が何を話すべきか、何を期待されているのか、さっぱりわからないにもかかわらず、特に気にしてもいない。その演説の内容で唯一具体的なことは、グスタフに依頼された「ポーターたちのためのちょっとしたスピーチ」という、わずかに公的なものだったが、それすら結局実現されないままである。公共圏が皆無であるために、私的な饒舌も、全て空虚になってしまうのだ。しかし、公共圏が語られないことは、示唆的である。そこに「戦争」が隠されているのではないだろうか。

この無名の都市の住民は、例外なく、過去に何らかの傷を負っていて、それに苦しんでいる。都市全体がそうであると言ってもよい。マックス・サトラーという過去の偉人は、かつてこの都市を支配した独裁者であって、市民を戦争に巻き込んだのかもしれない。そのため、市民は、彼のモニュメントを建設しているにもかかわらず、悪感情を抱いているのだろうか。いずれにしても、ここに登場する者たちは、エツコやオノやスティーヴンズと同じように、公的な歴史の大きな動きに巻き込まれて、私的な、大切な部分を侵食され破壊されて、傷を負った「普通の人々」と考えることができるのではないだろうか。彼らは、イシグロのなめらかな筆致によって、確固とした存在感を与えられてはいるが、歪んだ時空の海を漂流する魂たちであるのは、まず疑いない。こうしたさまよえる魂たちを大量に生み出した過去の大規模な災厄は、「戦争」以外には考えられない。イシグロの最初の三篇と『癒やされざる者たち』の後に書かれる『わたしたちが孤児だったころ』を俯瞰してみたときに浮かび上がる「大きな物語」が、そのように考えることの妥当性のゆるぎない根拠なのである。

『癒やされざる者たち』というタイトルには、どのような意味があるのだろうか。イシグロは五歳でイギリスに渡り、イギリスの文化に深く染まっていったのだが、家庭では日本文化が息づいていた。だとすれば、慣習的な仏教思想に直接、間接に触れていたことはありうるだろう。あくまでも推測に過ぎないし、イシグロの意識にあったのかどうかはわからないけれども、「癒やされざる者たち」は、「成仏できない亡者たち」を表す可能性があるのではないだろうか。この小説に登場するキャラクターたちの全てが、語り手のライダーをおそらく唯一人の例外として、死者たちであるとすれば、★

★『癒やされざる者たち』の全ての登場人物が死者であるというのは、日本、イギリス、アメリカ、さらにスペイン語圏の現代文学を取り上げて議論していた研究会の場で、青山学院大学の田中裕介氏が、示唆したことである。筆者がこの小説を理解するための非常に重要な手がかりとなった。田中氏に感謝申し上げる。

さまざまな疑問が氷解する。時空の歪みも語り手の透視能力も、多くの主要キャラクターが過去や現在のライダーのアヴァターであることも、何の不思議もないということになる。イシグロが幽霊に関心があったこと、『幽かなる丘の眺め』では、幽霊を登場させていたことを考え合わせれば、そのような幻視的ヴィジョンを徹底的に拡大した形で描き出したのだとしても、彼がここで死者たちの物語を語ろうと試みたのだとしても、それは十分にありうることと思われる。戦争という歴史の暴力に翻弄された、ごく普通の人々が、人生を無残にも中断させられた人々が、一人一人のかけがえのない私的な生を再び取り戻すために、戦争によって破壊されたプライベートな物語を、彼らの希望や悲しみや喜びや苦悩を語る亡者となって、ライダーの前に去来するのである。この無名の都市は巨大な「死者の都（ネクロポリス）」なのであった。

第四章

『わたしたちが孤児だったころ』

——失われた楽園への旅

Ⅰ　ぼくたちが子供だったころ

「無垢な子供」というものが、虚構でありメタファーであることは、あらためて言うまでもない。現代の小説家であるカズオ・イシグロも、それは百も承知のはずである。しかし、彼は、子供が無垢であること、というか、無知であり、大人のように十分に語れないことが、自らの沈黙の文学の構築に有用な機能的特質であると本能的に感知していたのだろう。彼は、子供を主人公に据えた五作目の長編小説『わたしたちが孤児だったころ』を、世紀の変わり目、二〇〇〇年に発表したのである。

それに合わせて、『ザ・ガーディアン』は、イシグロの自宅でのインタビューをまとめたスージー・マッケンジーによる記事、「二つの世界の間で」を掲載している。その中で、イシグロは、一九八〇年に最初の短篇が出版されたとき、母が「お前はもう公人なのだから」と、長崎での十八歳のときの被爆体験を初めて話してくれたことなどを含めて、日本とイギリスとの間に置かれた自分のことをいろいろと語っている。新作が上海の租界を舞台としていることに関連して、祖父の思い出を語っていることは、創作の背景として興味深い。イシグロの祖父は戦前、上海に住んでおり、父は上海で生まれた。祖父は、イシグロが幼いときには、父が仕事で忙しかったため、父親的役割を果たしてくれたという。一家がイギリスに移住して十年後に亡くなったが、それまで孫のために大きな小包を毎月のように送り続けてくれた。その中には、日本で人気の子供用の雑誌やパズル、「オバQ」のマンガなどが入っていた。やがて日本に帰ってくるはずの孫が、同年代の日本人の子供たちとなじみやすいようにとの配慮であった。子供のときの思い出と上海に居住した経験のある祖父のことが、新作小説の基盤となったのである。

マッケンジーの記事の中で、イシグロは、前作『癒やされざる者たち』が読者に理解できないのであれば、もう一度、違ったやり方で書いてみようと決意したとされている(Mackenzie)。そうして書かれたのが『わたしたちが孤児だったころ』であるというのは、イシグロ自身がどのような表現を使ったのかはわからないので、インタビュアーであるマッケンジーの独自の解釈であるのかもしれない。イシグロは、その後に行われた『アトランティック・アンバウンド』でのインタビューでは、この二作が「非常に違う小説である」としつつも、マッケンジーの解釈を否定はせず、「『わたしたちが孤児だったころ』のいろいろなテーマは、『癒やされざる者たち』でのそれらと非常によく関連している」と認める。二つの作品共に、主人公は、子供の頃に壊れてしまった大切な何かを修復することができると信じている。ライダーと、そのアヴァターであるシュテファンは、優れたピアニストになることによって、両親との関係を再構築できると思っているし、『わたしたちが孤児だったころ』のクリストファー・バンクスは、十歳の時に相次いで行方不明になった両親を、大人になって名探偵となった自分が探し出すことによって、幸せだった子供時代を取り戻そうとしている(Jessica Chapelによるインタビュー)。しかし、実は、『わたしたちが孤児だったころ』を解釈しようとするとき、こうしたイシグロの発言を参照する必要は、必ずしもない。『癒やされざる者たち』と併置してみれば、イシグロの新作では、前の作品ですでに顕れていた特徴の一つが拡大されているということが明らかであるからだ。それは「無垢な子供」をめぐるものであり、振り返ってみれば、日本を舞台にした最初の二作品に、すでに中核的要素としてマリコが、そしてやや影が薄いながらもイチロウが、描かれていた。イシグロがマクロ・ナラティヴを形成しつつあるという観点からすれば、「無垢な子供」が中心に位置づけられたのは、そのナラティヴの必然の、新しい展開だったのである。

『癒やされざる者たち』で、イシグロは、『幽かなる丘の眺め』と『浮世の画家』で描いていた「子供」を再び登場させた。マリコとイチロウは、それぞれの小説の中で、かなり重要な役割を担っていたが、ゾフィーとライダーの間に生まれた息子、ボリスは、同じく重要な役割を持ちながら、この小説に充満する饒舌の中では、その寡黙さがいっそう目立っている。そのボリスの内心を代弁していると思われるのが、「日曜大工マニュアル」である。ライダーは、映画館で、ゾフィーがアイスクリームかポップコーンでも買いましょうというので、制服姿の販売員らしき女性が売っているものを見てみると、奇妙なことに、「普通のアイスクリームやチョコレートバーは、トレイの縁に雑然と押しのけられていて、大きなボロボロの古本がいちばん目立つところに置いてあった」(*The Unconsoled* 92)。販売員の女性によれば、それは彼女の長男が持っていたもので、大人になって不要になったから、売りに出しているのだという。商品と一緒に私物を売るべきではないとわかってはいるが、マネージャーが大目に見てくれている。「家の中のいろいろなこと、装飾とかタイル貼りとかのやり方を教えてくれるとても役に立つ手引き書」だから、大いにお奨めすると言われたライダーは、その今にもバラバラになりそうな古い「日曜大工マニュアル」を買い求める。ゾフィーがボリスに「パパがあなたに買ってくれたものなのよ」と言って渡すと、ボリスは「すごい本だ、すばらしい」と喜んで、さっそく読み始める（287）。子供にとって面白いとは思えないマニュアルなのだが、これは彼にとっては父とのあやうい絆そのものになったのである。最後にライダーがその本を投げ捨てたとき、その絆は断ち切られたのであった（471–72）。

『わたしたちが孤児だったころ』では、クリストファー・バンクスが上海の租界で過ごした子供時代が、かなり詳細に描かれる。イギリス文学で、「子供」がほんとうに「子供らしく」描かれるようになったのは、ロマン派のウィリアム・ブレイク（一七五七—一八二七）の『無垢の歌』（一七八九年）とウィリアム・ワーズワス（一七七〇—一八五〇）の『序曲』（一八〇五、五〇年）からである。小説では、「子供らしい子供」は、チャールズ・ディケンズの『ドンビー父子』（一八四六—四八年）がおそらく最初であり、ジョージ・エリオット（一八一九—八〇）の『フロス河畔の水車場』（一八六〇年）などが続き、この伝統は、十九世紀後半から隆盛した児童文学に引き継がれていった。イシグロの描くクリストファーは、ディケンズの『デイヴィッド・コパフィールド』（一八四九—五〇年）の主人公や『大いなる遺産』（一八六〇—六一年）の主人公、ピップのように、一人称の語りで、子供の目から見た世界をリアルに語っていく。彼の遊び友だちは、隣の家に住む同年代の日本人の少年アキラであった。アキラはクリストファーの母、ダイアナを畏敬の念を持って見ており、「美しい」と言っていた。クリストファー自身は、上海から持ってきた母の写真を見ると、「昔のヴィクトリア朝の伝統的な美人」で、現代風の「かわいい」というタイプではなかったように思われると述べている（*When We Were*

Orphans 56)。家の庭にはぶらんこがあって、母がそれに乗ると、クリストファーは「重みで壊れちゃうよ」と怒ったふりをして叫ぶ。

そして母は、ぼくのことなど見えず声も聞こえないふりをして、どんどん高く上がっていくのだった。その間ずっと、声を張り上げて、「デイジー、デイジー、答えてよ」といった歌を歌い続けるのだった。（62）

この牧歌的な生活は、アヘン問題によってかき乱される。クリストファーの父は、モーガンブルック・アンド・バイアットという貿易会社に勤務しているのだが、その交易品、おそらくあまり表には出したくない主要な交易品の一つは、アヘンなのであった。ダイアナは非常に正義感の強い女性であり、アヘン撲滅キャンペーンを独自に行っているほどだった。そのために、夫との間に亀裂が生じている。幼いクリストファーには、そんな事情がわかるはずはないのだが、イシグロは巧みな「偸聞（たちぎき）」の語りによって、やがて悲劇につながる家庭内の軋轢を描き出す。最初は、モーガンブルック・アンド・バイアット社の健康検査官と母の口論を、クリストファーが「偸聞（たちぎき）」する形で描かれる。一家の住居は社宅なので、定期的に会社の健康検査官が訪れて、衛生状態を検査することになっている。その検査官が、使用人がアヘン汚染地区として悪名高い山東省の出身であることを問題だと指摘すると、ダイアナは激しく反発する。彼女は、イギリス人が、とりわけ、モーガンブルック・アンド・バイアット社が、インドからアヘンを大量に中国に輸入し、はかり知れない悲惨と腐敗とをもたらしていると指摘する。ダイアナから見れば、そのような会社の健康検査官が使用人の出身地をアヘン汚染地区として問題視するのは、はなはだしい自己矛盾であり欺瞞なのである。

「恥ずかしくはないのですか、あなた？　クリスチャンとして、イギリス人として、良心のある人間として？　そんな会社に雇われていることが恥ずかしくはないのですか？　教えてください、自分の存在がそんな邪悪な富に支えられているというのに、どうやったらあなたの良心は安穏としていられるのかを？」(60)

幼いクリストファーが、このような大人の会話をそのまま理解できたとは、とうてい思えない。彼自身が認めているように、子供のときに聞いた会話を、大人になった彼が、辻褄が合うように語り直しているということだろう。しかし、不自然なのはその内容である。父のバンクスは、モーガンブルック・アンド・バイアットに勤務している。その妻であるダイアナが、会社の実態を知ったのはいつだったのだろうか。ここで検査官に向けられている非難の言葉は、そのまま夫にもあてはまるのではないか。実際、クリストファーは、書斎で両親が口論するのを「偸聞(たちぎき)」することになる。ダイアナは、検査官に突きつけたのとそっくり同じ非難を夫に向けて発するのだ。

「そんな会社に雇われていることが恥ずかしくはないの？　自分の存在がそんな邪悪な富に支えられているというのに、どうやったらあなたの良心は安穏としていられるの？」　(70)

ここでの語り手は、大人になったクリストファーである。この書斎での出来事は、彼がまだかなり幼かったとき、せいぜい四歳くらいのときに起こったことであり、会社の健康検査官とのやりとりは、八歳頃のことだった。上海の租界での子供時代の記憶が正確なものではないことは、語り手のクリストファーも認めるのだが、「いくらかの後知恵（hindsight）がまじっていることは認めるとしても、ぼくは、このようにして、その記憶を形作るようになっていった」のであった（86）。偸聞（たちぎき）によって記憶され、再構成される両親の葛藤は、子供の彼には理解できないまま、最終的に父の失踪事件へと進んでいく。父は、アヘン取引から手を引くことは、会社を辞めることであり、そうなったら、生活がままならなくなる、イギリスへ帰国する旅費を工面することもできなくなるとして、ダイアナの説得に抵抗し続けていたが、ついにやりこめられて、クリストファー（愛称パフィン）に、「パフィン、お前のお母さんは、お父さんをよりよい人間にしてくれた」（84）と語ることになる。しかし、結局は、道徳的に厳しい妻にとてもついて行けないと見定めて蒸発したことを、息子はずっと後年になってから知ることになる。父の失踪後間もなくして、今度は母が姿を消したとき、クリストファーは、十歳の子供であったとはいえ、その真相に薄々と気づいていた。両親の家に足繁く出入りし、彼も「フィリップおじさん（Uncle Philip）」と呼んで、なついていた男が、母の失踪に関わりを持っていたのである。有力な軍閥のボス、ワン・クーが、そのフィリップおじさんの案内で、バンクス家を訪問したとき、「フィリップおじさんがぼくたちの味方ではないという、はっきりした印象」(118)をクリストファーは抱いた。そのことは、うかつにも警戒心をゆるめて、フィリップおじさんに買い物に誘い出されたとき、現実のものとなる。、街中に置き去りにされ、あわてて家に駆け戻ると、母の姿は消えていた。信頼していた大人のひどい裏切りにあったことを悟ったクリストファー、最愛の母を奪われた彼の怒りは、泣いている乳母（アマ）のメイ・リーに向けられる。メイ・リーは、ワン・クーの部下たちが家に押し入ってきて、ダイアナを拉致する現場を目撃したのだろうが、もちろん抵抗などできなかった。大人たちの醜悪さ、そして弱さを目の当たりにしたクリストファーは、子供の彼にとっては、家の中で権力をふるっていると思われていたメイ・リーの権威はこけおどしに過ぎなかったこと、彼女はちっぽけな、弱い人間でしかないことを知った。彼女への怒りは、大人の世界全体に向けられるものであり、クリストファーは、十歳にして、無垢を失い、「巨大な力がぶつかり合う」わけのわからない世界、大人の世界に覚醒したのである。

そして、メイ・リーに対して、冷たい憤怒がぼくの中で湧き起こってきた。こいつは、何年にもわたって、ぼくから恐れられ、尊敬されていたにもかかわらず、ニセモノだったことがわかったからだ。ぼくの回りの至る所で姿を見せつつある、このわけのわからない世界を制御することなどまるでできないやつなんだ。ぼくの眼から見れば、偽りの仮面だけで、自分を大きく見せてきた、哀れな、ちっぽけな女だ。巨大な力がぶつかり合い、闘うときに、何の役にも立たない。ぼくは戸口に立って、これ以上はない軽蔑をこめて、彼女を睨んでいた。(23)

もちろん、ニセモノ、詐称者は、善人ぶっていたフィリップおじさんである。クリストファーは、大人になってから、大英博物館で、当時の中国でのアヘン問題に関するさまざまな資料を調べていたとき、熱心に反アヘン運動を行っていた母、ダイアナの記録は全く見つからず、そのかわりに、フィリップおじさんのことが「あの賞賛すべき廉直さの灯台の如き人物」(63)と記述されているのを見つけた。フィリップおじさんは、反アヘン運動の中で、高く評価されるほど巧妙なニセモノだったのだ。子供のクリストファーの激しい怒りが、無関係なメイ・リーに向けられるという描写は、子供の心理を鋭くリアルに描いたものとして、納得のいくものとなっている。このとき、クリストファーは、「巨大な力がぶつかり合う」世界の残酷さを知り、それに抗う人間の無力さを思い知った。上海の租界で守られていた彼の子供時代は終わり、天涯の孤児になることで、無垢と無知は失われたのである。

II 虫メガネで悪と戦う名探偵

『わたしたちが孤児だったころ』は、形式的には、「名探偵」クリストファー・バンクスを主人公とする「探偵小説」である。イシグロは、先に引用した『ザ・ガーディアン』と『アトランティック・

アンバウンド』のいずれのインタビューでも、「探偵小説の黄金期」の代表的作品、たとえばアガサ・クリスティやドロシー・L・セイヤーズ（一八九三―一九五七）の探偵小説が、自分の新作に、その構造の面で、示唆を与えたことを語っている。これらの小説では、イギリスのどこかの、のどかな村で殺人事件が起こり、そこに名探偵が登場して、見事な推理で事件を解決し、再び平和が回復される。このような探偵小説の黄金期が到来したのは、第一次大戦が大きな要因となっていたと、イシグロは考える。

私を捉えたのは、まさにこのような［現実世界から逃避しようとする］態度なのでした。なぜなら、これらの本は、大戦（the Great War）の後で大いに人気を博したからです。それは、人々がこの怖ろしいトラウマを乗り越えようとしているときに、慰めを見つけ出した世界のヴィジョンなのです。これは、初めて近代戦を経験した世代であり、その人々が、この独特の形の逃避主義を創造したということが、私にとって興味深かったのでした。（Chapel）

第一次大戦（the Great War）は、それまでの戦争とは全く次元を異にするものだった。それだけに、世代全体としての深いトラウマとなり、それ以前の時代へのノスタルジアを醸成することになった。そのような時代の風潮に応えるように、探偵小説の黄金期は生まれたのであった。たとえば、本書の序で引用したクリスティの『ロジャー・アクロイド殺し』は、キングズ・アボット村、同じくクリスティの「ミス・マープル」シリーズでは、セント・メアリ・ミード村という、のどかな田舎の村で、平和を乱す殺人事件が起こる。しかし、エルキュール・ポワロやミス・マープルが整然と事件を解決し、村は何事もなかったかのように日常に復帰する。しかも、事件の犯人も被害者も、たいていの場合、よそ者か新参者あるいは嫌われ者であったので、トラウマは残らない。読者は、いっとき現実を忘れ、虚構の世界に逃避することができるのである。しかし、大戦が残した、あまりにも巨大な悲惨と破壊とに正面から向き合って、文学の中に表現しようとする作家たちは、そのような安易な逃避主義を拒絶せざるをえない。イシグロは、『日の名残り』で、第一次大戦から第二次大戦へと向かう歴史の動きを、大貴族の邸宅の執事の目を通して描きだした。そこで描かれていたのは、もう二度と戻ることはできない平和な時代であった。そうした平和な時代は、大戦以前にも近代戦の走りとも言われるボーア戦争――スティーヴンズの兄レナードが犠牲となっている――があったのだから、幻想に過ぎないとしても、大戦前の時代へのノスタルジアであった。イヴリン・ウォーの『ブライズヘッド再訪』でも、旧時代のカトリック大貴族が大邸宅、ブライズヘッド城で送る優雅な生活が、第一部の「我アルカディア［楽園］にあり（Et in Arcadia ego）」で描かれているのだが、小説の最後では、第二次大戦の勃発で、ブライズヘッド城は軍に接収されている。★ 大戦前の世界へのノスタルジアと楽園喪失の状況が、これらの小説が描き出すことである。それは、「無垢な子供」が、厳しい現実を経験することによって、無垢を喪失し、冷酷な世界に覚醒することと同じ物語構造を持っている。イシグロは、探偵小説黄金期から抜け出てきたような名探偵が、永遠に失われた楽園をむなしくも探求し、再度の喪失を経験するという苛酷な物語を、『わたしたちが孤児だったころ』として創造したのであった。

この小説は、クリストファー・バンクスがケンブリッジ大学を卒業して、ロンドンにやってくるところから開始される。両親の失踪後、シュロップシャーに住む叔母に引き取られた彼は、名門のパブリック・スクール、セント・ダンスタン校からケンブリッジに進み、ロンドンで居を定めた場所は、ケンジントンのフラットであった。エリートコースを歩む裕福な階級の一員であることが、そこに示されている。その彼が昔のパブリック・スクール時代の旧友、ジョン・オズボーンと偶然に出逢う。彼との会話の中で、クリストファーの記憶が信頼できないことが微妙に示される。オズボーンは、クリストファーについて、「君は学校ではすごく変わり者だったよな」と言ったのだが、それは彼の記憶と食い違っていた。上海からイギリスに来た彼は、「ぼく自身の記憶では、イギリスの学校生活に完全になじんだ」はずだったからである(7)。クリストファーの記憶が不確かであることが、セント・ダンスタン時代の思い出の中にも、表れている。町の喫茶店で、クラスメートの二人が、彼に誕生日のプレゼントをくれた。何重にもなった包みを開いてみると、古い拡大鏡が現れた。それを一目見るや、彼は我を忘れるほど興奮し、さっそく、テーブルクロスの上のバターの染みで試してみたりする。あまりにも興奮した様子だったので、ジョークのつもりだった二人のクラスメートは、鼻白ん

★『ブライズヘッド再訪』の主人公の名前はチャールズ・ライダー。イシグロが同名のキャラクターを『癒やされざる者たち』の語り手に据えたのは、偶然かもしれないが、意図的かもしれない。

だくらいであった。そのうちの一人、ソーントン＝ブラウンが、「君は探偵になるつもりだから、こういうものが要るんじゃないかと、おれたちは思ったんだ」と言った（9）。クリストファーにとって問題だったのは、探偵になるという野望を級友たちに話した覚えがなかったということである。隠していたはずの野望が、いつの間にか、知られてしまっていたのだ。二人の級友は、彼の野望を知った上で、冗談のタネとして、拡大鏡を贈り、大笑いするつもりだったのである。ところが、クリストファーのほうは大真面目であった。実際に探偵となった今も、その拡大鏡は彼の手元にある。

（9）　ぼくはこの拡大鏡をマナリング事件の捜査で使ったし、ごく最近、トレヴァー・リチャードソン事件でも使った。拡大鏡というのは、大衆に神話化されているような必須の装備品ではないかもしれないが、ある種の証拠の収集では有用な道具であり、ぼくは、まだこれからしばらくは、ソーントン＝ブラウンとラッセル・スタントンからのバースデープレゼントを持ち歩くことになるだろうと思う。

ここでは、イシグロがスージー・マッケンジーのインタビューで語っていることを参照すべきだろう。一九二〇年代、三〇年代の探偵小説黄金期の読者たちは、「闇と悪のあらゆる現代的形態を経験した」のだから、

「悪の抑えがたい面を、私たちよりもよく知っていたのです。だから、第二の世界大戦を阻止しようとして、拡大鏡を持ち歩くなんて、なんとばかばかしく見えることでしょう。それに、そのことには喜劇的可能性がいろいろとあるのです」（Mackenzie）

『日の名残り』のスティーヴンズがそうであったように、クリストファー・バンクスは、本来、喜劇的キャラクターなのである。最初の大戦をさらに上回るほどの大戦という巨大な闇が迫る中で、友人たちがからかいのタネとして贈ってくれた拡大鏡を後生大事に携えながら、悪と戦おうとする彼の姿は、実に滑稽なものである。しかし、マッケンジーが言うように、彼が間抜け者（イディオット）だとしても、読者は彼を軽蔑はしない。「いかに残酷な覚醒のときが待ち受けているかを知っているのだから、子供を見るように、やさしく見守る」（Mackenzie）ことだろう。優れたコメディが笑いを生じさせるだけではなく、涙を流させるものでもあることは、たとえば、シェイクスピアやディケンズが、そして、イシグロが『日の名残り』で、示した通りである。

クリストファーは、父と母が相次いで失踪した後、自分が大人になったら、探偵となって、二人が閉じ込められている場所を突き止め、救い出そうと決心した。それは、上海でアキラと一緒に、探偵としての「クリストファー父救出作戦」というシナリオを演じて遊んでいたことの延長であった。イギリスに来てアキラと離れてしまい、シナリオの全ての役柄と台詞を一人で演じなければならなくなったのだが、秘密の一人遊びにしていたつもりが、叔母に心配をかけていることを知って、それ以来、学校でも隠すようになったのであった。

クリストファー・バンクスは、拡大鏡のおかげなのだろうか、その語りを信頼するとすれば、名探偵として、急速に評価を高めていった。さまざまな事件を鮮やかに解決したらしい。ところが、それがどんな事件であったのか、どのように捜査し、謎を解き明かしたのかは、全くわからない。事件の名称が出てくるだけで、詳細がまるで語られないからである。そのため、彼が有名な探偵になっていったというのは、彼自身の妄想ではないかと、読者は疑いたくなる。それでも、プロットの進行から、「名探偵クリストファー・バンクス」は、前提とする他はない。彼が、この小説中の、もう一人の孤児であるセアラ・ヘミングズと関わりを持つことになったのは、彼が獲得した名声のおかげだった。彼女は、クリストファーが無名であったときには、彼が近づこうとしても、歯牙にもかけない態度であった。彼女は、セレブではない人間には、全く関心がなかったのだ。ところが、彼が探偵としての名声を確立し、ロンドンの社交界でも脚光を浴びるようになると、セレブたちに近づくために、彼女は彼を利用しようとする。セレブとの繋がりを探求することは、単純な上流志向の表れではなく、彼女の理想主義が駆り立てていることだった。

セアラは、クリストファーの分身のようなキャラクターと捉えることができるだろう。彼女は、彼と同じく、悪と対峙し、おおげさに言えば、世界を救おうという野心に満ちている。婚期を過ぎつつある彼女だが、他の多数の女たちに倣うつもりはない、とクリストファーに言う。

「私の愛の全てを、私のエネルギーの全てを、私の知力の全てを――たいしたものではないけど――それをゴルフとかシティで債権を売ったりすることにしか能のない、どこかの役立たずの男に浪費してしまうつもりはないのよ。結婚するんだったら、ほんとうに貢献できる人じゃないといけない。つまり、人類のために、よりよき世界のために、ということ」
（47　傍点は原文ではイタリック体）

野心を実現する手段として彼女が選んだのは、サー・セシル・メドハーストとの結婚であった。国際連合の設立で重要な貢献をしたとされるサー・セシルは、事実上引退しているのだが、ムッソリーニとヒトラーが台頭し、前の戦争よりもさらにひどい戦争が起ころうとしている現下の国際情勢の中で、それを阻止するために必要とされる人材だとされていた。しかし、彼は年を取ってしまったし、支えてくれる妻もいない。「それで私は、あれほどの実績がある、あのように偉大な人物でも、状況を変えてくれる誰かを必要とするのではないかって、思ったのよ」とセアラはクリストファーに語る。「キャリアの終わりに、助けになる誰かを、最後の大きな一押しのために必要なものを奮い起こしてくれるような誰かを」（143）。理想主義者であるセアラは、サー・セシルの偉大なミッション、新たな世界大戦を阻止するというミッションの遂行のための助手になるつもりで、親子ほどの年齢差のある彼と結婚したのであった。

クリストファーは、イギリス国内のさまざまな事件を捜査する中で、悪の元凶を断たなければ、邪悪な犯罪はいつまでも繰り返される、根絶することはできないという思いを強めていった。サマセットシャーの寒村の事件現場で、エクセターから派遣された警部と話したことが一つのきっかけであった。子供たちが殺されたというこの事件はきわめてショッキングなもので、警部は「暗闇の深部をまさにのぞき込んでいるかのようだ」と言って、こう続ける。

「私はただのちっぽけな人間ですが、ここに留まって、できることをやります。ここに留まって、蛇（serpent）と闘うために最善を尽くします。けれど、そいつは幾つもの頭のある怪物なんです。頭を一つ切り落としても、それにかわって、今度は頭が三つ、出てくるんですよ。……今日にでも蛇の心臓のある場所に行って、そいつにとどめを刺してやります。そうでないと、いずれ……」（135–36）

クリストファーの記憶はぼんやりとしたものなので、この警部の言葉は、「蛇の心臓に向かえ」という、彼の内心の声なのかもしれない。その後、王立地理学会の講演会で、聖堂幹事会員（キャノン）のムアリーから聞いた話が、彼に最終的な決断をさせることになった。キャノン・ムアリーは、「嵐の眼があるのは、ここヨーロッパではなくて、極東なのです」と言い、さらに、「正確に言えば、上海にあるのですよ」と断言する（138）。この根拠薄弱な論理に刺激されて、クリストファーは、子供のときから目的としていた両親の捜索と世界を覆いつつある邪悪な「蛇」との対決のために、ついに上海に向かうことを決断する。サー・セシルの妻となったセアラも、夫の「最高の偉業（crowning achievement）」達成のために、同じく上海に行くことになった。クリストファーには、両親の失踪事件を解決する、さらには両親を救出するという明確な目的があったが、サー・セシルとセアラの上海行きには、ほとんど何の必然性もない。あるとすれば、根源的な悪と戦い、正義を守るという理想主義、とくにセアラを捉えている理想主義かもしれないのだが、ナチス・ドイツのラインラント進駐（一九三六年）により、大戦の危機が現実化しつつあったヨーロッパ大陸ではなく、遥か極東へ赴くということには、説得力がまるでない。それでも読者は違和感を覚えることがないのだから、『わたしたちが孤児だったころ』という小説に組み込まれた強固な論理がそうさせるのだと考えるべきなのだろう。かなり子供っぽい理想主義に燃える二人の孤児、クリストファーとセアラの企ては、なんともばかばかしいものであり、残酷な幻滅が待ち受けていることは、読者には、容易に予想できるのであった。

Ⅲ　冥府降り

『わたしたちが孤児だったころ』の第四部は、一九三七年九月二十日、上海のキャセイ・ホテルから始まる。同年の八月十三日から、中華民国軍と日本軍との軍事衝突、第二次上海事変が、始まっていた。上海は、日中の全面戦争、さらに太平洋戦争へと続く、戦乱のさなかにあった。『わたしたちが孤児だったころ』は、『日の名残り』に続く、明らかな歴史小説なのである。実は、すでに見たように、『幽かなる丘の眺め』も『浮世の画家』も、歴史小説であったのだから、イシグロは、そこにたち帰ったという見方もできる。彼のマクロ・ナラティヴ構築が一貫して行われてきたという展望の中で考えるならば、不条理コメディ『癒やされざる者たち』もまた、歴史小説と捉えることができる。無名の都市は、過去に大きな災厄に見舞われ、今また新たな危機に向かっている。その大災厄が、それまでの三篇の小説で示されたような大戦であったと想定することは、イシグロが次に書いた小説が、具体的な歴史的事実としての戦争の時代を描く『わたしたちが孤児だったころ』であったことによって、正当化されるだろう。さらに、『癒やされざる者たち』の登場人物の全てが、この世にはいない死者たちであるとすれば、この作品は、巨大な歴史の荒波に飲まれて失われた、それぞれの個人の歴史と記憶をたどるものとしての歴史小説、きわめて二十世紀的な、イシグロ独特の私的な歴史小説であったと見ることもできよう。『わたしたちが孤児だったころ』が、イシグロの歴史小説として特異な点は、これまで背景としてありながら、直接に描かれることがなかった、つまり、偸聞の語り、沈黙の語りで語られてきた、というか、語られてこなかった戦争が、主人公が直接に体験するものとして描かれていることである。クリストファーは、日中両軍の戦闘のただ中に、投げ込まれるのだ。

　上海に着いた当初、彼を苛立たせたのは、戦争よりもまず、「人々が、あらゆる機会に、私の視界を遮ろうと決意しているように思われる」(153) ことだった。とくに、イギリス領事館のマクドナルドと上海市参事会のグレイスンという人物が、親切を押し売りするようにして、クリストファーの前に立ち塞がる。とくにマクドナルドは、「ものうげな育ちの良さそうなふるまいをして、洗練された二枚舌という雰囲気であったために、上級の諜報関係者であること」（156）をさらけ出していた。愛想がよく、お節介なグレイスンは、一人で自由に捜査を進めたいというクリストファーに対して、あなたがいらした以上、事件はすぐに解決し、ご両親は解放されるでしょうから、その歓迎式典をジェスフィールド・パーク（中華人民共和国の成立後、「中山公園」と改称）で盛大に催しましょうと提案してくる（159）。ジェスフィールド・パークでの式典というのは、実は、子供の頃に、アキラと「クリストファー父救出作戦」という遊びをしていたとき、そのクライマックスとして、空想していたことだった。

ぼくたちの物語は、常に、ジェスフィールド・パークで開催される盛大な式典で終わることになっていた。ぼくたちが、一人ずつ、特別に設置されたステージに登る――ぼくの母、ぼくの父、クン警部、そしてぼくが――歓声を上げる大群衆に迎えられるのだ。これが、実は、ぼくたちの基本的な物語展開であったし、ついでに言えば、イングランドでの最初の頃、霧雨の降る中で、ぼくの叔母のコテージの近くのシダの茂みを歩き回って、空疎な時間つぶしをしていたときに、アキラの台詞を彼のかわりに小声でつぶやきながら、何度も何度も演じたのは、だいたいこのような筋書きだった。（111–12）

アキラとクリストファーの夢想をグレイスンが知っているはずはない。記憶が前後したり、抜け落ちたり、あるいは他者の記憶が自分のものと置き換わったりするというのは、イシグロの語り手の顕著な特徴であった。とくに『わたしたちが孤児だったころ』では、子供時代の記憶とその後の記憶が複雑に絡み合っているのだから、ジェスフィールド・パークの式典のことは、その一つの例であると考えればいいだろう。問題は、クリストファーが、グレイスンの正体を見破れないことである。彼は、マクドナルドが「上級の諜報関係者」であると思っていたのだが、実はそれに該当するのはグレイスンであったことが、第二十一章で明らかになる(282)。グレイスンは、クリストファーの上海到着以来、「他の諸勢力と悶着を起こさないように」するため、監視し、つきまとっていたのであった。真の権力者は彼であり、マクドナルドは、取るに足らない、張りぼてでしかなかった。上海の悪の元凶ではないかとクリストファーが睨んでいた「黄色い蛇(Yellow Snake)」と言われる人物、実はフィリップおじさん、との最後の決定的な対面を手配するのはグレイスンなのである。読者にとっては、クリストファーが名探偵であることに、究極的な疑問が突きつけられたようなものである。たとえば、エルキュール・ポワロやミス・マープルであれば、誰が偽物で誰が本物であるかなど、見破るのは容易だっただろう。グレイスンのような、老獪とはいえ、所詮は小役人に過ぎない男に手玉にとられていたというのでは、名探偵クリストファー・バンクスの面目が丸つぶれではないか。勇躍して上海にやってきた彼であったが、彼は、結局のところ、アキラとの「父親救出劇」を演じて遊んでいたに過ぎない。あたかも彼は、無知な子供のときに還ってしまったかのようであった。

このように彼の目をくらませようとする策謀の中にあっても、クリストファーは、両親の捜索を続ける。クン警部というのは、上海の現地警察の敏腕な捜査官であり、彼の父親が失踪したとき、その捜査を担当していた。クリストファーの母は、あの有名なクン警部が捜査に加わったのだから、事件の真相はすぐに明らかにされるだろうと信じていたほどである。ところが、大人になった彼が、かつての伝説的な名捜査官、クン警部に会ってみると、今は「クン爺さん」と呼ばれ、酒とアヘンに溺れ、すっかり堕落してしまっていた。しかし、「クン爺さん」は、昔の事件について、いくつかの重要な手がかりを与えてくれる。進んでいた捜査が「警察の上層部」の命令で中止されたこと、捜索ができなかった家が「イェ・チェンという男の家の真向かいにあった」(218) ということを思い出したのである。そこで、クリストファーは、その家が、両親が監禁されている場所に違いないと思い定め、そこに向かおうと試みることになる。しかし、それはセアラを捨てることを意味していた。

セアラは、高邁な理想を追求して、その実現のためにサー・セシルと共に、はるばる上海にやってきたのであった。すでに引退し、老齢となったサー・セシルが、歴史の大波に抗って、何ほどのことができるわけもないだろうという読者の予想通りに、この元外交官は、賭博場に入り浸ることになってしまう。セアラは、サー・セシルをこのように堕落させてしまったのは自分の責任であると自覚している。彼女は、「あの人を愛そうと懸命に努めた」とクリストファーに語る。「あの人の今のありさまを見れば、そう思えないかもしれないけど、あの人は悪い人じゃない」。彼に必要なのは休むことなのに、セアラが現れたために、もうひと踏ん張りしなければならないと感じて、結局、挫折してしまった。自分の責任であり、自分が彼から離れれば、サー・セシルはまた気力を回復できるかもしれない、とセアラは語り、イングランドに帰るだけの資金はないので、とりあえずマカオに行こうと決めたという（211–12）。一人で行くのは心細いので、一緒に行ってくれないかと誘われたクリストファーは、両親を見つけ出すという努力が成果をあげない中で、セアラと駆け落ちすることが、新しい未来を開くかもしれない可能性に気づく。そのとき彼が感じたのは、「ほとんど手を触れることができるほどの安堵感」（212）だった。彼は「巨大な重しがぼくから取り上げられた」ことを感じた(214)。

しかし、セアラと落ち合う場所、「レコード屋」へ向かう途中、タクシーの運転手に、クン警部が昔探り当てた人物「イェ・チェン」を知らないかと、たまたま尋ねたことが、二人の運命を狂わせることになる。運転手は「盲目の役者、イェ・チェンのことか」と聞き返し、知っていると言い、しかも、その家は「すぐ近くにある」（224）という。クリストファーは、セアラを「レコード屋」に残したまま、「すぐ戻るから」と言い残して、運転手にそこへ案内させるのだが、「すぐ近く」というのが、イシグロの小説では、いかに信用できない情報であるかは、『癒やされざる者たち』で、ジャーナリストが「すぐそこですから」と言っていたサトラー館が、実は、はるか郊外にあったことを思い出せば、容易に推測できるだろう。ライダーは、息子のボリスをカフェに残していくのだが、クリストファーもセアラを置いてけぼりにしてしまい、二度と会うことはない。そこから、クリストファーの両親探索クウェストの最終段階が始まる。トルストイの『戦争と平和』で、民間人ピエールが、ナポレオン麾下のフランス軍とロシア軍とが激突する戦場を放浪する様を彷彿とさせる彼の軌跡は、文字通りの「冥府降り」というべきものとなっていく。

ちょうど日中両軍の戦闘が激しくなりつつあるときであり、タクシーの運転手に「イェ・チェンの家」についての中国語のメモをノートに書いてもらったクリストファーは、蒋介石軍に接収されている警察署に手助けを求める。そこには拷問を受けたらしい日本兵が床に転がっていたが、それはこれから彼が経験する悪夢のような戦場の序曲のようなものであった。英語がわかるチョウ中尉が案内してくれたのは、貧しい階層の民衆の家屋が複雑に、ウサギの巣穴群のように密集している地域であった。そこが戦争の最前線であり、日中両軍が接近戦を展開していた。これ以上先には同行できないというチョウ中尉と別れたクリストファーは、一人で住宅密集地域の奥へと向かう。途中で、彼は、中国人の民衆に捕らえられている日本兵を見かける。「何か第六感のようなもの」に導かれて、近づいてみると、「それはアキラだった」(249)。

戦場で彼が遭遇したのが、ほんとうに幼友だちのアキラであったのか、はなはだ疑わしい。読者には、なぜクリストファーがアキラだと断定したのか、その根拠となる情報がいっさい示されないからである。二十年近く経っているのだが、十歳の時の面影があったとも書かれていない。それでも、クリストファーは、この日本兵に「アキラ、友だちのクリストファーだよ」と語りかけるのだ。日本兵の反応は鈍いものだが、負傷していて弱っているためか、特に反論はしない。昔のアキラよりも英語ができるらしいこの日本兵が話すことが、クリストファーの思っていること、あるいは先入観と時々食い違う。とくに「ふるさと(home)」について、大きな違いがあるようだ。クリストファーは、「ぼくはずっとイングランドで暮らしてきたけれど、そこがほんとうにふるさとだと思ったことは一度もない」とアキラに語り、「上海の租界こそが、いつもぼくのふるさとなんだ」(256)と強調する。しかし、アキラのほうは、日本がふるさとだと思っているらしく、自分が死んだら、日本にいる息子に伝えてほしいと言う(262)。かつてのアキラは日本に一時帰国したとき、その生活になじむことができずに、上海に帰ってきたことをクリストファーは覚えていた。しかしながら、自己中心的な、典型的に信頼できない語り手である彼の認識が誤っていると断言する必要は、必ずしもないだろう。ここでは、彼がアキラと再会したと考えていること自体が意味のあることなのだ。彼は、アキラを取り囲んでいた中国人たちにこう言う。「彼は敵じゃない、味方だ、事件を解決するためにぼくを助けてくれるんだ」(251　傍点部分は原文ではイタリック体)。クリストファーにとっては、両親の探索は、アキラの支援なしには達成できないことなのである。かつての、幼いときの「クリストファー父救出作戦」のドラマが、今、現実として演じられようとしている。

　アキラと話し合う中で注目すべきなのは、アキラが語る「よりよき世界」へのノスタルジーとも言うべきことである。クリストファーはアキラが意気消沈していくのを見て、「結局、ぼくたちは子供だったから、何かが間違っても、それを正すために、ぼくたちができることはたいしてなかった。でも、今は大人になったのだから、それができる」と語りかける。しかし、アキラは、自分の息子が、「世界がよくない」とわかったとき、助けてやりたいと答える。彼はノスタルジーについて、こう語る。

「ノスタルジックになると、思い出すんだ。大人になったときに見いだすこの世界よりもよい世界を。それを思い出して、よい世界が戻ってきてほしいと思うんだ。とても重要だ。たった今、夢を見た。ぼくは子供だった。父さんも母さんも、そばにいた。ぼくたちの家で」(263)

イシグロは、ノスタルジーについて、一般的には、否定的に捉えられているが、それ自体には何も間違っていることはないので、もっといい名前をつけたいと思っていると語る。だが、「いま手にしているよりもよい何かへの憧れは、その存在を信じるということではない」とも語っている(Mackenzie)。過去に実際に存在したわけではない楽園への憧れは、人間性の中に、深く根づいているものである。しかし、クリストファーは、両親を救出すれば、幸福だった子供時代は回復されると、素朴に信じている。二人がついに「イェ・チェンの家」と思われる場所に到達し、クリストファーがさらに前進しようとすると、アキラは彼を引き留めようとする。「クリストファー、ぼくの友だち。すごく注意深く考えなくちゃいけないよ。長い年月なんだ。今では、長い長い年月が経って……」(267)。この常識的な忠告は、友だちのクリストファーの耳には入らない。目的の家は、砲弾の直撃を受けたらしく、激しく破壊されていた。二人の前に、六歳くらいの中国人の女の子が現れ、何かを訴える。少し中国語がわかるアキラが、犬を助けてほしいと言っているらしいというので、中に入ってみると凄惨な光景がそこにあった。壁のところには、その女の子の母親らしい、片腕が肘のところでもぎとられた死体がころがっていた。数ヤード離れたところには老婦人の死体が瓦礫の中に埋まっている。さらに、女の子より少し年上の男の子の死体があり、片足が腰のところで吹き飛ばされ、そこから腸が長々と飛び出していた。女の子は傷ついた犬を抱きかかえている。あまりに悲惨な光景を前にしたためか、アキラはくすくすと笑い出し、それが止まらない。クリストファーは、ここで完全に判断力を失ってしまう。彼は女の子に、「こんなひどいことをした奴らが誰であろうと、正義から逃れることはできない」と言う。

「ぼくが誰か、君は知らないかもしれないが、でも、たまたまだけど……ぼくは、君が必要としている人間なんだ。やつらが逃げおおせたりすることがないようにするからね。心配しないで、ぼくが必ず……」ぼくは上着の中を探っていたのだが、拡大鏡を見つけて、それを彼女に見せた。「ほら、わかるだろ?」

……ぼくは母親を拡大鏡で調べ始めた。彼女のもぎ取られた腕は、独特のきれいさがあった。肉から突き出ている骨は、輝くような白さだった、まるで誰かがそれを磨いていたかのように。

(272)

クウェストによって到達したところは、戦争が名もなき普通の人々の家庭を一瞬で破壊してしまった現場であった。もちろん、クリストファーの両親は、そこにはいない。『日の名残り』でのスティーヴンズのイングランド南西部へのドライブ旅行と『癒やされざる者たち』での「木曜の夜」のコンサートがそうであったように、ここでもクウェストの終着点は、読者が予期した通りのノンイベントであった。あたかも、そうすることで、巨大な悲劇を解決する手がかりが見つけられると信じているかのように、拡大鏡で無惨な死体を調べるクリストファーは、アキラと探偵ごっこをしていた子供に完全に還ったのである。あまりにも不条理な、あまりにも哀れな喜劇的場面であり、アキラの乾いてうつろな笑いが止まらないのも無理はない。

Ⅳ 沈黙する三人目の孤児

クリストファー・バンクスがケンブリッジを卒業してロンドンにやってきた一九二三年から始まった歴史小説『わたしたちが孤児だったころ』は、一九五八年十一月で終章を迎える。老いを感じるようになったクリストファーは、ロンドンで生活しながら、グロスターシャーにいるジェニファーからの、田舎に来て一緒に暮らすようにという誘いに応じようかと思案している。ジェニファーは、この小説に登場する三人目の孤児である。彼女は、両親を事故で失った後、カナダにいる祖母に引き取られていたが、祖母が老齢で、将来が危惧されるという話を、孤児の福祉事業に携わっているレイディ・ビートンから聞いたクリストファーが引き取ることを申し出たのであった。彼の動機は、重要なことを語らない沈黙の語り手らしく、全く不明である。一九三七年のことらしいので、彼は三十代であっただろう。かなり若く、独身の男が十歳の少女を引き取ろうと申し出たのだから、レイディ・

ビートンは当然警戒した。しかし、クリストファーが高潔な人物であることが確認できたので、やがてジェニファーはクリストファーのもとにやってきて、その世話係(ナニー)としてミス・ギヴンズという女性も雇われた。セアラを失い、最後に全くの孤児に戻った彼の慰めとなり、家族的な愛を与えてくれることになるのだから、この少女は、彼にとって大切な人間となっていく。

クリストファーがジェニファーを引き取った動機は、いったい何だったのだろう。彼は、この点に関しては、イシグロの語り手らしく、沈黙して語らない。文脈を考慮してみると、ジェニファーが登場する第十章の最初に、叔母が亡くなったあと、彼がその遺産を相続し、邸宅を購入したことが述べられているので、それが背景にあるのかもしれない。クリストファーは、両親が行方不明になった後、シュロップシャーの叔母に引き取られ、名門パブリック・スクールからケンブリッジ大学へ、そしてロンドンの社交界と、順調に成長し、上流の生活を続けてきた。それを可能ならしめていたのが、母ダイアナがワン・クーの妾となることと引き換えに与えられた資産だったのである。そのことを彼はずっと知らずにいて、最後の「黄色い蛇」ことフィリップおじさんとの会見で、真相が暴露された。彼の裕福な生活は、母ダイアナの犠牲の上に成り立っていたのだった。遺産相続の時点では、その事実を彼は知らない。自分が事実上の孤児であることから、同じような年齢で突然両親を奪われたジェニファーのことを偶然聞いて、助けの手を差し伸べるべきだと思ったのだろうか。いずれにしても、この善行が後に彼の救いになっていく。このような展開は、ディケンズに前例がある。『大いなる遺産』(一八六〇—六一年)の主人公、孤児のピップは、匿名の恩人から贈られた「大いなる遺産相続見込み」のおかげで、ロンドンで自堕落な放蕩生活を送っていたのだが、友人のハーバートのために、彼が勤める商会にひそかに資金援助をした。「それは、ぼくが初めて大いなる遺産のことを知って以来、ぼくがなした、ただ一つのよいことであり、ただ一つの完了させたことだった」とピップは語っている（*Great Expectations* Chapter 52）。『わたしたちが孤児だったころ』の背後に隠れて存在していた「大いなる遺産」の物語は、その真相が明らかになった後にも、ほとんど言及されない。おそらく、語り手クリストファーにとって、あまりに辛いことだからなのだろう。彼は沈黙することを選ぶのである。

彼は、自分が成し遂げた唯一の有意義な行為の対象であるジェニファーに対して、もう一つよいことをしている。彼女がカナダからイギリスに来たとき、別の船で送ったトランクが失われてしまうという事故があった。彼女はそのことを聞いても、とくにショックを受けることもない様子で、笑って受け流す。しかし、クリストファーは、自分も孤児になって、遠い異郷からイギリスに来た経験があるがゆえに、そのトランクが彼女にとってかけがえのない、大切なものであることを見抜いていた。「ぼくが上海から来たとき、ぼくのトランクに入ってやってきたもの、それらは、ぼくにとって大事なものだった。今でもそうだ」（132）。それは、両親が奪われる前の、幸福な子供時代の思い出のよすがとなるものなのだ。そのため、彼は、例によって語られないのだが、ジェニファーのトランクを探すために、探偵としての腕をふるったのである。寄宿学校に入った彼女のところに、彼は、小さな段ボールの箱を持って訪れる。そこには失われた彼女のトランクの中身の一部が入っていた。

「君のトランクは、海で失われたのでは全くなかったことがわかった。ロンドンの倉庫から、他の四個と一緒に、盗まれていたのだ。ぼくはできることはしたのだけど、泥棒たちは、簡単に売り飛ばせないものはさっさと捨ててしまったのだ。服とかそういったものの痕跡を見つけることはできなかった。ここにある小さな品々だけだったんだよ」（148）

ジェニファーは、「クリストファーおじさん、ほんとうにありがとう、あんなに忙しかったのに」と言い、それから、「学校にいると忘れているときもある」とぽつりと言う。「他の女の子たちと同じように、日数を数えて、休暇になったら、お母さんとパパにまた会えるだろうなって考えるの」。気丈な彼女が両親のことを口に出すのを聞いて、クリストファーは驚く。しかし、彼女は、それ以上は、何も語らない。

ジェニファーが登場する場面は少なく、彼女は自分の内面のことを語らないので、読者は推測するほかはないのだが、彼女は、ある時、自死をはかったのかもしれない。グロスターシャーでクリストファーに、そのことを話している。「あんな愚かなことは、もう二度としない……それに本気でもなかった」と（307）。クリストファーは、彼女が成長しつつあるときに、もっと一緒にいてあげるべきだったと悔やむ。「でも、ぼくは、世界の諸問題を解決しようと試みていて、忙しすぎたんだ」（308）。ロンドンに戻ってから、彼はジェニファーとの会話を思い返し、「彼女が今や人生の暗いトンネルを抜けて、反対側に出たのだと信ずべき理由は山ほどある」（310）と考え、元気づけられるのだった。

彼自身も「暗いトンネル」をようやく抜けたのかもしれない。三十一歳になって婚期を過ぎちゃったけど、誰かいい人を見つけて結婚して、子供を何人も作るから、田舎に来て一緒に暮らしましょうというジェニファーの提案を、クリストファーは真剣に考えるようになっている。クリストファーにとって、孤児だった時代は終わり、新たな家族の時代が始まるとすれば、『わたしたちが孤児だったころ』は、希望のメッセージを伝えて終わるのだろうか。

しかし、その後に、彼は、セアラと知り合いだったという女性と出逢い、彼女について話し合う。彼はセアラと再会することはなかったが、彼女がマカオからシンガポールに行き、そこでフランス人の貧乏な伯爵と一緒になったことは聞いていた——サー・セシルの生死については言及がないので、正式に結婚したのではないのだろう。彼女は、戦時中は抑留されて過ごし、解放後、あまり年月が経たないうちに、おそらくは抑留中の苛酷な生活が原因で病に罹り、亡くなっていた。セアラからは一度だけ手紙があり、それは一九四七年五月十八日付けで、マカオに行った後のことが書かれていた。彼女は、自分の健康問題には軽く言及しただけであったが、よいパートナーもいて今は幸せだという言葉には、真実らしい響きはなかった (312–13)。彼女もまた、彼と同じように、己の使命と見定めたことのために一生を捧げ、浪費したのだった。世の中には、使命感などに煩わされずに人生を送る人たちもいることだろう、と彼は考える。

しかし、ぼくたちのような人間にとっては、孤児として世界に向き合い、消え去った両親の影を、長い年月をかけて追いかけるのが宿命なのだ。ぼくたちの使命を、できる限り、最後までやり通すほかはない。なぜなら、そうするまでは安寧を許されないのだから。　（313）

イシグロは、この小説で追及した孤児の姿を、次の小説では、理不尽な世界に投げ出された究極の孤児たちという形で、再び語ろうと試みることになる。

第五章『わたしを離さないで』

——別な歴史、別な人間

I　スペキュレイティヴ・フィクション

カズオ・イシグロの六作目の長編、『わたしを離さないで』は、クローン人間が登場するサイエンス・フィクション（ＳＦ）である。彼は、最初の日本文学的二篇の後、マナーズ小説『日の名残り』、不条理コメディ『癒やされざる者たち』、探偵小説『わたしたちが孤児だったころ』と、全く異質のジャンルの作品を発表してきたが、ＳＦに手を染めるとは驚きであった。読者は、実際に読んでみると、そこにはイシグロ独特の物語世界が展開されていることを知り、彼のマクロ・ナラティヴが新しい位相に入ったことを認識する。実は、そのマクロ・ナラティヴの地平を俯瞰してみるならば、ＳＦというジャンルは、彼にとって、すんなりとなじむものであることがよくわかる。再び先知恵（foresight）を使わせてもらうならば、彼は最新作『クララとお日さま』で、ロボットを一人称の語り手、主人公とすることになる。逆に、『わたしを離さないで』から、過去を振り返って、後知恵（hindsight）を働かせると、これがイシグロにとっての最初のＳＦではなかったことに気づかされる。不条理コメディであると考えられた『癒やされざる者たち』も、実はＳＦと呼ぶのがふさわしい作品なのである。時間と空間が異様に歪んだ世界は、まさにSF的であったのだが、そこには「サイエンス」は出ていなかった。それをなぜＳＦと言ってよいのかを知るためには、二十世紀のＳＦ史をごく簡単に振り返ってみなければならない。★

現代ＳＦは、一九二六年に、アメリカの編集者、ヒューゴー・ガーンズバック（一八八四―

一九六七）がＳＦ専門誌『アメージング・ストーリーズ』を創刊したところから開始された。創刊号には、前時代の古典的ＳＦ、エドガー・アラン・ポー（一八〇九—四九）、ジュール・ヴェルヌ（一八二八—一九〇五）、Ｈ・Ｇ・ウェルズなどの短篇が再録されていた。その後、このジャンルは急速に発展して、新しい作家・作品が次々に登場し、イシグロが子供時代の一九五〇年代、六〇年代はサイエンス・フィクションの黄金期となっていた。イギリスでは、アーサー・Ｃ・クラークの『幼年期の終わり』（一九五三年）、ブライアン・オールディス（一九二五—二〇一七）の『地球の長い午後』（一九六二年）、アメリカでは、ロバート・Ａ・ハインライン（一九〇七—八八）の『異星の客』（一九六一年）、アイザック・アシモフ（一九二〇—九二　英語の発音ではアジモフ）の『われはロボット』（一九五〇年）、フランク・ハーバート（一九二〇—八六）の『デューン』（一九六五年）、ダニエル・キイス（一九二七—二〇一四　英語の発音ではキイズ）の『アルジャーノンに花束を』（一九五九、一九六六年）など、今日まで評価の高い幾多の名作が生まれている。早くも、ジャンルとしての革新が、この黄金期に始まっていた。ＳＦが持つ豊かな可能性をジャンルの制約、特に「サイエンス」とのつながりを振り切って、徹底的に追及しようとする動きが出てきたのである。イギリスのＳＦ雑誌『ニュー・ワールズ』は、一九三六年に

★　以下の一九二〇—七〇年代の現代ＳＦ史は、筆者が独自にまとめたものである。作品タイトルは日本語訳のもの。ＳＦの歴史についての本は多数出版されている。ＳＦ作家Brian Aldissの*Billion Year Spree: The True History of Science Fiction*が古典的なもの、最近ではAdam Roberts, *The History of Science Fiction*がある。

創刊されたファンジン（ファン雑誌）が始まりであるが、一九六四年にマイケル・ムアコック（一九三九―）が編集長となると、実験的かつ文学的な作品を掲載する媒体となり、「ＳＦの新しい波」の象徴のような存在とされた。この新しい文学運動には、イギリスでは、ムアコックを始め、オールディス、Ｊ・Ｇ・バラード（一九三〇―二〇〇九）などが加わり、アメリカでは、ハーラン・エリスン（一九三四―二〇一八）の編集した挑戦的なアンソロジー、『危険なヴィジョン』（一九六七年）が先陣を切って、アーシュラ・Ｋ・ル＝グウィン（一九二九―二〇一八）、サミュエル・Ｒ・ディレイニー（一九四二―）、ジョアンナ・ラス（一九三七―二〇一一）、ジェイムズ・ティプトリー・ジュニア（一九一五―八七）など、新しい作家たちが清新な作品を生み出していく。

　この「新しい波」に多大な影響を与えたアンソロジーに、ジュディス・メリル（一九二三―九七）の編纂した『年刊ＳＦ傑作選』（邦訳タイトル）がある。これは、一九五六年の『ＳＦ――サイエンス・フィクションとファンタジー年間最高傑作集』から開始され、一九六八年の第十二集まで続けられた。メリルの選択は独特で、しばしばＳＦファンの間で議論を引き起こした。普通にＳＦやファンタジーに分類される作品が多数を占めてはいたのだが、中にはとうていＳＦとは思えない、純文学までが含まれていた。彼女はＳＦという概念について、独自の考えを持っていたのである。サイエンス・フィクションという用語は、サイエンスに縛られるものであるのだが、実際には、科学とは全く無関係な、あるいはせいぜい疑似科学的な内容の作品が当時の大衆ＳＦ誌には溢れていた。一方、一般誌でも、さまざまな形で、ＳＦ的な「驚異の感覚＝センス・オヴ・ワンダー」を読者に感じさせる作品は、常に存在していた。そこで、メリルは、サイエンス・フィクション＝科学小説をスペキュレイティヴ・フィクション（Speculative Fiction）＝思弁小説として、再定義することを提案したのである。

「思弁小説」――これは、宇宙、人間、「現実」の本質を、投射、外挿法（extrapolation）、類比、仮説と机上の実験という手段によって、探求し、発見し、学ぶことを目的とするストーリーである。……私はここでは、「思弁小説」という語を、特に、次のようなモードを記述するために用いる。伝統的な「科学的方法」（観察、仮説、実験）を用いて、現実に近い、想定される何かを吟味し、ある所与の変化のセット――空想的あるいは創意的な――を「既知の事実」という共通の背景に導入して、キャラクターの反応や洞察が、発明やキャラクターや、あるいはその両方について、何かを啓示するというモードである。

サイエンス・フィクションの要諦が存するのは、最後に挙げたこの領域なのである。

（Merril 149）

メリルの定義は抽象的で、必ずしも理解しやすいものではないし、しかも、これが確定的な、不動のものというわけではない。彼女のＳＦについての定義は、その批評家としてのキャリアの中で、具体的には『年刊ＳＦ傑作選』の刊行の度に、毎年のように揺れ動いていたことをリッチ・カルヴィンが指摘している（Calvin 5–6）。それでも、この「思弁小説」という提案は、「科学」の制約を解き放ち、さまざまな思考実験を肯定するものであったことは間違いない。この定義、あるいはその基盤である自由な発想に基づくならば、『癒やされざる者たち』をSFと呼ぶことには、何の支障もないどころか、至極当然のように思われるし、思弁小説の傑作群の一つに、間違いなく数えられるだろう。『わたしを離さないで』についても、クローン人間をめぐる物語でありながら、実はそうではないこと、科学小説とは全くの別物であることについて、自由な思索をめぐらすことを可能ならしめるのが、思弁小説というメリルの再定義なのである。[★1]

クローン人間を扱うSFは、先端科学に敏感な作家たちによって、すでに一九七〇年前後から書かれていた。アーシュラ・K・ル＝グウィンの中編「九つのいのち」（一九六八年）やケイト・ウィルヘルム（一九二八―二〇一八）の代表作で、ヒューゴー賞（現代SFの始祖、ヒューゴー・ガーンズバックを記念して設けられたSF文学賞）の最優秀長編賞など数々の賞を受賞した『鳥の歌いまは絶え』[★2]（一九七六年）などである。これら、初期のクローンものSFは、クローン技術によって生まれた人間たちを通して、自我やアイデンティティの問題を追及したものであった。『わたしを離さないで』に描かれるのは、それらと通じるものがないわけではないが、全く別な、新しい小説世界と言うべきものである。それでも、イシグロがこのようなSFを書いたということは、彼を二十世紀イギリス文学の潮流の中で、どこにどのように位置づけるべきかについて、示唆を与えてくれる事実であり、彼が成し遂げてきた、そして、今も成し遂げつつあることの意義を真に理解するための座標を誤ることなく設定できる指標となる。

ミステリと同様に、ＳＦにもさまざまなサブジャンルがある。分類法的視点からすれば、『わたしを離さないで』は、「クローンもの」ＳＦであることは間違いないのだが、それよりもまず、「改変歴史もの（alternate [alternative] history）」でもあることに注目しなければならないだろう。イシグロがこの後に発表する二篇の小説、『埋葬された巨人』と『クララとお日さま』は、いずれもこのサブジャンルに属するとみなされるからである。『わたしを離さないで』の冒頭、献辞の次のページには、「一九九〇年代末のイングランド」とだけ書かれている。この小説は二〇〇五年に出版されているので、現代のイギリスを舞台にしているという前提で、予備知識のない読者は読み始めるのだが、現実とは異なる面が次第に明らかにされてくる。この世界の歴史は、読者が知っているものと大きく異なっているのだ。哺乳類のクローンの最初の例である羊のドリーは、一九九六年に誕生し、大きな議論を巻き起こしたが、人間のクローンは現在でも、おそらく、存在していない。ところが、『わたしを離さないで』では、登場人物たちのほとんどがクローンである。ヘイルシャムの校長であったミス・エミリは、キャシーとトムにクローン人間とその教育のために創設された学校、ヘイルシャムの歴史を語る。「現在」が一九九〇年代末であり、キャシーが三十一歳であることを考慮して、クロー

★1　思弁小説という呼称が一般化することはなかった。あまりに包括的な定義であることなど、いくつか考えられる要因はあるのだが、ＳＦというジャンルが、特殊なものとして意識されることが、現在ではメリルの時代よりも、なくなったのが最大の理由だろう。
★2　*Where Late the Sweet Birds Sang*はシェイクスピアのソネット第七三番にある一節。

ン人間の歴史とキャシーの個人史を簡単な年表にまとめれば、次のようになる。

一九五〇年代……………クローン人間を作る技術が確立
一九六〇年代中頃…………キャシーたちが「生まれる」
一九六〇年代後半…………ヘイルシャム創立
一九八〇年代………………モーニングデイル・スキャンダル
一九九〇年前後……………ヘイルシャム閉鎖
一九九〇年代末（現在）……キャシーが過去を回想する
二〇〇〇年頃………………キャシーの死

臓器提供のためだけに作られたクローンたちが、きわめて劣悪な環境に置かれていたとき、ミス・エミリ（校長）とマリー＝クロード（マダム）は、その改善を目的として、ヘイルシャムという学校を創立した。この学校は、多くの私立学校と同じように、一般からの寄付をその財政基盤としていた。クローンたちに普通の人間と同じような創造性があることをミス・エミリとマダムは確認しようとしており、臓器提供という最終的な定めは変わらないものの、キャシーたちは通常の学校教育を受けながら、成長していった。しかし、一九八〇年代になって、モーニングデイルという科学者が、知的にも肉体的にも人間より優れたクローンを創り出すことを試みていたというスキャンダルが発覚した。

その結果、クローンに対する世間一般の風向きが変わり、寄付が激減して、ヘイルシャムは閉鎖に追い込まれたのであった。

このような現実の歴史と異なる歴史を描くSFは、「改変歴史もの」として、SFの黄金期に現れていた。たとえば、一九六三年のヒューゴー賞最優秀長編賞を受賞したフィリップ・K・ディック（一九二八―八二）の『高い城の男』（一九六二年）は、第二次大戦でナチス・ドイツと日本が勝利し、アメリカは東西に分割占領されているという設定である。物語の内容は、この設定を除けば、ごく普通のリアリズム小説であるかのように展開する。タイトルは、高い城にこもり、連合国側が勝利した世界を描くSFを書いているという作家を指している。イギリスのSF作家、キース・ロバーツ（一九三五―二〇〇〇）の短篇集『パヴァーヌ』（一九六八年）では、エリザベス一世が暗殺され、イギリスは、プロテスタントとカトリックが衝突する内戦に陥って、その間にスペイン無敵艦隊に占領されたという「もう一つの歴史」を背景としている。プロテスタントは徹底的に弾圧された結果、二十世紀においても、カトリック教会が絶大な権力を持ち、中世的封建制が支配している。『わたしを離さないで』は、こうした伝統を引き継ぐ「改変歴史ものSF」なのである。イシグロの作品の特徴は、改変された歴史の姿がなかなか見えてこないというところにある。語り手のキャシーは、過去のイシグロの語り手たちと同様に、語りながらも、沈黙していることがその最大の要因である。読者にとっては、とりわけ予備知識を持たない読者にとっては、読み進めるにつれて、語られない、説明されない謎が積み重なっていく。最後のミス・エミリによる長い説明によって、この特殊な世界の歴史そのものについては、わからないことがまだまだ多すぎるとはいえ、ある程度までは、読者も啓蒙されることになった。

　ここで、ＳＦの黄金期の幾多の名作の中から、イシグロがそれを読んでいたかどうかは別として、『わたしを離さないで』につながっていったかもしれない作品を一つ紹介しておこう。イギリスの作家ジョン・ウィンダム（一九〇三―六九）は、侵略ものＳＦ『トリフィドの日』（一九五一年）が、ペンギン・ブックスに収録されるなど、ジャンルを越える高い評価を受けた作家であった。彼の最高傑作とされることもある『さなぎ』（一九五五年）は、サブジャンルとしては、「ミュータントもの」と「核ホロコーストもの」が複合したジャンルに属するＳＦである。ここでは、全面核戦争によって文明が滅び去った後の世界――ポスト・ホロコーストの世界――が舞台となっており、生き残った人類はカナダのラブラドル地方で、原理主義キリスト教が支配する原始的な農耕社会を細々と営んでいるという設定である。残留放射能の影響で、動植物の突然変異がしばしば発生していた。古い文明は、神の規範から逸脱した罪のため、神の与えた災厄によって滅ぼされたと信じる原理主義キリスト教徒たちは、再び災厄が起こることを避けるために、正常という基準から少しでも外れたものの徹底的な根絶を図っていた。人間の場合でもミュータント＝突然変異体が生まれる場合もあったが、少しでもノーマルではないとされる人間は殺されるか、放射能汚染地帯である辺境地区（フリンジ）に追放された。主人公の少年デイヴィッドの父親は、地域のリーダーで、極端に教条主義的で厳格な信者だったが、子供の彼は、ソフィーという、足指が六本ある少女と、それを全く気にすることなく、友だちになっていた。ソフィーは、その異常が暴露されて、フリンジに追放されてしまう。しかし、実はデイヴィッド自身も目に見えない異常を持って生まれていた。彼は、通信機器も言葉すらも使用することなく、遠方にいる自分と同じ能力を持つ者たちと交信することができたのである。テレパシーの能力を持った子供たちは、もしそれが知られれば、異常なもの、ミュータントとして、外見上はわからないだけにいっそう深刻な脅威として、残酷な迫害にあうことを予想し、自分たちだけの密かなコミュニティを作っていた。しかし、やがて大人になって、「ノーマルな」人間と結婚したりする者も出てくると、隠し通すことは次第に難しくなっていく。『わたしを離さないで』との決定的な違いは、デイヴィッドと仲間たちが、遠く離れたニュージーランドで新しい文明社会を築いていた、自分たちと同じ能力を持った新人類に助けられるというハッピー・エンディングを迎えるという結末である。しかし、この作品に見られる、「正常な」人間とそうでない人間との区別と差別、優生学に基づいた弾圧、差別された子供たちのコミュニティといった要素はイシグロと共通のものである。『わたしを離さないで』では、クローンたちを臓器提供という究極的かつ残虐な形で搾取している体制は、全く姿を見せることがない。キャシーの語りは、それについて強固な沈黙を守っている。ウィンダムの『さなぎ』は、『わたしを離さないで』に隠されている「もう一つの歴史」の実相について、垣間見る手がかりを与えてくれているのではないだろうか。

Ⅱ　学校小説、ヘイルシャムの記憶

『わたしを離さないで』を成立させるもう一つの支柱となっている文学的伝統は、「学校小説（School Novel）」である。イシグロの小説の全てに共通する、過去と現在の頻繁な往還は、この小説にもあるのだが、三十一歳になった語り手のキャシーがかつて過ごした学校、ヘイルシャムでの生活の回想が大きな部分を占めている。現在ではまず不可能なことだが、予備知識を一切持たずに読めば、イシグロの新作は、伝統的な学校小説だと思うことだろう。それは決して間違いではない。学校小説としての要件は、子供が主人公であること、全寮制の寄宿学校での生活が軸となること、友人たちや教師たちとの交流が描かれることなど、いくつか設定できるが、『わたしを離さないで』は、その全てを満たしている。イギリスでは学校小説の伝統が、十八世紀から始まっていた。一七四九年に発表された、セアラ・フィールディング（一七一〇―六八　ヘンリー・フィールディングの妹）による『女教師――少女たちの学園』が嚆矢とされるのだが、それから一世紀を経て、一八五七年に出版されたトマス・ヒューズ（一八二二―九六）の『トム・ブラウンの学校生活』（一八五七年）が初めての本格的な学校小説である。これはパブリック・スクールのラグビー校を舞台としたもので、非常に人気を博したが、実はその少し前に、一部が学校小説となっている作品が二篇、現れていた。シャーロット・ブロンテの『ジェイン・エア』（一八四七年）で、反抗的なジェインは、リード夫人の館を追い出され、権威主義的なブロックルハーストが経営する寄宿学校、ローウッド校に入れられる。この学校で、ジェインは教師のミス・テンプルや生徒のヘレン・バーンズなどと交流し、それが彼女の成長に大きな影響を与えていく。ディケンズの『デイヴィッド・コパフィールド』（一八四九―五〇年）では、主人公のデイヴィッドは、義父に反抗したために、サディストの校長クリークルが支配する寄宿学校、セイレム・ハウスに追いやられ、そこで、スティアフォースやトラドルズなどの生徒たちと親しくなる。スティアフォースは、大人になってからのデイヴィッドの人生に深く関わってくる。これらの小説は、全編が学校を舞台としているわけではないが、学校の生徒としての子供の生活をリアルに描いたものとして、文学史的には重要なものである。二十世紀になると、教師の側から学校生活を描いたジェイムズ・ヒルトン（一九〇〇―五四）の『チップス先生、さようなら』（一九三四年）や、超能力少女が怖ろしい小学校長と対峙するロアルド・ダール（一九一六―九〇）の『マチルダ』（一九八八年）、魔法学校ホグワーツが登場するJ・K・ロウリング（一九六五―）の『ハリー・ポッターと賢者の石』（一九九七年）などがベストセラーになっていった。

『わたしを離さないで』の語り手、キャシー・Hは、三十一歳になった今、「介護者（carer）」として、イギリスのあちこちを自分の車で回りながら、かつて在学していた学校、ヘイルシャムのことを回想する。その学校にはブロンテのブロックルハーストやディケンズのクリークルあるいはダールのミス・トランチブルのような強権的、威圧的な教師はおらず、体罰などもない。キャシーはルースと親友であるが、癇癪持ちの男子生徒トミーをなだめたことから彼と仲よくなり、トミーをめぐって、ルースとライバル関係になる。こうした展開は、いかにも学校小説としてありそうなものであるのだが、ヘイルシャムには、過去の学校小説と比べると、いくつか奇妙な相違点があることに、予備知識のない読者は——この小説はいっさいの予備知識を持たずに読むべきだが、それは現在ではまず不可能——気づいていく。先生たちは、なぜか「守護者（guardian）」と呼ばれている。ブロンテやディケンズの時代とは違って、現代なのだから、寄宿学校といえども、男女共学であるのはおかしくないのかもしれないのだが、どうやら、この学校では生徒同士のセックスが全く自由であるらしい。喫煙については非常に厳しく禁じられているのに、これはどうしたことだろうか。デイヴィッド・コパフィールドは、セイレム・ハウスが休暇に入ると、母のいる実家に帰省していた。ところが、ヘイルシャムでは、全ての生徒が、一年中、ずっと学校に留まっているらしい。孤児で、義理の叔母のリード夫人に勘当されてしまったジェイン・エアがそうだったように、彼らには親がいないのだろうか、帰るべき家がないのだろうか。まさにその通りであることが、やがてわかってくる。それにこの学校では、健康診断（medical）がほとんど毎週あるらしい（13）。ヘイルシャムという学校は何かおかしい、生徒たちも、一見ごく普通に見えながら、普通ではないようだ。

読者の疑問が深まった頃、決定的な一件が語られる。ヘイルシャムには、フランス人らしいので生徒たちから「マダム」とあだ名されている女性がときどき訪問してくる。マダムは、生徒たちが制作した工作物や絵画、詩作品などから優れたものを選んで、どこかに持って行く。マダムは、きっとどこかに「ギャラリー」を持っていて、そこで展示するのだろうと生徒たちは空想していた。彼女は生徒たちに話しかけないし、近寄りがたい雰囲気で、生徒たちは「お高くとまっている」と思っていた。

ところが、キャシーたちが八歳くらいのとき、ルースが、「マダムはわたしたちを怖がっている」と言い出した(30)。そこで、ルースの説が正しいかどうかを確かめようと実験をすることになる。彼らの計画は、ルースとキャシーなど生徒六人が、マダムがヘイルシャムを訪問したときに、集団でいきなり彼女の前に姿を現して、軽く挨拶して傍を歩き過ぎ、そのときマダムがどういう反応をするか確かめるというシンプルなものだった。それを実行した結果は、生徒たちにとってショッキングなものとなる。

彼女が立ち止まったとき、私は彼女の顔を素早くちらりと見てみました——他の生徒たちもそうしたに違いありません。そして、私は、彼女が震えを抑えようとしていたこと、私たちの誰かが偶然彼女に触れるのではないかと心底怖がっていたことが、今でも目に見えるようです。そして、私たちはそのまま歩き続けたけれども、私たち全員がそれを感じた。まるで、日の当たる場所からうすら寒い日陰に入ったみたいでした。ルースは正しかった。マダムは私たちをたしかに怖がっていた。でも、彼女は、誰かが蜘蛛を怖がるのと同じように、私たちを怖がっていたのです。それは私たちの予期していないことだった。そんなふうに見られるなんて、蜘蛛みたいに見られるなんて、それがどんなふうに感じられるか、私たちは全く思ってもいなかったのです。

(35　傍点は原文ではイタリック体)

ヘイルシャムの生徒たちは、一見普通に見えながら、実は普通ではない、彼らは人間ですらないのだろうかと、予備知識のない読者は困惑してしまう。SFを読み慣れている読者であれば、このあたりで、もしかしたら、彼らはクローンではないのかと察することができるかもしれない。しかし、そのような読者も、まさかカズオ・イシグロがSFを書くとは、にわかには信じられなかっただろう。半信半疑で読み進めていくと、マダムが別な形で、キャシーと関わってくる場面に出会うことになる。

もちろん意図されているのだが、『わたしを離さないで』というタイトルは、いかにも安っぽい。イシグロの新作のタイトルのみがアナウンスされたとき、筆者のイギリス人の同僚が、「なんだそれは、ポピュラー・ソングみたいじゃないか」と即座に反応した。まさにその通りだったので、彼のネイティヴとしての直感の正しさが証明されたが、同時にイシグロが類い稀な言語感覚を備えていることも、あらためて示された。「わたしを離さないで」は、ジュディ・ブリッジウォーターという歌手が歌うポピュラー・ソングであって、タイトルも歌詞も、そして歌手の名前も、フィクションではあるが、いかにも一九五〇年代頃にありそうなものである。これはキャシーの愛聴曲であった。校内の販売会（the Sales）で手に入れたカセット・テープのアルバム、『日暮れの歌』(*Songs after Dark*) というアルバムの一曲で、キャシーは、ほとんど毎日のように聴いていた。その曲のリフレイン、「わたしを離さないで、おお、ベイビー、ベイビー、私を離さないで」がとくにお気に入りだった。歌いながらキャシーが空想していたのは、次のようなことだった。

ある女性が、それまで生きてきた間ずっと、赤ちゃんをほんとうに、ほんとうに欲しいと願っていたのに、赤ちゃんは生めないと言われました。ところが、奇跡のようなことが起こり、赤ちゃんが生まれて、彼女はその赤ちゃんをしっかりと抱きしめて、歩きながら歌う――〝ベイビー、ベイビー、決してわたしを離さないで……〟。それは一つには幸せだからであり、もう一つには、何かが起こって、赤ちゃんが病気になるとか、取り上げられてしまうとかするのが怖かったからです。（70）

十一歳だったキャシーは、「ベイビー」は、恋人ではなく、赤ん坊を指していると思っている。あるとき、いつものように一人で、このジュディ・ブリッジウォーターの曲を聴きながら、枕を抱いて、リフレインを口ずさんでいると、それをマダムに見られていたことに気づく。驚いたことに、枕を抱いて、「私を離さないで」と歌っている少女を見て、マダムは涙を流していた。なぜ泣いていたのか、キャシーには、そのときはわからなかったのだが、読者には、すでにある程度は推測できるようになっている。子供を作ることができないクローンの宿命をマダムは思って、同情と憐れみの涙を抑えられなかったのだ。彼女は生徒たちを「蜘蛛のように怖がっている」のは事実なのだが、それは、外見上は普通の人間と全く違わない彼らが、決定的に人間とは違うことへの恐怖であり、同時に、そのような彼らが人間的な感情を見せれば見せるほど、痛ましさを感じざるを得ないのである。マダムことマリー＝クロードは、ミス・エミリと共に、クローンたちに普通の子供たちと同じような教育を与えようとして、ヘイルシャムを設立し、運営していたのだった。

ミス・エミリもマダムも、臓器提供を定められているクローンたちの人生のコースをどのように考えていたのだろうか。人間的な教育を与えることは、彼らにとって、かえって残酷なことではないのか。うがった見方をするならば、来るべき臓器提供をすんなりと受け入れるように、手なずけるための、ある種のグルーミングのための教育だったのではないのか。守護者（ガーディアン）＝教師の一人、ミス・ルーシーは、生徒の一人が、将来はアメリカに行って映画俳優になりたいと言っているのを聞いて、クローンとして彼らに用意されている未来について単刀直入に語る。「あなたたちは、教えられているはずなのに、教えられていない（told and not told）」、つまり、理解していないのだ。あなたたちがまっとうな人生を送るつもりなら、きちんと知っておくべきだ。あなたたちの誰もアメリカに行くことはないし、映画スターになることもない。スーパーマーケットの店員にもならない。あなたたちは、大人になれば、自分の、そして他人の生命維持のために重要な内臓を提供するドナーになる。あなたたちは、一つの目的のためにこの世に生まれてきたのであり、あなたたちの未来は、一人残らず同じ、決まっているのだ（79–80）。

ミス・ルーシーが赤裸々な言葉をほとばしらせたのは、ある種の義憤からだった。しかし、聞いている生徒たちの反応は鈍い。それは、彼らが「教えられているのに教えられていない」からではなく、長年にわたって、巧妙に「教えられてきた」からである。自分たちがクローンであるがゆえに、子供をもうけることができないことを、十代初め頃の授業で教えられている。セックスについても、授業で教えられるが、そこで強調されるのは病気にかからないように注意することであった。喫煙の禁止と同様に、身体を健康に保つことが何よりも優先されるのである。生徒間のセックスは、彼らがクローンであるがゆえに、そして限られた人生であるがゆえに、性病に注意しさえすれば、全く生徒たちの自由に任されているのだった。

特殊な生徒たちではあるが、彼らの学校生活は、あたかも普通のもののように続いていく。ヘイルシャムを「卒業」すると、彼らは「コテージ（Cottages）」と呼ばれる場所に移住する。そこは、かつて農場だったところらしく、ヘイルシャム以外の施設の出身者たちもいる。そこで、彼らは「卒業論文（essay）」を書くことになる。キャシーはヴィクトリア朝小説を取り上げることにして、ジョージ・エリオットの『ダニエル・デロンダ』（一八七六年）を読んでいる。彼らが普通の生徒たちと同じであるのは、ここまでだ。卒業論文は結局書かれることはない。彼らは、自分たちが何者であるのか、どのような未来が自分たちを待ち受けているのか、すでに知っている。それでもなお、普通の若者たちと同じように、無意味だとわかっていても、自分をもっと知りたいという欲求を抑えることができない。クローンである彼らだが、自分を知るということは、どこかにいるはずの自分のオリジナルを知るということである。彼らはそのオリジナルのことを「ポシブル」と呼んでいる。ポシブルの基本的な考え方は、次のようなものだった。

私たちのそれぞれは、ノーマルな人間から、どこかの時点で、コピーされたのだから、外のどこかに、彼ないし彼女の人生を生きているそのモデルが、私たちのそれぞれごとに、いるはずです。これは、少なくとも理論上は、自分がそこから作られたモデルとなった人物を見つけられるということを意味していました。（137）

クローンたちにとって、ポシブルを探すことは、多くの普通の若者にとっての「自分探し」の代替行為なのである。自分のポシブルを見つけることができれば、自分が普通の人間だったら、どのような人生を送ることができたのか、知ることができるだろう。キャシーは、自分が性的衝動を抑制できないので、ポルノ雑誌のモデルなどに、自分のポシブルが発見できるのではないかと思って、その類いの雑誌を集めていた。一方、ルースのポシブルである可能性が非常に高いと思われる女性がノーフォークのクローマーというところにいるという噂を先輩（veterans）のクリッシーとロドニーというカップルから聞かされる。近代的なオープンプランの――ガラス張りで、仕切りのない内部が見えるようになっている――オフィスで働いている女性らしい。そこで、ルースは、トミーとキャシーを伴って、クリッシーとロドニーが運転する車でノーフォークにドライブすることになった。クローマーで、彼らは、ルースのポシブルと思われる女性を観察する。洒落たオープンプランのオフィスで働く颯爽たるキャリア・ウーマンは、しかしながら、実際に近くで見てみると、ルースのポシブルでないことは明らかだった。一縷の希望を持っていたルースは、当然ながら深く失望し、「私たちのモデルがあんな女であるなんて、ありえない」と吐き捨てるように言う。「私たちは、クズから作られたのよ。ガラクタ、売春婦、アル中、浮浪者」（164）などが自分たちのモデルであったのだ。ルースの自暴自棄の言葉に、幾分かの真実の可能性があることを、一同は認めざるを得ない。ノーフォークへのドライブは、彼らにとって、卒業旅行のようなものだったが、自分たちのアイデンティティを確認したという意味では、彼らの通過儀礼であり、学校生活の終わりでもあったのである。

しかし、ノーフォークへの旅行には、別の意味があった。そこは、失われていた過去の記憶が回復される場所でもあった。記憶をたどる物語としての『わたしを離さないで』は、小説の冒頭からその姿を見せていたのだが、ここで、その要素が、前面に出てくるのである。

記憶は、これまでのイシグロの全ての小説と同様に、『わたしを離さないで』でも、主要な要素である。というよりも、小説全体が記憶の物語と言ってよいだろう。冒頭のキャシーの語りをあらためて見てみよう。

> 私の名前はキャシー・H。私は三十一歳で、もう十一年以上にわたって、介護者をしています。それはずいぶん長いと思われるかもしれないわね、でも、じっさい彼らは、さらに八ヶ月、つまり今年の終わりまで、続けることを望んでいる。そうなると、ほとんどまる十二年になるのよ。（3）

これは、いかにも、三十歳くらいの普通の、特別変わったところのないイギリス人女性が、友だちに向かって、気さくにおしゃべりしているかのような口調である。イシグロは、『日の名残り』で、典型的なイギリスの執事の口調と言葉遣いを見事に再現してみせていたのだが、ここでも、彼の英語運用能力が並外れていることが示されている。語り手キャシーの話し相手は誰なのだろうか。健康診断について、「あなたがいたところではどうだったか知らないけど」(13) と語っているところから推測すると、ヘイルシャム以外の出身のクローンらしい。もちろん、相手が誰であるのか、あれこれ推測することには、この小説の場合、意味はない。キャシーは、われわれ読者に語っているのだから。

問題は、『わたしを離さないで』を読み通した後で、この冒頭に立ち帰ってみたときに、この何気ない、くだけた口調が伝える内容の悲痛さである。このキャシーの語りの「現在」の時点では、トミーもルースも、すでにこの世にいない。介護者として異例に長い期間を過ごしているキャシーも、八ヶ月後には、最初の臓器提供を開始し、四回目で「完了 (complete)」する、つまり死ぬことになるのである。キャシーは自分のワンルームマンションに住み、自分の車でイングランドのあちこちの「回復センター」——臓器提供したクローンが、次の提供のときまでに、回復をはかるため療養する施設——を回って、介護の仕事をしている。差し迫る死を前にした彼女にとって、過去の思い出をよみがえらせることが、唯一の慰めなのである。そのため、彼女は、車を走らせながら、自分がその短い人生の大半を過ごした学校、ヘイルシャムに出逢えるのではないかと、いつも考えている。ヘイルシャムこそ、キャシーの存在の証しであり、人生そのものであったのだ。記憶をたどることは、再びの生を生きることでもある。

ノーフォークという地名は、キャシーたちヘイルシャムの生徒たちにとっては、特別な意味があるものだった。ヘイルシャムでのイギリスの地理の授業で、こんなことをミス・エミリが言っていたのである。「ノーフォークは海に突き出した場所なので、どこかに行く途中にあるわけではないから、北に行く人も南に行く人も、そこを迂回して行ってしまう。そのために、そこはイングランドののどかな場所になっていて、なかなかいいところなのよ。でも、言ってみれば、忘れられた片隅（lost corner）みたいなものでもある」（65）。このことを聞いて、キャシーや生徒たちは、想像を刺激される。ヘイルシャムには「なくしものコーナー（Lost Corner）」があって、生徒たちが何かをなくしたり、落とし物を拾ったりしたときに、そこを利用していたのだった。彼らの空想はさらに広がり、ノーフォークは、イングランド全体の「なくしものコーナー」であって、全国の忘れ物や落とし物が全部、そこに集められているのだということになっていった。もちろん、それはジョークとして定着していったのであるのだが、コテージ時代の「ポシブル探し」のときに、思い出されることになった。彼らは、そこに行けば、なくしてしまった自分を見つけることができるような気がしたのかもしれないのである。

ノーフォークは、キャシーにとって、大切な「なくしもの」を実際に見つける場所になった。彼女は、あの大好きな曲、「わたしを離さないで」が収録されているジュディ・ブリッジウォーターのアルバム、『日暮れの歌』のカセット・テープをヘイルシャム時代に紛失してしまっていた。彼女は、ノーフォークの古物屋でそのテープを、もちろん全く同じものではないが、発売時に生産されたものの一個を見つけたのである。

それから、もちろん、私はそれを見つけました。別なことを考えながら、カセットのケースの列を探っていたとき、突然、それが私の指先にあったのです、何年も前に見た通りの姿で——ジュディ、彼女の紙巻きタバコ、バーテンの媚びるような表情、背景にぼんやりと見える椰子の木の列が。(169)

一緒にいたトミーは、自分がキャシーの「なくしもの」を見つけられなかったことを残念がったが、カセット・テープを購入して、プレゼントしてくれた。ルースがトミーをキャシーから奪い取って恋人同士になっていたのだが、これをきっかけにして再び心が通い合うことになった。二人が真に恋人同士になるのは、しかし、短い人生の最後に近い段階である。すでに臓器提供を開始したルースとトミーをさそって、キャシーは座礁した船を見に行く。寂しい沼沢地にうち捨てられた、かつては漁船だったらしい廃船は、なぜかドナーたちの興味を引いているのだが、それは、キャシーのカセット・テープと同じく、おそらく彼らの失われた過去を象徴する物体だからなのだろう。トミーは船を見て、ヘイルシャムもこんなふうに廃墟になっているのだろうかと語る(220)。その帰り道、ルースは、自分がトミーとキャシーを引き裂いていたのだと告白して、二人の赦しを請う。さらに、彼女は、苦労して手に入れたというマダムの住所が書かれた紙を渡す(229)。コテージ時代に、ロドニーとクリッシーから聞いた話なのだが、クローンの中ではエリート階級とみなされていたヘイルシャムの出身者たちは、「延期（deferral）」、すなわち臓器提供の開始を三年か四年、先延ばしする申請をすることができるのだという。「男の子と女の子がお互いに愛し合っていて、ほんとうに、正しく愛し合っているなら、ヘイルシャムを運営している人たちが、二人のために手配してくれる」（151）ことになっている。ルースはトミーとキャシーがほんとうに愛し合っていることを知っていたので、いわば罪滅ぼしとして、二人が「延期」申請ができるように、ヘイルシャムの経営陣の一人に違いないと思われるマダムの住所を苦労して手に入れていたのだった。

ルースは二回目の臓器提供の後に、「完了（complete）」してしまう。普通は四回目で完了することになっているが、実は、ルースがそしてクリッシーがそうであったように、二回目で最後を迎えるドナーもかなりいるのだ。トミーはすでに三回目の臓器提供を終えているので、「申請」を急がなければならない。彼の介護者となったキャシーは、マダムの住所が正しいことを確認し、彼を伴ってそこに向かう。しかし、二人を待ち受けていたのは、マダムと同居している、今は車椅子に乗ったミス・エミリから聞かされるクローンとヘイルシャムの歴史であった。「延期」は、根拠のない伝説に過ぎなかった。

III　クローンはなぜ抵抗しないのか、なぜ逃げないのか

『わたしを離さないで』を読み進んでいくと、読者はさまざまな疑問にぶつかる。なぜ事実上強制的な臓器摘出が自由意志による「提供(ドネーション)」と呼ばれているのか、クローンはドナーになる前に介護者(ケアラー)になることになっているが、「介護(ケア)」の具体的な内容が全く書かれていないのはなぜか、ドネーションによって短い人生を終えることがあらかじめ決められているクローンたちに「普通の」学校教育が与えられるのはなぜか、等々。その中でも最大の疑問は「クローンたちは、なぜ逃げないのか」というものだ。ヘイルシャムは、高い壁にも有刺鉄線にも囲まれてはいない。ミス・ルーシーが担当する「英語」つまり「国語」の授業で、第二次大戦時に捕虜収容所に入れられた兵士を題材とする詩が扱われたときのことを、キャシーは回想している。

> 男子生徒の一人が収容所の回りのフェンスには電流が通されているのかと尋ね、それから他の誰かが、フェンスに触れさえすれば、いつでも好きなときに自殺できるという場所に住んでいるのは、なんて奇妙なんだろうと言った。
>
> ……ミス・ルーシーは、微笑んで言った。「ヘイルシャムのフェンスには電流が通っていなくてよかったわね。ときには怖ろしい事故が起こるから」　(77)

ミス・ルーシーは、生徒たちが「教えられているのに教えられていない」ことに、クローンとしての宿命がきちんと説明されていないことに疑問を感じ、義憤を覚えるようになっているのだが、ここにはぞっとするような意味が隠されている。ヘイルシャムの生徒たちは、未来に生きる希望を奪われていながら、自殺することは許されないのだ。自殺の忌避はどんな学校でも原則だが、クローンの学校では特別な意味がある。彼らは、他人の大切な資産である臓器を抱えていて、自分の身体すら自分のものではないのである。なぜその宿命に抵抗しないのか、なぜ逃げないのか、なぜ自殺しないのか。『わたしを離さないで』を読み解こうとするとき、この疑問への答えを探すことが、批評の責務となる。

現代のイシグロ批評は、きわめて多岐にわたっているが、『わたしを離さないで』の解釈もさまざまな角度から行われている。二〇一八年に日本で出版された田尻芳樹・三村尚央(編)の論文集、『カズオ・イシグロ『わたしを離さないで』を読む――ケアからホロコーストまで』には、海外の英語論文の翻訳五篇と日本人研究者の日本語論文、九篇が収められているが、それを見ると、この小説へのアプローチが、多種多様であることがよく示されている。前半の翻訳論文五篇は、イシグロ研究を志す者にとっては――大学院生なら原文で読むだろうが、近年カズオ・イシグロを取り上げる卒論が急増しているので、学部学生はとても助かるだろう――必読と言っていいものが揃っている。生命倫理や人間の成長過程と関連して論じる巻頭のマーク・ジャーングの論文、「ケア」という概念を中心として、倫理的、哲学的問題を追及するアン・ホワイトヘッドの論文は、この小説の意味領域の深さと広さを丁寧に解き明かしたもので、卓越している。その他、ブルース・ロビンズの福祉国家イデオロギー批判としての読解、ポスト・ホロコースト小説として読むロバート・イーグルストン、過去と現在を行き来する語りをジェラール・ジュネットのナラトロジー（未来を先取りして語るプロレプシスと過去に回帰して語るアナレプシス）を応用して論じるマーク・カリーなど、粒ぞろいの論考である。日本人寄稿者のものは、それらに比べると、かなりの玉石混淆状態となっているが、その中にも、前半の厳選された翻訳論文と肩を並べる、優れた論考がある。森川慎也氏の「クローンはなぜ逃げないのか――同時代の人間認識とカズオ・イシグロの人間観」は、この小説の読者の多くが抱く基本的な疑問を取り上げ、その答えに迫ろうとしている。森川氏は、ピエール・ブルデューの「ドクサ」と「ハビトゥス」、スタンリー・フィッシュの「信念」、テリー・イーグルトンの「超越的視座の不可能性」を骨組みとして組み入れ、説得力ある解釈、すなわち論文のタイトルとなっている疑問に対する「答え」を提示する。ともすると難解な批評概念をさらりと明快に説明しながら作品を位置づけた論考であるので、参照するのに困難はないけれども、ここでは森川氏の結論を引用させていただこう。

クローンが逃げないのは、クローンの表象に作者イシグロの人間観――大きなパースペクティヴを持たず、与えられた生を受け入れる受動的なクローンこそ人間であるというイシグロの認識――が反映されているからであり、さらにそのイシグロの認識もまた、超越的視座に立って状況を俯瞰できず（フィッシュやイーグルトン）、信念を素朴に受け入れてしまう性質（フィッシュやブルデュー）を人間の属性と見なす同時代の思想家たちが共有する認識的パラダイムの中で形成されているからである。あえて還元的な言い方をすれば、本作が執筆された時代に形成された人間意識が、自らの置かれた環境から逃げ出すという選択肢をクローンから奪ったのである。

（森川　二五四頁）

これは、筆者がこれまでに読んだあまたの『わたしを離さないで』についての論文の中では、「クローンはなぜ逃げないのか」という疑問に対する、最も簡明で、説得力のある答えである。この論文集の中で、海外の論者のものに全く引けを取らない論考として高く評価したい。森川氏に敬意を表しつつ、ここでは別な観点、すなわち本書で論じてきた「沈黙の語り」の観点から、「クローンはなぜ逃げないのか、なぜ抵抗しないのか」という疑問に対する答えを探ってみたい。

森川氏は、イシグロの人間認識が、「超越的視座に立って状況を俯瞰できない」ことを人間の属性としている同時代の「認識的パラダイムの中で形成されている」としている。十分に納得させられる論であるのだが、沈黙の文学としてのイシグロの作品を考えるとき、「超越的視座」を別な角度から見るべき可能性を考えてみるべきではないだろうか。イーグルトンは『イデオロギーとは何か』（一九九一年）の中で、「啓蒙主義的意味での〝批評〟とは、誰かに対して、外部から、おそらく〝超越的〟視座から、彼らの状況において何が歪んでいるのかを説明することである」（xiv）と述べている。ここで言う「超越的視座（transcendental vantage point）」とは批評的立場の視座なのである。イシグロは作家であり、批評家でも思想家でもないのだから、彼の文学が発するメッセージは、同時代の思想、人間観によって読み取られるべきものであるのは当然とはいえ、まず第一に彼のテクストそのものから理解されなければならない。本書で繰り返し論じてきたことだが、『源氏物語』がそうであったように、語らないことで何かを語るという「省筆」こそが彼の文学の本質なのであるとすれば、大きなパースペクティヴを俯瞰する視座、すなわちイーグルトンが批評の基本として設定している「超越的視座」が、イシグロにおいて、実は不在ではなく、「省筆」をこととする作家のものとして存在していると捉えられるのではないだろうか。イシグロの語りが「語らない語り」であり、彼の文学が「沈黙の文学」であるために、彼のテクストの読解は、とくに西欧的批評の文脈では、きわめて困難になっているのだが、「超越的視座」を、批評家ではなく作家のものとして、ブースの言葉を借りれば、「含意された著者」のものとして、置きかえてみると、「省筆」の陰に、それが間違いなく存在していることが見えてくる。

『わたしを離さないで』批評について、もう一つ問い直さなければならないのは、クローンの「受動性」である。森川氏が論文冒頭で言及していることだが、マーク・ジャーングは、「人間とは権威に反逆する存在だという前提があり、それゆえに人間の複製であるクローンもまた反逆し、逃避してしかるべきだという『期待』が生まれる」とする（森川　二四一頁、ジャーング　二九頁以下）。イシグロの描くクローンは、たしかに、どこまでも受動的であり、子供のときから感情を激発させる傾向のあったトミーを唯一の例外とすれば、自らの運命に、というより他者から与えられた残酷な定めに、ただ唯々諾々と従っている。これは一般読者には理解できない、受け入れがたいことである。物心ついたときから、自分の限られた人生の終わりには、自分の身体が、何度も繰り返し、生きながら切り刻まれるという、生体解剖に等しい残酷な手術を受けることを知っていながら、なぜ、抵抗しないのか、抗議すらしないのか。普通の人間とは一見して区別不可能な彼らは、監視されることもなく、実際キャシーはイングランド全土を自分の車で自由に走り回っているというのに、これほどの受動的態度を崩さないのは、彼らがやはり人間としては根本的な欠陥があるからではないのか。

しかし、クローンたちが抵抗しないからといって、非人間的な行為に対する叛逆あるいは強い抗議について、『わたしを離さないで』という小説テクストの全体では、ほんとうに提示されていないのだろうか。イシグロの沈黙の文学は、抵抗と叛逆を語らずに語っているのではないか。「超越的視座」と「クローンの受動性」を、本書で追及してきた「省筆」という観点から、あらためて問い直してみよう。

Ⅳ　人文学教育と広大な沈黙の領域

ヘイルシャムという閉鎖的な社会に生きるキャシーたちについて、読者がホロコーストとの関連を思い浮かべるのは自然なことだろう。生徒たちは、人間と姿形はそっくり同じだが、クローンであるというだけの理由で、差別され、やがて全員が殺されていく。強制収容所で虐殺された数百万のユダヤ人を、彼らは象徴しているのではないだろうか。しかし、イシグロの文学では、安易なメタフォリカルな解釈は許されない。巧妙な語りの戦略によって、常に意味がずらされ、あいまい化されていくからである。たとえば、『浮世の画家』の主人公、マスジ・オノが藤田嗣治をモデルにしているのではないかとか、『癒やされざる者たち』で言及されるマックス・サトラーがアドルフ・ヒトラーを指しているとか、『埋葬された巨人』のアクスルをアーサー王と同定しようとするとか、そうした解釈は、小説全体の解釈に、多少は示唆を与えてくれるものではあるが、最終的には成立しない。イシグロの文学的戦略は、メタファーが指し示す対象を常にずらしていき、肥大化させて、普遍性を高めていくことだからである。

カズオ・イシグロは、一九九九年に、国際アウシュヴィッツ委員会の招待を受けて、アウシュヴィッツ＝ビルケナウ強制収容所跡地（現オシフィエンチム）を訪問した。委員会のウェブサイトによると、彼を招いたのは、『浮世の画家』で、戦争協力者であったオノを描いたことがきっかけであったとされている。★翌年の、スージー・マッケンジーのインタビューで（本書一四二ページを参照）、イシグロは、強制収容所も戦争も知らない世代が多数になりつつあることについて、「われわれは深い意味で［アウシュヴィッツや第二次大戦を］忘れてしまうのではないか」と懸念を表明した。二〇一七年のノーベル文学賞受賞記念講演でも、この訪問のことが言及される。アウシュヴィッツ委員会の人々は、荒廃しつつある収容所跡地を保存すべきか、それとも忘れてしまって前進すべきなのかというディレンマを語っていた（*My Twentieth Century Evening* 26）。両親は戦争経験者であり、原爆被爆者でもあったが、自らは戦後生まれであるイシグロは、「物語の公的語り手として、これまで意識していなかった義務を今負っているのだろうか、私たちの親の世代の記憶や教訓を私たちの次の世代へ、できるかぎり、伝えていくという義務が?」と自問している(27)。もちろん、これは修辞的問いかけであり、答えは問いの時点ですでに出ている。戦争の記憶や教訓を次の世代に伝えていくことが作家の義務なのである。だが、どのようにして、それを果たしていけばよいのだろうか。

ヘイルシャムには、簡単に乗り越えられる塀はあっても、周囲を囲む高い壁も鉄条網もない。監視兵もおらず、人間の教師は抑圧的ではなく、守護者(ガーディアン)と呼ばれている。しかし、なぜか生徒たちは、学校の敷地の境界を越えて、外に出ようとはしない。ヘイルシャムの裏手には森があって、それについて、いろいろ怖ろしい伝説が生徒たちの間で伝えられていた。ある少年は、友だちと喧嘩して、ヘイルシャムの境界を越えて逃げ出したが、二日後、木に縛り付けられ、手足を切り落とされた彼の死体が発見されたとか、ある女子生徒が外がどうなっているか見ようとしてヘイルシャムの塀の外に出たところ、守護者(ガーディアン)たちは戻ることを許さなかったため、そのまま死んでしまい、その亡霊が、ヘイルシャムに入れてもらうことを求めて、いまだに森をさまよっているといったものである(50)。こうした事件は、キャシーたちがヘイルシャムに到着する前に実際に起こったと信じられていた。守護者(ガーディアン)たちから授業でそれを教わったわけではないのだが、彼らの心に外界への恐怖が巧妙に植え付けられ

★ https://www.auschwitz.info/en/welcome/announcements/artikel/lesen/1052.html

ていたということは、ありうるのかもしれない。結局は、ヘイルシャムは強制収容所と同じ機能を果たしており、アウシュヴィッツになぞらえても、おかしくないということになるのではないか。しかし、鉄条網もなく、監視兵もおらず、ガス室もないのだから、そのような単純な同一視は、根拠を欠いていて、われわれは戸惑わされることになる。

ヘイルシャムのメタファーとしての不確定性が、イシグロの省筆あるいは沈黙の語りに、イーグルトンの言う「超越的視座」が存在する可能性を示している。強制収容所は、アウシュヴィッツ＝ビルケナウなどの、ユダヤ人強制収容所だけではなかった。一九三〇年代から四〇年代のソヴィエト連邦では、スターリンの大粛清によって、数十万人から百万人を越えると推定される人々が、広大な「収容所群島(グーラーグ)」（アレクサンドル・ソルジェニーツィンのノンフィクションのタイトルとなっている）に閉じ込められて、命を落としていた。それればかりではない。一九九〇年代のユーゴスラヴィア紛争では、ボスニア＝ヘルツェゴヴィナのトゥルノポリエ・キャンプ（Trnopolje）の痩せ衰えた収容者たちの映像が、イギリスのテレビ局ＩＴＮで放映され、世界に大きな衝撃を与えた。「民族浄化」という忌まわしい言葉が生まれた、あるいは復活したのはこのときだった。まさか、ヨーロッパの真ん中で、アウシュヴィッツの悪夢が再び現実になろうとは、誰も予想していなかったのである。一九九〇年代から振り返ってみれば、二十世紀は強制収容所の世紀であった。イシグロの沈黙の語りは、ヘイルシャムに明確な位置づけをしないことで、「省筆」によって、壁も鉄条網もない収容所として描くことで、この悲惨な世紀に存在した多くの強制収容所を語っているのである。批評の立場としての「超越的視座」

は、たしかに不在のように見えるが、実は、「広大な沈黙の領域」（マサオ・ミヨシの言葉、本書二一四頁）を描き出し、創作する作家として存在していたのであった。

次に、「クローンの受動性」について、沈黙の語りの観点から再考してみよう。ここでは、アメリカの哲学者、マーサ・C・ヌスバウムの著書『利益のためでなく――なぜ民主主義は人文学を必要とするのか』（二〇一〇年）★が、有益な示唆を与えてくれている。ヌスバウムは、教育の世界的危機が静かに進行していると警告する。アメリカの、そして世界の教育において、利益を追求する能力が重視されるようになり、人文学や芸術を基幹とするリベラル・アーツ教育が、蔑視されるとまでは言わなくても、軽視されるようになっている。人文学と芸術は、民主主義を支えてきた根幹であるのに、それが片隅に押しやられるようになれば、民主主義そのものが危機に瀕するだろう。

★　邦訳は『経済成長がすべてか？――デモクラシーが人文学を必要とする理由』。Nussbaum は、英語の発音では、「ヌスボーム」に近いが、日本語訳ではヌスバウムと表記されているので、ここでもそれに従う。Anne Whitehead の論文 "Writing with Care: Kazuo Ishiguro's *Never Let Me Go*"（翻訳が田尻・三村の五五―八八頁にある）はヌスバウムの引用から始まるが、ホワイトヘッドは、ヌスバウムにやや批判的であり、歴史学者の Dominick LaCapra の立場に近い。なお、ヌスバウムはイシグロの小説が発表される前の一九九八年に Cass R. Sustein と共に *Clones and Clones: Facts and Fantasies about Human Cloning* を編集している。

民主主義社会が若者たちに行う教育に根本的な変化が起こりつつあり、これらの変化について、これまで十分に考えられてこなかった。国家の利益を渇望するあまり、諸国とその教育システムは、民主主義を生かし続けるために必要なスキルを無頓着に捨て去ろうとしている。この傾向が続けば、世界中の国々が、間もなく、自分で考え、伝統を批判し、他者の苦しみと功績の意義を理解できる市民ではなく、便利な機械を、何世代にもわたって、生み出していくことになるだろう。(1)

ヌスバウムは、アメリカの哲学者ジョン・デューイやインドのノーベル文学賞受賞者の詩人ラビンドラナート・タゴールが理想とした人文主義教育が捨て去られ、コンピュータ・サイエンスやテクノロジーに偏った教育が、アメリカやインドの大学を支配しつつあることを指摘する。その結果、物理的富の獲得にばかり熱心で、その公平な分配には無関心なエリート層が形成され、たとえばインドでは都市が近代化し富裕化する一方で、農村部の貧困は放置されている。とりわけ危機的なのは、クリティカル・シンキング(Critical Thinking)=批判的思考の教育が無視されつつあることだ。自ら主体的に考え、批判的に問題提起し、新しいアイデアを生み出していく能力のない学生ばかりを生み出す教育が続けば、文化や政治での選択にダイナミックに参加する市民ではなく、「機械」ばかりとなって、民主主義の根幹はゆらぐ。ヌスバウムは、古今東西の哲学や文学の該博な知識を駆使して、現代世界でますます肩身の狭い立場に置かれている人文学と芸術科目の重要性、必要性を強力に主張し、弁護している。

『わたしを離さないで』は、学校小説であるので、当然ながら教育が重要な要素となっている。ヘイルシャムでのクローンたちへの教育は、どのような思想に基づき、どのように組み立てられていたのだろうか。初等、中等教育をカバーするカリキュラムの実態は、多くの学校小説の場合と同様に語られていないが、ごく普通の教育が行われていたようであり、とりたてて変わったところはないように見える。しかし、とくに文学と美術の教育が重視されていたことが推測できる。マダムことマリー＝クロードは、年に何回かヘイルシャムを訪れ、生徒たちの絵画や詩作品で優れたものを選び、生徒たちが「ギャラリー」と呼ぶところに持って行く。それは何のためだったのか、マダムとミス・エミリにキャシーは質問を浴びせる。

「……そもそも、どうして、ああいういろいろな作業をさせたの？　なぜわたしたちを訓練し、励まし、ああいったもの全てを生み出させたの？　わたしたちが、いずれにしても、結局は、臓器提供をすることになって、それから死ぬのだとすれば、どうしてそんな授業をしたの？　本を読んだり、ディスカッションをしたりしたこと全てに、何の意味があったの？」（254）

ミス・エミリは、「なぜヘイルシャムだったのか、ということね？」と返し、歴史を振り返りながら答える。一九五〇年代に医学の急速な発展があり、気づいたときには、もう戻れないところに来ていた。それまで不治の病だったものが、臓器移植によって回復できるようになったことを人々は喜び、臓器を提供するクローンについて深く考えることは、あえてしない、見て見ぬふりをすることになったのである。そのためクローンたちはきわめて劣悪な状況に置かれており、それに心を痛めたミス・エミリとマリー＝クロードは、彼らによい教育環境を与えようとして、ヘイルシャムを設立した。生徒たちの詩や芸術作品を収集したのは、クローンが人間に近いものであることの証拠として示し、学校経営の寄付金を募るためだった。

「あなたたちの作品を持っていったのは、それがあなたたちの魂を表すと思ったからよ。もっと詳しい言い方をするなら、あなたがたには、そもそも魂があるのだということを証明するために、わたしたちはそうしたのよ」（255　傍点は原文ではイタリック体）

ヘイルシャムで重視されたのは、内面を表現する教育だった。それは、ミス・エミリの表向きの意図に反して、読者から見れば自明のことを、クローンが人間であることを証明するものであったということになる。ミス・エミリにもマダムにも、クローンを人間として見ることは、結局できなかったのだが、彼らはその努力をしたのだった。これは、ヌスバウムの問題提起に通じるところがある。「ドネーション（donation）」とは、提供者が行う寄付、贈与を意味する。臓器提供は、本来は、提供者（ドナー）が、自発的に、自分の身体の一部を寄贈するという、究極の自己犠牲の行為である。クローンたちが強制される臓器摘出が、ドネーション、自主的な寄付と呼ばれるのは、はなはだしい虚偽、欺瞞であり、真相の隠蔽である。その背後には、直接的には語られていないものの、冷たく残酷な利益追求のイデオロギーに支えられたシステムがある。たとえ医療目的であるとしても、人体の切り売りをドネーションとして、いわば美化することは、その思想が達する極北であるとも言えるだろう。ヌスバウムが警告する、利益追求に狂奔する現代社会が行き着くべきところが、そこではないのか。人文学教育がすたれ、クリティカル・シンキングの能力を奪われ、自分たちが搾取されていることすら意識できない「市民」たちが多数となった社会では、民主主義ではなく、狡猾で巧妙な抑圧の体制が、たとえば「新自由主義★」の外皮をまとって、支配的となるだろう。

だとすれば、ミス・エミリとマリー＝クロードが企てたことは、彼女たち自身の動機付けとは無関係に、そのような潮流、システムに対する抵抗であったと受けとめられるべきだろう。ヘイルシャム

★「新自由主義」については、大貫隆史・河野真太郎・川端康雄（編著）『文化と社会を読む　批評キーワード辞典』を参照。以下に、一部のみ引用させていただく。

> 個人の水準では、新自由主義は市場での個人の自己責任における選択を強調する。国家はもう個人を市場の荒波から守るセーフティネットを供給することはない。個人は自らの力と選択のみを頼りに生きるべし。しかしその際に取るべき選択肢が与えられているかどうかも、個人の責任である。そして現実には、まともな選択肢が与えられることはほとんどない。（一一〇頁）

そのものが、そしてそこで行われた人文学教育が、人間を文字通り食い物にしようとする邪悪な非人間性に対するアンチテーゼなのだ。トミーは、在学中は、いかにも下手な絵しか描くことができなかったが、それは彼の才能が未成熟で、部分的にしか表れていなかったためである。最終的に、彼は、大人になってから、驚くべき精緻な絵画を描ききる。それは、クローンが紛うかたなき人間であることを証明するものであり、自分を殺そうとする巨大な力に対するささやかな抗議であり、叛逆であったのだ。ヘイルシャムの人文学教育は成功した★、それがクローンたちの悲劇をいっそう深めることになったとしても。

キャシーは、コテージで、「卒業論文（エッセイ）」を書くために、ジョージ・エリオットの『ダニエル・デロンダ』を読んでいる（ユダヤ人を扱った小説なので、キャシーの卒論として、ある意味でふさわしい題材）。絶望の未来が、すぐそこに待ち受けているというのに、のんびりとヴィクトリア朝の文学作品などを読んで、いったい何の意味があるのか、と読者は思う。ここで、キャシーの卒論の意味を考えるとき、『わたしを離さないで』の前の作品、『わたしたちが孤児だったころ』の一節を振り返ってみなければならない。悲惨な戦場の現実とはかけ離れた、文学や音楽のことが言及される場面である。両親探索の冒険がみじめな失敗に終わり、日中両軍の白兵戦の現場から、中立国民として救出されたクリストファー・バンクスは、日本軍のハセガワ大佐（ここだけに登場するキャラクター）にイギリス領事館に車で送ってもらう。ハセガワ大佐は、イギリスに留学した経験が実際にあるのかどうかはわからないのだが、イングランドに憧れを抱いており、かなり流暢な英語で、こんなことをクリストファーに語る。

「イングランドはすばらしい国ですね」とハセガワ大佐は言っていた。「静かで威厳がある。美しい緑の野原。私は今でもそれを夢に見ます。それにお国の文学。ディケンズ、サッカレイ。嵐が丘。私はお国のディケンズが特に好きなんです」

(*When We Were Orphans* 276)

文学について、教科書的とはいえ、それなりの素養がある大佐は、さらに、日本の宮廷歌人のことを持ち出して、「彼女は、大人になってしまうと、わたしたちの子供時代は、まるで異国のようになってしまうと書いています」と述べる。彼は、ヨーロッパの音楽にも通じており、ベートーヴェン、メンデルスゾーン、ブラームス、ショパンが好きだという。ハセガワ大佐の語りは、ついさっきまでの悲惨な戦場のリアルな描写の後では、読者をほっとさせるような効果がある。大佐は、クリストファーが身をもって体験した上海の閘北(チャペイ)での戦闘は、これからやってくる世界規模の大戦と比べれば、「一片の塵のようなもの」であると知っている(278)。それだけに、ヴィクトリア朝小説やヨーロッパ音楽への彼の言及は、皮肉なものと受け取られるかもしれないが、ハセガワ大佐にとってそれらは心の救いなのであり、クリストファーにとっても、いっときの慰めであっただろう。文学や音楽を無意味なものとして捨て去るのは、人間性の敗北を意味する。それらは、人間であることの証しなのだ

★ ヘイルシャムでの「人間化教育」(人文学教育ではなく)についての否定的な見方としては、Nathan Snaza の“The Failure of Humanizing Education in Kazuo Ishiguro's *Never Let Me Go*”がある。

から。

文学も音楽も、絵画などの芸術も、圧倒的に巨大な戦争という暴力の前では、無力だ。しかし、それらによって人間性を主張することしか、名もなき人々には、抵抗の術はない。クローンたちが受動的であるのは、彼らを殺そうとする力が、人間性を圧殺しようとする力が、あまりにも巨大で、理解しようがないものだからなのである。クローンたちは、「戦争と強制収容所の世紀」、二十世紀に生きて、理由もわからないまま、抵抗し抗議する間もないまま、機銃掃射でなぎ倒され、焼夷弾に焼かれ、爆弾に吹き飛ばされ、あるいは強制収容所に追い立てられて、理不尽に命を奪われていった幾千万の「普通の人たち」を表象しているのである。イシグロの小説を沈黙の文学として、語らずに語る文学として理解するならば、彼の「超越的視座」の中に「広大な沈黙の領域」が浮かび上がってくる。クローンたちがなぜ抵抗しないのか、なぜ逃げないのか、逃げられないのかについての答えが、そこに容易に見つかることだろう。

第六章『埋葬された巨人』

――逆クウェストは終着の浜辺へ

I　マジック・リアリズムとパリンプセスト

カズオ・イシグロが、前作『私を離さないで』以来、十年ぶりに刊行する新作長編、『埋葬された巨人』のタイトル[★1]のみが出版社からアナウンスされたとき、SFに通じた読者がただちに想起したのは、イギリスのSF作家、J・G・バラードの「溺れた巨人」であった。この短篇は一九六四年に刊行された短篇集『終着の浜辺』に収録されている。バラードは、上海の租界で生まれた。第二次大戦中は、敵国民として、日本軍によって龍華収容所に両親と一緒に抑留された。そのときの経験は、自伝『人生の奇跡』(二〇〇八年)に語られており、小説『太陽の帝国』(一九八四年)の背景となっている。イシグロの『わたしたちが孤児だったころ』の主人公クリストファー・バンクスと非常に似通った子供時代を過ごしたことは、留意しておくべきだろう。戦後になって、初めて本国の土を踏んだバラードは、一九六〇年代に、『沈んだ世界』(一九六二年)、『燃える世界』(一九六四年)、『結晶世界』(一九六六年)など、知的かつ純文学的なSFを次々に発表し、SFの「新しい波」の旗手とみなされるようになった。「新しい波」は、一九五〇年代からアメリカのパルプ雑誌やペーパーバックで全盛をきわめた大衆的SFに革新をもたらし、新しい形のフィクションとしての地平を切り開いたのであった。

「溺れた巨人」は寓意的な短篇である。ある国の海岸に小山のような巨人の溺死体が流れ着く。何者なのか、どこから来たのか、全くわからない。多くの見物人が訪れるが、やがて死体は腐敗し始める。明らかにジョナサン・スウィフト（一六六七―一七四五）の『ガリヴァー旅行記』（一七二六年）で、小人国、リリパットに流れ着いたガリヴァーの姿に着想を得たものと思われるが、ここでは何の物語も展開することなく、巨人の死体がすさまじい悪臭を放ちながら崩壊し、ついに白骨化していく様が淡々と描写されるのみである[★2]（*The Complete Stories* 641–49）。イシグロの新作がどのようなものか、タイトルだけでは全く想像はできなかった。しかし、実際に刊行された『埋葬された巨人』を読んでみると、バラードの影響が「巨人」のイメージのみではないことは明らかだった。小説の結末で、主人公のアクスル（Axl）とビアトリス（Beatrice）が島へ渡ろうとするところには、先に挙げたバラードの短篇集の表題作「終着の浜辺」（*The Complete Stories* 589–604）のエコーが響き渡っていたのである。

『埋葬された巨人』は、伝説のアーサー王の死後間もなくの頃、紀元五世紀末か六世紀初め頃のブリテン――まだ「イングランド」ではない――を舞台に設定している。しかし、イシグロが描き出す、その時代のブリテンは、実際の歴史とは乖離した、あたかもファンタジーのような世界である。そこには、人間のみならず、超自然の生き物たちがうごめいている。「人食い鬼」（ブリトン人は ogre と呼び

★1　日本語訳では『忘れられた巨人』。英語の"buried"の第一の意味は、「埋葬された」である。忘れられたのではなく、死んでいた巨人は「復活」する。

★2　日本の『今昔物語』に、「常陸国□□郡に寄せられたる大きなる死人の語（こと）　第十七」という、内容が「溺れた巨人」に酷似する物語があることを荘中孝之氏からご教示いただいた。実際、驚くほどそっくりである。

サクソン人は fiend と呼ぶ）がサクソン人の村を襲撃したり、溝に落ちて死にかけている姿をさらすなどして、実際に登場する。この世界を覆う忘却の霧を吐き出しているのは、クウェリグ（Querig）という雌のドラゴンなのだが、このドラゴンも伝説や神話の中のものではない。小説の最後になって、姿を見せる。アクスルとビアトリスが籠に乗って川下りをする場面では、小鬼（ピクシー）（pixie）の大群が襲ってくる。『埋葬された巨人』には、イギリスの民間伝承でなじみ深い空想的生き物が、実在のものとして次々に出てくるばかりではない。アーサー王の甥で伝説上の円卓の騎士サー・ガウェイン（Sir Gawain）までもが登場するのだ。サー・ガウェインは、十四世紀後半に、北西ミッドランド方言で書かれた中英語文学の傑作とされる作者不詳の物語詩、『サー・ガウェインと緑の騎士』の主人公として知られる。

このようにファンタジーの道具立てをあからさまに揃えている『埋葬された巨人』だが、実際に読んでみると、そのジャンルに属する作品という印象はほとんど得られない。正統的なファンタジー文学とは、文体の面でも、内容の面でも、著しく異なっている。ヴィクトリア朝のジョージ・マクドナルド（一八二四―一九〇五）の『ファンタステス』（一八五八年）やウィリアム・モリス（一八三四―九六）の『世界の果ての井戸』（一八九六年）などの散文ロマンス的小説はもちろん、二十世紀ファンタジー文学の古典であるロード・ダンセイニ（一八七八―一九五七）の『エルフの国の王の娘』（一九二四年）などの諸作品、現代ファンタジーの代表である『ハリー・ポッター』シリーズや後にやや詳しく紹介するJ・R・R・トルキーンの作品とはあまりにも違っている。年老いたブリトン人の夫婦、アクスルとビアトリスが息子の住む村へ向けて旅をするというのがメイン・プロットである。三日間の旅の過程で、過去の記憶が二人にしだいに蘇ってくる。それは忘れていたほうが幸福だっただろう、忌まわしい記憶だ。ファンタジーは外殻に過ぎず、真のテーマが「忘却」と表裏一体となった「記憶」であることが、物語の展開とともに、明瞭に浮き彫りになってくる。ここにあるのは、最初の長編『幽かなる丘の眺め』以来、一貫して変わらない「記憶の文学」としてのイシグロ文学の世界なのだ。とはいえ、『埋葬された巨人』が、一見すると、ファンタジーとしての要素を備えていることは、多くの読者にとまどいを与えることになった。前作『私を離さないで』の場合も、SFというジャンルにイシグロが踏み込んだことに驚かされたのであったが、書評では概ね肯定的に評価された。しかし、『埋葬された巨人』に対する書評では、好悪がはっきりと別れたのである。

長年にわたって一貫してイシグロに好意的な『ザ・ガーディアン』では、『サー・ガウェインと緑の騎士』、シェイクスピア(一五六四―一六一六)の『リア王』、トルキーンの『指環の帝王』と比較して、「イシグロの小説は、それらの作品群と肩を並べるもの」と絶賛されている(Holland)。しかし、ブッカー賞を受賞した『日の名残り』の後に、読書界の大いなる期待の中で発表された『癒やされざる者たち』が批評家から軒並み酷評されたのに比べれば、まだしもとはいえ、否定的な書評もかなり目立つ。中でも『タイムズ文芸付録』は辛辣だ――「寡作な卓越した作家が背負うリスクは、読者が過大な期待を寄せることであり、それだけに『埋葬された巨人』には、なおさら失望させられてしまう。またも傑作が出た、と宣言できたらさぞ気分がよかっただろうに」(Lichtig)。著名なSF・ファンタジー作家のアーシュラ・K・ル＝グウィンは、そのブログで、イシグロがファンタジーというジャンルを「軽蔑した」と非難した（Le Guin, "Are they going to say this is fantasy?"）。

これらの否定的評価は、ある程度妥当なのかもしれないが、『埋葬された巨人』が、どのようなジャンルの小説なのかについての困惑が、正確な捉え方を困難にしているのではないだろうか。この地点から過去の作品を振り返ってみると、イシグロの全小説は、基本的にリアリズム小説であるとはいえ、写実的な描写に空想的、超自然的なものが、さりげなく組み込まれた語りの形式を備えていたことがわかる。同じように、『埋葬された巨人』では、一般的なファンタジーとは異なり、人食い鬼、小鬼、ドラゴンといった空想的と思われる生き物が、異常なものではなく、日常の中の一部であることが強調されている。冒頭の一節を引いてみよう。

冷たい霧が河や湿地の上に垂れ込め、この国にまだ土着していた人食い鬼たちにとっては、あまりにも都合がよかった。近くに住んでいる人々が――いったいどんな切羽詰まった事情でそういう陰気な場所に住みつくことになったのだろうか――こういう生き物を恐れたのは当然だった。何しろ、その荒い息づかいが、彼らの醜い姿が霧の中から出現するずっと前から聞こえたのだから。しかし、そういう怪物も驚きを引き起こすことはなかった。当時の人々は、彼らを日常的な危険と見ていたのだろうし、その時代には、他に心配すべきことが山ほどあった。固い地面からどうやって食物を得るか、薪を絶やさないようにするにはどうすればよいのか、一日で一ダース

もの豚を殺し、子供たちの頬に緑色の発疹を生じさせる病気をどうやって食い止めるかとか。(3)

確かにサクソン人の村を襲い、子供を拉致した鬼たちは怖ろしい脅威として描かれている。しかし、鬼も、結局は弱い生き物なのだ。サクソン人の少年エドウィンは、凍った池に頭を突っ込んで死んでいる三匹の鬼を見かける(259–60)。アクスルとビアトリスが小鬼(ピクシー)たちの群れから逃れてたどり着いた石造りの小屋の前では、三人の子供たちが溝の泥の中をのぞき込んでいた。ヤギが溝に落ちているらしいのだが、アクスルがよく見ると、そのヤギを食べたために死にかけている鬼がいることに気づく。

そのヤギの柔らかな上を向いた腹を見分けるには、少し時間がかかった。なぜなら、そこには暗い泥の中から突き出た巨大な手が食い込んでいたからである。そのとき初めて彼は、最初は死んだヤギのものと思っていたものの大部分が、それと絡み合った第二の生き物のものだと気づいた。あそこの盛り上がったところは肩だ、あっちはこわばった膝だ。それから動きが見えたので、彼は溝の中のものがまだ生きていることに気づいた。
「何が見えるの、アクスル?」
「前に来ないで、お姫様。気分がよくなるような見せ物じゃない。ゆっくりと死につつある哀れな鬼だ……」
(275)

子供たちは、村のシャーマンのような女性から、ヤギ自体には無害な特殊な毒草を飼料としてヤギを育てる方法を教わり、毒化したヤギをドラゴンのクウェリグの餌にしようとしていた。子供たちの両親は行方不明になっているのだが、それはクウェリグが吐き出す忘却の霧が原因らしい。クウェリグを殺せば、両親は記憶を取り戻して、帰ってくると彼らは信じていた。ところが、そのヤギを鬼が食べてしまい、中毒して死にかけていて、その様子を子供たちが見物していたのであった。ここでは鬼は、日常にある危険の一部であって、空想の世界のものではないかのように、リアルに描かれているる。ここで示唆されていることは、この小説が一般的なファンタジー文学として捉えられるべきものではなく、マジック・リアリズム文学として見ることが正しいということである。

これまでのイシグロの作品を振り返ってみれば、基本的なリアリズムの語りの中に、鬼やドラゴンこそ出てはいなかったが、非現実の存在や事象が組み込まれるということは、実は、しばしば見られたことであった。『幽(かす)かなる丘の眺め』の亡霊や『癒やされざる者たち』の死者たちは確固たるリアリズムによって語られていたので、読者はそれらの超自然性を意識しなかっただけである。『わたしを離さないで』のクローンたちも、日常の中に描かれる非日常であったと見ることができるだろう。『マジック・リアリズムという用語は、一時期、ドイツのギュンター・グラス(一九二七―二〇一五)の『ブリキの太鼓』(一九五九年)やコロンビアのガルシア゠マルケス(一九二七―二〇一四)の『百年の孤独』(一九六七年)などを論ずる際に多用されたが、『オックスフォード文学用語辞典』では、「客観的、リアリスティックな報告という〈信頼できる〉トーンを、他の点で、維持している語りの中に、幻想的、空想的な出来事が含まれるという、現代フィクションの一種」と定義され、「現代小説が、同時代の社会的関連性を強力に維持しつつ、リアリズムの領域を超越して、寓話、民話、神話などのエネルギーを汲み取ろうとする傾向を示している」（Baldick 350–51）としている。この定義に従えば、この用語が、『埋葬された巨人』の批評でも、十分に適用できる。

『埋葬された巨人』では、アクスルとビアトリスの「ウサギの巣穴（ウォーレン）」での生活やサクソン人の村が、非常にリアルに描写されている。たとえば、老人二人は、村会の決定によって、自宅での蠟燭の使用を禁じられている――理由は示されないが、防火のためであることは推測される――とか、サクソン人の村では大きな共同食堂のようなところで朝食をとるとか、この時代の日常生活がそのようなものであっただろうと、十分に想像できる。そこに鬼やドラゴンが、異常なものとしてではなく、日常の一部として登場するのだから、『埋葬された巨人』は、『幽かなる丘の眺め』や『癒やされざる者たち』以上に、マジック・リアリズムが前面に押し出された作品となっているのだ。「幻想的、空想的な出来事」がリアリズムの中に組み込まれることによって、ここでは、一般的なファンタジーとしての展開が抑制されて、いかにもイシグロ的な物語となっている。そこで前面に出てくるテーマは、はるか昔の時代の物語でありながら、戦争の世紀であった二十世紀の歴史である。

イシグロは、『ザ・ガーディアン』のインタビューで、ユーゴスラヴィアの解体のありさまとルワンダでの八十万人とも言われる民族大虐殺（ジェノサイド）を見て、深い失望を感じたと語っている。なぜなら、「ベルリンの壁の崩壊の後、私たちは歴史の終わりに至ったとされ、平和な状況がやってくるという思いを抱いていた」からである。ところが、その甘い見方は、突然、打ち砕かれた。

「強制収容所、絶滅収容所、スレブレニツァの虐殺などが、ヨーロッパの真ん中に出現したのです。……驚くべきは、何十年もの間、共に隣同士として暮らしてきた人々が、いきなり、お互いに襲いかかり、お互いに大量に殺しあったという事実なのです」

（Alex Clark）

イシグロは、現代の悲惨な現実を、過去のイギリスの歴史の暗黒時代に移しかえて描こうと企てたのだった。ローマ帝国がブリテン島から最終的に撤退したのは、紀元四一〇年とされる。その後、北ドイツからのアングル族、サクソン族の侵入が激化し、歴史史料がほとんどない暗黒時代に入った。歴史の光が再び差し始めたとき、ブリテン島では支配民族の交替が起こっていた。それまでの住民だったケルト系ブリトン人の諸部族は、侵入した民族によって、ウェールズ、コーンウォール、さらにドーヴァー海峡を越えて現在のフランスのブルターニュ地方などの辺境に追いやられ、ブリテン島は、イングランド、すなわちアングロ・サクソン人の国となった。この間に、アングロ・サクソンによるブリトン人の民族大虐殺（ジェノサイド）という民族浄化があったのかもしれない。歴史研究では、ジェノサイドではなく「文化変容（acculturation）」による緩やかな移行であったという説など、諸説があって、議論が続いているらしい。歴史的事実がどうあれ、『埋葬された巨人』では、次のような設定になっている。ブリテン島に侵入して定住したサクソン人と先住民族ブリトン人は、凄惨な殺し合いを続けたが、アーサー王（King Arthur）が両民族の間に平和をもたらし、共存することになった。かつての憎しみ合いは、ドラゴンのクウェリグが、魔法使いマーリンのかけた魔法によって忘却の力を与えられた霧を吐き出すことによって忘れられている。しかし、ブリトン人の指導者、ブレナス卿（Lord Brennus）という人物が、サクソン人への攻撃を計画しているらしい。サクソン人の側でも、東部の沼沢地を支配している国王が、戦士ウィスタン（Wistan）を派遣して、クウェリグを殺し、憎悪の記憶を蘇らせ、西方への征服戦争に乗りだそうとしている。死んで埋葬されたはずの巨人は、間もなく復活するのではないだろうか。そうなれば、大虐殺が、サクソン人によるブリトン人の民族浄化が起こるだろう。

　イシグロは、ノーベル文学賞受賞記念講演で、次のように述べている。

> 人種主義が、その伝統的形態と、近代化されより巧く商品化された形での人種主義が、また再び、勃興しつつあり、埋葬された怪物（モンスター）が目覚めつつあるかのように、わたしたちの文明化された街路の下で蠢動しつつあるのです。
>
> (*My Twentieth Century Evening* 40)

「人種主義という怪物」は、『埋葬された巨人』に描かれた、実際に登場はしない「巨人」を、直接ではないとしても、暗示しているように思われる。しかし、本書で何度か指摘したことだが、イシグロのメタファーが表すものを同定しようとする試みは、そのあいまい性のために、結局は挫折させられる。「埋葬された巨人」は、講演で言及された「怪物」が明確に指していたように、やはり人種主義を表すメタファーなのかと問われれば、そうだとも言えるが、それだけではない、はるかに複雑で深遠な何かを指している。いずれにしても、『埋葬された巨人』でイシグロが企てたことは、過去の歴史を表面的な題材として、現代の状況をそこに重ねて描き出すことであった。イシグロが『埋葬された巨人』で採用した手法は、ローマ帝国撤退からイングランド成立までの歴史の暗黒時代と現代とを重ね合わせるというもので、それは「パリンプセスト（palimpsest）」という批評概念で捉えられる。パリンプセストとは、中世に、高価であった羊皮紙を再利用するために、元のテクストを消去して、新しいテクストを重ね書きしたものである。考古学、古文書学では、元のテクストの再現によって、羊皮紙の文書に新たな価値が見出されることがしばしばある。文学批評においても、これは、テクスト間の影響関係を論じる際に、一つの基本概念として使用される。典型的にはパロディ、カリカチュア、パスティーシュが例であり、アダプテーションや翻訳も挙げられる。インターテクスチュアリティとかトランステクスチュアリティとしても知られているのだが、ナラトロジーの第一人者であったジェラール・ジュネットは、『パランプセスト——第二次の文学』（フランス語からの邦訳タイトル）の中で、全ての文学作品は、過去の第一次のテクストに重ね書きされた「第二次の文学」であるとして、多種多様な文学テクストを詳細に分析した。パリンプセストは、『埋葬された巨人』を理解するためには、きわめて有効な概念と考えられよう。ここでは歴史が重なりあっているばかりではなく、他のさまざまなテクストが重なり、透けて見えるようになっているからである。その重なりあうテクストを「剣と魔法の文学」から始めて、トルキーンの『指環の帝王』へと辿ってみよう。それによって、『埋葬された巨人』が持つ意義を、とりわけ、本書で追究してきた沈黙の文学としてのイシグロ文学に占めるべき位置を確認してみたい。

Ⅱ 「剣と魔法」と黒澤映画

『埋葬された巨人』は、これまでのイシグロの小説にはなかった、新しい次元がいろいろと加わっている。語り手が、一人称の語り手ではなく、非人称の語り手となっていることが、まず挙げられる。イシグロがこのような選択をした理由は、おそらく主人公のアクスルと妻のビアトリスが、過去の記憶を蓄積しているはずの老人でありながら、その記憶をほとんど失っているという設定にしたことがあるのだろう。雌龍のクウェリグが吐き出す忘却の霧の影響を受けている二人は、エッコ、オノ、スティーヴンズ、ライダー、そしてバンクスやキャシーがしてきたような、過去を語る語りはできないのだ。しかし、『埋葬された巨人』の中でも、一人称の語りとなる場面がいくつかある。途中に「サー・ガウェインの瞑想」と題する章が二箇所挟まれていて、サー・ガウェインが独白している。彼は忘却の霧の影響をあまり受けていないらしく、アーサー王から与えられたクウェリグの守護者としての使命を忘れてはいない。さらに、小説の最後の章は、渡し船の渡し守の一人称の語りとなっているのだが、これについては、後に見ることにする。とくに目立つ特徴は、剣戟の場面がいくつかあることだ。このことは、『埋葬された巨人』というマジック・リアリズム小説を、少なくともその重要な一部をファンタジー文学の中でもきわめて大衆的なサブジャンルに帰属せしめる可能性を生み出している。ヒロイック・ファンタジーあるいは「剣と魔法（sword and sorcery）」と呼ばれるこのジャンルは一九二〇年代、三〇年代に、アメリカの大衆的パルプ雑誌で隆盛したもので、屈強な剣士が、架空の世界で、怪物や魔術師などと闘争を繰り広げるという内容である。代表的な作家ロバート・E・ハワード（一九〇六―三六）の「蛮人コナン（Conan the Barbarian）」シリーズは、憂愁に満ちたヒーローが独特の北欧的な雰囲気の世界で活躍するもので、大いに人気を博した。ハワードが夭折した後も、このジャンルは発展を続け、トルキーンの『指環の帝王』やJ・K・ロウリングの『ハリー・ポッター』等に、その伝統が引き継がれている。イシグロの小説としては実に意外なことなのだが、マジック・リアリズム小説である『埋葬された巨人』がファンタジーと最も接近するかに見えるのは、この「剣と魔法」という面なのである。

魔法については、アーサー王伝説に登場する魔術師マーリンがクウェリグに魔法をかけたとして言及されるだけなのだが、ここにはハワードの蛮人コナンを思わせるようなサクソン人の戦士ウィスタンが登場する。彼は東方の沼沢地にある王国から旅してきて、サクソン人の村に滞在していた。ちょうどそのとき、二匹の人食い鬼が川で釣りをしていた少年エドウィンを拉致するという事件が起こる。ウィスタンは、救出に向かい、一匹の鬼を殺し、もう一匹に致命的な重傷を負わせ、エドウィンを救出して村に凱旋し、切り取った鬼の身体の一部を誇らかに群衆に示す（72）。アクスルがウィスタンの剣さばきを目の当たりにするのは、次の日である。鬼たちから救出されたエドウィンだったが、今度は村人たちに殺される危険が迫っていた。彼の身体に噛み傷があるのが発見されたからである。村人たちはその傷が鬼によるものだとし、放っておくとエドウィンは鬼に変わってしまうから、今のうちに始末したほうがいいと主張する（吸血鬼に噛まれた者は吸血鬼になるという後世の伝承に似た考え方が背景にある――とすれば、鬼はもともとは人間であったのか）。ウィスタンはエドウィンをかばったのだが、村に残るのは危険だと判断し、アクスルとビアトリスの旅に、二人で同行することになった。しかし、サクソン人の王の密命を受けているウィスタンには、ブリトン人の指導者ブレナス卿からの追っ手が迫っていた。川に架けられた橋のたもとにブレナス卿配下の兵士たちの姿が見えるので、一行は、彼らを出し抜くための一計を案じ、ウィスタンとエドウィンは痴呆のふりを演じて、首尾よく橋を渡る。しかし、兵士たちの一人が、欺されていたことに気づいて、追跡してくる。もはや演技が役に立たないと悟ったウィスタンは、この兵士と剣を交える。勝負は一瞬だった。

しかし、ウィスタンは相手の動きを予測していた、というか、おそらく彼の本能だけで十分だったのだろう。サクソン人はすばやく脇にかわすと、殺到してくる男にただ一回、単純な動きで、自分の剣を横ざまに走らせた。兵士は、井戸に投げ込まれた桶が初めて水面を打ったような音を発し、それから前のめりに地面に倒れた。（133）

アクスルたちは、この時、森の中で、円卓の騎士サー・ガウェインと出逢っていたのだが、ガウェインは、この決闘の様子を冷静に観察していた。そのガウェインもまた、サクソンの戦士に負けない剣の腕を持っている。『埋葬された巨人』が、「剣と魔法」タイプの物語に最も接近する修道院の地下のダンジョン――ヒロイック・ファンタジーやＲＰＧでは、地下牢という意味から発展して地下に張り巡らされた迷路や広間などの全体を指す――の場面で、ガウェインは重要な働きをする。身体の痛みに悩まされていたビアトリスは、サクソン人の村で女薬師から、ジョナスという修道士がいい治療法を知っていると聞かされる。そこで、アクスルたちはジョナスがいる修道院に回り道することにした。この修道院は、かつてサクソン人の砦であったらしいところで、現在はブリトン人の修道士たちが住んでいる。ところが、アクスル一行にウィスタンとエドウィンが加わっていたことがブレナス卿に伝わったらしく、配下の兵士たちの一隊が彼らを捕縛しようと向かってくる。先に逃げるように言われたアクスル、ビアトリス、エドウィンの三人は、ウィスタンを残して、一人の修道士の案内で、外部に通じる秘密の地下通路に入り込む。ところが、それは罠であって、そのダンジョンには怖ろしい怪物が棲んでいた。修道院長らは、その怪物に一行を、とくにエドウィンを殺させようと企んでいたのである。院長らの企みを説明したのは、なぜか先回りして、その地下通路に来ていたサー・ガウェインであった。彼はアクスルたち一行からわずかに遅れて修道院を訪れ、院長と面会していた。読者は、後で考えると、ウィスタンとエドウィンのことがブレナス卿に知られたのは彼が修道院長に話をしたためであると思い当たるのだが、ここではサー・ガウェインはアクスルたちを助けて、地下道の外へ案内しようとする。一行は、途中にある落とし格子のところで、怪物と対峙する。それは巨大な犬のような怖ろしいものだったが、それを倒さない限り前進ができない。ガウェインの合図でアクスルとビアトリスが落とし格子を上げると、怪物は、なぜかエドウィンを狙って、まっすぐに突進してきた。待ち構えていたサー・ガウェインが剣を振るうのが一瞬遅れたかに見えた……。

　月光の中に捕らえられた老騎士の顔は、ぞっとしているように見えたが、剣を振るったときはすでに遅く、その怪物は彼を通り過ぎて、あやまたず、まっすぐにエドウィンに向かって突進した。（192）

ところが、エドウィンが身をかわすと、怪物はそのまま一直線に走り去り、地下道の闇に消える。また戻って来るのではと心配したアクスルがよく見ると、サー・ガウェインの足元に、怪物の首が転がっており、顎がまだ動き続けているではないか。老騎士は目にもとまらぬ早業で、魔犬の首を切り落としていたのである。★

　一方、残されたウィスタンはどうなったのか。三十人の兵士を相手にひとり立ち向かった彼は、巧みな戦略で生き延びていた。この激しい闘いの場面がそのまま描かれていれば、まさにR・E・ハワードも顔色なからしめるような一大剣劇であっただろう。しかし、イシグロは、さすがにそこまで

★　この逸話は、アイルランド伝説の英雄、クー・カラン［フーラン］（Cú Chulainn）の故事に基づいたものと思われる。

はしなかった。いかにも彼らしく、ウィスタンの死闘は、間接的な報告の形でのみ語られる。ウィスタンは、修道院に到着してから、アクスルとビアトリスが休息している間も、しきりに薪割りを続けていたのだが、それは戦闘準備であった。この修道院が昔の砦であったことを見抜いた彼は、戦略的に配置されていた塔の中に敵をおびき寄せ、狭い通路で一対一の闘いを続けながら上に登ったところで、薪の山に火を付け、出口が一箇所しかない塔に閉じ込められた兵士たちのほとんどを焼き殺すことに成功したのである。彼自身は塔の上から、干し草の詰まった荷車に飛び降りて、逃げていた。当初の計画ではエドウィンがその荷車を塔の下に運んでくる手はずであったのだが、寝過ごしてしまった少年は、アクスルたちと地下通路へとせきたてられて、それができなかった。しかし、彼らに好意的な修道士ジョナスの弟子らしいニニアンという口のきけない修道士が、間一髪で、干し草を積んだ荷車を間に合わせたのであった。間接的な報告の形とはいえ、この場面は「剣と魔法」文学の一節としても、十分に通用するだろう。イシグロが下敷きとして使用した具体的なテクストは、特定はできないとしても、いろいろなものが容易に想像されて、『埋葬された巨人』がパリンプセストという特徴を持つことの証明となっている。

若いヒーローと老いたりとはいえアーサー王伝説の騎士とは、最後に、クウェリグの巣穴で、雌雄を決する宿命の決闘に至る。アクスルとビアトリスはその目撃者となる。ここでも二人の斬り合いは一瞬であった。

それでもなお、彼［アクスル］は、ガウェインとウィスタンの接触があまりに突然だったので驚いた。それはあたかも二人が何かの合図に反応したかのようであった。相互の間の距離が消え去って、二人は突然、張り詰めた抱擁の中でがっちりと組み合っていた。あまりに突然に起こったものだから、アクスルには男たちが剣を投げ捨て、複雑なアームロックをお互いにかけあっているかのように思われた。そうしながら彼らは、まるでダンサーのように、回転し、そのとき、アクスルには、二本の剣が、ぶつかり合ったときのすさまじい衝撃によって、一本に融合してしまったかのように思われた。（316）

実は、始まったとほぼ同時に勝負は終わっていた。融合したかのような二人の剣が分かれると、ガウェインが片膝を付き、やがて崩れ落ちる。ウィスタンがかろうじて勝利したのであった。守護者がいなくなったクウェリグは、サクソン戦士の剣の一閃で首を落とされて、あっけなく倒される。『埋葬された巨人』中のこうした剣戟の場面は、たしかに「剣と魔法」のヒロイック・ファンタジーを想起させるものではある。しかし、実際に読者に――とくに日本人読者に――与えられる印象は、ファンタジーよりは、黒澤明の時代劇映画の一シーンのようだというものではないだろうか。イシグロと日本映画といえば、小津安二郎や成瀬巳喜男の監督作品との関連が論じられることが多い。しかし、秦邦生氏は、「自己欺瞞とその反復――黒澤明、プルースト、『浮世の画家』」という論文の中で、「本稿は、『浮世の画家』においてイシグロが黒澤明の作品とりわけ『羅生門』（一九五〇年）からなにを学び、それをどのように独自の小説世界構築に活かしたのかを考察したい」(秦 二二三頁)として、説得力ある議論を展開した。イシグロの黒澤映画への並々ならぬ傾倒ぶりは、最近、黒澤の『生きる』(一九五二年)のリメイク、イギリス映画『生きる LIVING』(二〇二二年)の脚本を自身が担当したことに示されている。黒澤は、こうしたいわゆる「シリアスな」映画だけではなく、娯楽時代劇映画でも多くの名作を残した。『七人の侍』(一九五四年)、『隠し砦の三悪人』(一九五八年)、『用心棒』(一九六一年)などであり、海外にも早くから紹介されていたので、イシグロがこれらの作品を観ていたのは確実だ。とくに、『椿三十郎』(一九六二年)の最後で、三船敏郎と仲代達矢が演じた有名な決闘の場面は、サー・ガウェインとウィスタンのそれに非常によく似ている。イシグロが使ったパリンプセストからは、黒澤映画の剣戟が浮かび上がってくるかのようだ。『忘れられた巨人』の剣士たちの斬り合いは、黒澤映画へのイシグロのオマージュなのかもしれない。

Ⅲ トルキーンとイシグロの逆クウェスト

『ザ・ガーディアン』に掲載された『埋葬された巨人』についてのトム・ホランドの書評のタイトルは「カズオ・イシグロ、トルキーンの領域に踏み込む」となっている。実際、ここでのトルキーンとの共通部分はいろいろある。人食い鬼はトルキーンの『ホビット——往きまた還る』(一九三七年)と『指環の帝王』(一九五四—五五年)にはふんだんに出てきていた。クウェリグ退治は『ホビット』で、ドワーフ★たちが自分たちの王国を壊滅させたドラゴン、スモーグ（Smaug）を退治しようとするプロットを思わせるし、アクスルとビアトリスが籠に乗って川下りをする場面も、『ホビット』の主人公のビルボウ（Bilbo）等一行が樽に入って川下りし、「闇の森」を抜け出る場面を思い出させる。ホビットたちの住んでいる村では、丘に掘られた穴を家としているのだが、アクスルとビアトリスの住居も、丘をくりぬいたトンネルが各戸を結んでいるというものであり、「ウサギの巣穴（ウォーレン）」と呼ばれ、ホビットたちの村ととてもよく似ている。もともと「ホビット」という言葉はラビット＝ウサギをもじったものと考えられるのだから、イシグロがトルキーンを意識していたことに疑問の余地はない。しかし、『埋葬された巨人』とトルキーンの類似は、こうした小さなディテールにのみ見られるのではない。さらに大きな面、つまりプロット展開という面で、基本的な相似性が存在するのだ。二人の作家のプロットの中核をなしているのは、探求譚、クウェストである。それだけなら「原型（アーキタイプ）」を共有しているということに留まるのだが、その「原型（アーキタイプ）」には、共通の二十世紀的改変が加えられている。その二十世紀的クウェストの共通性にこそ、トルキーンが、『埋葬された巨人』のみではなく、イシグロの諸作品と深いレベルでの親和性を持っていることが示されていて、はかりしれない意義があるのだ。

★ ドワーフ（dwarf）は、『ホビット』に登場したとき、ディズニー映画『白雪姫』でおなじみの「こびと」とは全く違うイメージで描かれていた。エルフや人間よりは小柄だが、頑健な肉体を持つ戦士であり、それがテュートン神話の地の精としての彼らの本来の姿である。ディズニーが伝統的なドワーフをデフォルメしていたのであった。

『埋葬された巨人』では、いくつかのクウェストが同時に進行する。主たるものはアクスルとビアトリスによる「息子の住む村」への旅である。サクソン人の戦士ウィスタンは、クウェリグを殺すことを目的として東方から旅をしてきた。人食い鬼に掠われた少年エドウィンは、ブリトン人に拉致された母を探し求めている。一方、トルキーンの主要な著作、『ホビット』と『指環の帝王』は、いずれも探求譚であり、テクストでも「クウェスト」と明言されている（*The Lord of the Rings* 947ほか）。しかし、『ホビット』と『指環の帝王』では、クウェストの意味するところが、実はかなり違ってきている。ホビットのビルボウが、魔法使いガンダルフ（Gandalf）の手引きにより、ソーリン（Thorin）らドワーフたちと共に東方へ向けて旅をするのは、ドラゴンのスモーグに奪われたドワーフたちの至宝アーケンストーン（Arkenstone）を取り戻すためであった。物語の大団円に近づくにつれて、宝探しは、スモーグを退治し、ドワーフたちの失われた王国を再興するという、かなり大きな目標に変わっていくのだが、単純で典型的なクウェストであることは不変だった。ところが、『指環の帝王』でのクウェストは大きく様相を異にすることになる。『指環の帝王』もまた、基本的に探求譚なのであるが、ここでのクウェストは、一般的なクウェストとはかなり異なる、独特なものとなっている。

クウェストの原型的なものとして「アルゴナウタイの物語」や「聖杯探求譚」を考えてみると、それは、ある何ものか、金の羊毛とか聖杯といったものを探し求め、手に入れようとする物語であった。ところが『指環の帝王』の場合には、クウェストの対象たる物、「指環」は、最初から主人公の手中にあって、彼の旅はその指環を捨て去るためのものなのである。『ホビット』において、ビルボウが洞窟に棲む怪物、ゴラム（Gollum）から奪い取り、故郷シャイア（the Shire）に持ち帰った指環は、実はミドルアース[★1]の世界全体の運命を左右する、おそるべき力を秘めた邪悪なものであった[★2]。その指環は、もともと悪の帝王サウロン（Sauron）のものであり、その力の源泉だったのである。かつて、ある英雄の手により、サウロンから奪取されたのであったが、さまざまな紆余曲折をへて、ゴラムの手中に入り、長い年月にわたって秘匿されてきたのであった。もしその指環がサウロンの手に戻ることになれば、無限の暗黒の力が呼び起こされ、ミドルアースはその下に屈服することになるだろう。かくして、ビルボウからその指環を譲り受けた主人公フロドウ（Frodo）は、それを永遠に破壊するために、サウロンの本拠地モルドールの国（Land of Mordor）に赴かねばならない。なぜなら、その指環は、それが造られた場所である、モルドールの国の「宿命の山（Mount Doom）」にある「宿命の火口（Crack of Doom）[★3]」の溶岩の中に投じることによってしか破壊できないからである。こうして『指環の帝王』におけるクウェストは、その対象物を得るためのものではなく、失うためのもの、すなわち「逆クウェスト（a reversed quest）」として展開することになる。しかも、この逆クウェストは、単にク

★1　Middle-earthは古英語のmiddangeardを現代英語に移しかえたもの。
★2　トルキーンは、『ホビット』では一つのエピソードに過ぎなかった、ビルボウによるゴラムからの指環奪取について、『指環の帝王』とのつながりを示唆するため、バランタイン版では、『ホビット』の初版に改訂をほどこしている。
★3　“Crack of Doom”とは古英語文学では、世界の終末に鳴り響くラッパのことなので（crackはラッパの音という意味）、いかにも言語学者トルキーンらしい言葉遊びである。

ウェストの対象を捨てる過程であるだけではなく、主人公フロドウの人格が崩壊していく過程であるという意味でも、通常のクウェストとは「逆」なのである。

近代的な探求譚の典型として、ジョン・バニヤン（一六二八—八八）の『天路歴程』（一六七八年）を挙げることができる。ここでは、クリスチャン（Christian）という主人公が、「罪の重荷」を背負って（"a great burden upon his back"）、「破滅の都」を出立し、「絶望の沼」や「死の影の谷」、「虚栄の市」などでの試練を経て、最終的に「天上の都」へと至る寓意的物語が展開する。クリスチャンは、誤りを犯したり、迷ったりしながらも、次第に正しい信仰を持つ者として成長していき、魂の救済に至る。冒険に満ち、クウェストとして見ることができる彼の旅は、人間としての成長過程を描いている。単なる宝探しではなく、精神的成長が近代的クウェストの到達点として規範となるべきものなのだ。ところが、フロドウの場合は、指環の邪悪な力に次第に魂を侵食されていき、クウェストの最後の最後の場で、指環を捨てることを拒否してしまう。指環にはそれを嵌めた者の姿が見えなくなるという力がある。姿なきフロドウと、彼を執念深く追ってきたゴラム——かつてはホビット族であったが今では指環の邪悪な力に支配されて醜悪な怪物に堕落している——とが、フロドウの忠実な従者サムの眼前で格闘を繰り広げる場面は、フロドウの自我が崩壊して無となり、ゴラムと完全に一体となったことを明白に示している（*The Lord of the Rings* 946）。

『指環の帝王』が逆クウェストという構造を持っていることは、W・H・オーデン（一九〇七—七三）をはじめ、何人かの批評家が早くも一九七〇年代に指摘していた。★ 逆クウェストという物語構造は、トルキーンの終末論的想像力が必然的にとった形なのであり、その作品を他の大衆的ファンタジーから決定的に区別するものである。終末のヴィジョンに憑かれていたトルキーンにとっては、そして多くの現代人にとっても、探求とは何ものかを得るためのものではなく、失うためのもの、希望と生ではなく絶望と死へ向けての旅であった。『指環の帝王』の逆説的なクウェスト構造は、このファンタジー文学が、二十世紀にしか生まれ得なかったものであることを証明しているのである。

『埋葬された巨人』におけるクウェストもトルキーン的逆クウェストである。アクスルとビアトリスの「息子の住む村」への旅は、忘れていた記憶が蘇ることによって、目的が失われてしまう。息子は、両親の不仲のために二人のもとを去り、しかも、伝染病に罹って死んでいたのであった。エドウィンの母を探す旅は、クウェリグの死で終わった。彼の身体に付いていた噛み傷についての説明は、非人称の語り手によって与えられることはないので、不明瞭であるのだが、サクソンの村人たちが恐れたような、人食い鬼のものではなかった。その傷をつけた生き物は、すばしこく動く「若いおんどりの大きさと形」(97)をしたものだったというエドウィンの視点で語られる描写から読者が想像するならば、子ドラゴンであったらしい。クウェリグがメタファーとして表象するものが何なのか、同定することはできない。しかし、ブリトン人によって拉致された母を探し求めていたエドウィンにとっては、この咬傷がクウェリグを母の代替物とするように作用した。クウェリグが常に雌龍(she-

★ 他に、Ruth S. Noel, Daniel Hughes, Derek S. Brewer など。

dragon）と呼ばれるのはその母性のゆえであるらしい。そのためエドウィンは、クウェリグを母として探し続けることになっていたのだった。

ウィスタンによるクウェリグ退治は成就された。しかし、それは「埋葬された巨人」が復活することと、サクソン人とブリトン人の殺し合いが再び始まり、ジェノサイドと民族浄化へと歴史が進むことを意味している。ウィスタンがアクスルに語る。

「……深く埋葬されていた巨人は、今身動きしている。間もなく彼が立ち上がることは確実で、われわれの間の友好の絆は、若い娘たちが小さな花の茎で作る結び目のようなものとなるだろう。男たちは、夜、隣人の家を焼き払うだろう。明け方には子供たちを木から吊るすだろう。川は、何日も浮かんでいたために膨張した死体の悪臭を放つだろう。そして、進軍しつつ、われわれの軍隊は、怒りと復讐への渇きのために膨れ上がり、ますます大きくなっていくだろう。お前たちブリトン人にとっては、火の玉が転がってくるようなものだろう。お前たちは逃げるか死ぬかだろう。そして、どの田園も、新しい土地、サクソンの土地となって、そこでお前たちが過ごした時代の痕跡は、世話をする者もないまま丘をさまよう羊の群れの一つか二つのようになるのだ」（324）

イシグロがクウェストを初めて作品に取り入れたのは、『日の名残り』であったが、すでに見たように、スティーヴンズのクウェストが行き着いたところは、ミス・ケントンとの再びの別れであった。続く『癒やされざる者たち』では、ライダーがついにコンサート会場にたどり着いたとき、コンサートは終わってしまっていた。『わたしたちが孤児だったころ』のバンクスが両親を捜し求めたクウェストも、虚しく終わった。母とは戦後になってから老人ホームで再会するのだが、波乱の人生を送った母ダイアナは彼を認識することはできなくなっていた。『わたしを離さないで』のキャシーは、介護者としてイギリス中を車で走り回りながら、幸せな学校生活を送ったヘイルシャムを追い求めているが、それは記憶の彼方に消え去っていく。イシグロは、トルキーンの逆クウェスト物語というパリンプセストの上に、戦争の世紀、二十世紀の歴史を何度も重ね書きしていっていたのであった。

Ⅳ　終末のヴィジョン

トルキーンはなぜ逆クウェスト物語を書いたのだろうか。そこには彼が第一次大戦に従軍したという事実が深く関わっている。一九一四年の大戦勃発から一九一八年の休戦までの期間は、トルキーンにとって、個人的にもいろいろ重要な出来事が続いた期間でもあった。この間、彼は、オックスフォードでの勉学を終えて学究としての道を歩み始めるとともに、長い屈折した恋愛をへて、一九一六年に結婚し、その同じ年の六月にフランスへ出征したのである。ソンム戦線に通信士官として配備されたトルキーンが経験したのは、愛読していた古代・中世の文学の中の戦士たちの戦いとはおよそかけ離れた、非人間的な近代戦であった。イギリスでは「大戦（the Great War）」といえば、第一次大戦を指す。この戦争が国民に与えた衝撃が、いかに大きかったかがわかるだろう。青年トルキーンはそのただ中に投げ込まれたのであった。彼が身をもって体験した塹壕戦の様子は、ハンフリー・カーペンターの公式伝記に、次のように描かれている。

中でも最悪だったのは死人であった。いたるところに砲弾で無惨に引き裂かれた死体がころがっていたのである。まだ顔の残っている死体はおそろしい形相で眼を見開いていた。塹壕の向う側の無人地帯には、膨れ上がって腐敗しつつある死体が散乱していた。見渡す限りの荒廃であった。草や穀物はすっかり消え去って泥の海と化している。葉も枝もなくなった木々が、手足をもがれて、焼けこげた幹だけになって立っていた。トルキーンは、自ら「動物的恐怖」と呼んだ、この塹壕戦のおそろしさを決して忘れなかった。（Carpenter 90）

ソンム戦線でトルキーンが目撃した光景は、『指環の帝王』で、フロドウと従者サムが長い困苦の末にたどり着いた影の国、大魔王サウロンの支配するモルドールの描写に重ねられている。それは、二十世紀という現代世界の物質的、精神的風景であるかのようだ。

さらに彼方、少なくとも四十マイルほど離れたところに、彼らは「宿命の山」を見た。その裾野は灰の荒野に根をおろし、巨大な円錐形の山容は、はるかな高みにまで達していて、そこでは火煙を吐き出す頂が雲にすっぽりとおおわれていた。その火は今はかすんでおり、眠っている獣の如く無気味で危険なまどろみの中で、くすぶっているのであった。その背後には、雷雲のように不吉な巨大な影がかかっていた。……
フロドウとサムは、嫌悪と驚異の入り混った気持ちで、この憎むべき国を見渡した。彼らとあの煙を吐く山の間、そしてその周囲の北も南も、すべて荒廃し、死んだように見える、焼けただれ、息の詰まるような砂漠であった。

(*The Lord of the Rings* 923)

地獄のような塹壕戦の中で、トルキーンは、かけがえのない友人を次々に失っていった。しかし、彼自身は、いわゆる「塹壕熱」という病気にかかったおかげで、イギリスの妻のもとへ帰ることができたのである。幸いにも彼は、二度とこの不毛な戦場へ戻ることはなかった。再度大陸へ送られそうになると、熱病が都合よく再発をくり返してくれた。おそらくそれは、トルキーンが受けた深い精神的傷のためでもあったのだろう。この時期から彼は、架空の世界ミドルアースを舞台とした独自の神話体系の創作にとりかかっていたのだが、それはあくまでも私的な趣味に留まるものであった。オックスフォード大学の教授となったトルキーン――一九二五年にオックスフォード大学ペンブルック・カレッジのアングロ・サクソン語教授、一九四五年から一九五九年まで、同じくオックスフォード大学マートン・カレッジの英語英文学教授――が一般読者にも理解される作品を書いたのは、一九三七年に発表された『ホビット――往きまた還る』であった。ここで大きな転機が訪れ、カズオ・イシグロと彼の作品とが共鳴することになったのである。トルキーンは人間の英雄やエルフしかいなかった自分の神話世界に、ホビットという「普通の人間」を導入し、主人公としたのだった。★1 ホビットは『ホビット』で次のように紹介される。

……ホビットって何なのでしょうか。この頃ではどうもホビットについてもいくらか説明しなければならなくなってしまったようです。……彼らは私たちの半分くらいの背たけで、ひげのある小人たちよりも小さくて、小柄な連中です……靴ははいていません。足の裏には自然のままのなめし皮がありますし、髪の毛(巻毛になっています)と同じような厚い茶色の毛があたたかく両足を包んでくれているからなのです。

(*The Hobbit* 16)

裸の足を毛が覆っているというような描写を見ると、彼らは、ギリシア神話の牧神などを連想させるが、この「半人間(halfling)」とも呼ばれる動物は、ごく普通の人間、それもイギリスの田舎の人間そのものなのである。彼らは「シャイア(the Shire)」と呼ばれる平和でのどかな田園に住み、たいした争いごともなく、おだやかな生活を送っている。戦士でも英雄でもない彼らだが、『ホビット』では、ビルボウは、思いがけない神話的冒険に引き込まれる。一方、『指環の帝王』のフロドウも、事情もよくわからないまま、ミドルアース全世界の運命をかけた「指環大戦」("Preface", *The Lord of the Rings*, Second edition 20）の中心に置かれることになった。名もなき個人が戦争という歴史の大変動に巻き込まれ、翻弄されるというのは、イシグロが繰り返し描いてきたものであり、彼のマクロ・ナラティヴの根幹をなしている。全く肌合いが異なり、作品そのものを並べてみても、あまりにも異なっているとしか見えない二人の作家のヴィジョンは、深いレベルで相通じていたのである。

もちろんイシグロとトルキーンには重要な違いもある。イシグロでの逆クウェストが到達するところは「何も起こらないこと」、ノンイベントである。スティーヴンズ、ライダー、バンクスらの探求が虚しい結末を迎えたことは、すでに論じた通りである。『埋葬された巨人』もまたそうであった。それに対してフロドウの逆クウェストには、逆転のペリペテイア＝物語の急展開が用意されていて、彼のミッションは達成される。[★2] しかし、フロドウには、故郷シャイアに帰還しても、平和な生活は与えられない。一介の庶民に過ぎなかった彼は、ミドルアースの諸勢力が繰り広げた激しい闘争の中で、

★1　エルフとは、ケルト伝説に登場する、人間と姿形は同じだが、不老不死の種族のことである。但し、戦いでは人間と同じように傷ついたり死んだりする。英和辞典にある「小妖精」とは全く異なる。

★2　フロドウの指をかみちぎって指環を奪還したゴラムは、勢い余って、そのまま「宿命の裂け目」に転落し、指環と共に溶岩に呑み込まれる。指環は破壊されて、世界は救われる。トルキーンは、「妖精物語論（"On Fairy Stories"）」において、このような逆転を「幸福な大団円」＝ユーカタストロフィー（Eucatastrophe）と呼んだ。これは敬虔なカトリック信者であった彼がキリストの復活を基にして創出した概念である（*The Tollkien Reader* 68）。

この世では癒やせない傷を負っていたのだった。彼は、ミドルアースを去って行くエルフたちと共に、「灰色の港」から西の国、アヴァローネ（Avallónë）へと旅立つ。この結末には、アーサー王伝説が重ねられている。ケルト伝説と『指環の帝王』とは、さらに重層的なパリンプセストとなって、『埋葬された巨人』に、再び重なってくる。その有様を確認してみよう。まずフロドウの旅立ちから。

……帆が上げられ、風が吹き、船は、ゆっくりと、長い灰色の入江をすべるように去っていった。フロドウが持つガラドリエルの光がちらちらと光り、そして消えた。そして、船は大洋に出ると、西の国へと進んでいった。やがて、ある晩、フロドウは空気に漂う甘い芳香をかぎ、水上をわたってくる歌声を聞いた。それから、彼には、ボンバディルの家で見た夢のように、灰色の雨の帳（とばり）の全体が銀色のガラスとなって、巻き上げられるように思われ、彼は白い海岸と、その向こうに、すばやく登る太陽の下に広がる緑の国を見るのであった。（*The Lord of the Rings* 1030）

アヴァローネとは、はるか西方にあるとされるエルフたちの楽園のことであり、もともとはケルト系諸民族の伝説にあったものである。トマス・マロリーの手になる十五世紀の散文ロマンス、アーサー王伝説の集大成と言うべき『アーサー王の死』では、最後に言及されている。王国の全土が焦土と化し、円卓の騎士たちのほとんどが戦死した最後の決戦でモードレッド（Mordred）を倒したが、致命傷を負ったアーサー王は、エルフの女性たちが乗った艀に乗せられて、入江から海へ旅立つ。最後まで付き添いながら、岸に残された円卓の騎士、サー・ベディヴィア（Sir Bedevere）が「ああ、アーサー王よ、あなたが私から離れていって、敵たちのただ中に私をひとり残して行かれたら、私はどうなってしまうのでしょう」と呼びかけると、彼は、「自らを慰めるがよい」と答える。「できるかぎりのことをせよ、私にはもう頼るべきところがないのだから。なぜなら、このひどい傷を癒やすために、私はアヴィリオンの谷（the vale of Avillion）に行かねばならぬからだ」（Malory 732）。アーサー王が、人間ではなく、エルフであったことが明らかになるという印象的な場面でもある。★

ケルト伝説の島は、『埋葬された巨人』にも現れる。アクスルとビアトリスの二人は息子の住む村への旅に出発して間もなく、古いローマ時代の邸宅の廃墟にたどり着き、海辺でもないその場所で、渡し守と老婆に出会う。老婆に罵られている渡し守は、ビアトリスに不思議な島の話をする。

「奥様、この婆さんが話している島は、普通の島じゃないんです。われわれ渡し守は、何年にもわたって、たくさんの人々を渡し船でそこに連れて行きましたから、今では、そこの野原や森

★　アヴィリオンの谷は、「永遠の青春の国ティル・ナ・ヌオグ（Tír na nÓg）」としても、ケルト民族に伝わっている。アイルランドのアシーン（Oisim）の伝説では、エルフの姫、ニーアヴ（Niamh）に誘惑された英雄アシーンは、ティル・ナ・ヌオグに行き、ニーアヴと結婚して、三百年を過ごした。この伝説は、W・B・イェイツ（一八六五―一九三九）の長編詩『アシーンの放浪』（一八八九年）に語られている。

には何百人もが住んでいることでしょう。でも、その場所には奇妙な特徴がありまして、そこに着いた者は、緑や森の中を一人で歩き、他の者の姿を見ることは決してないのです。ときどき、月に照らされた夜とか嵐が起ころうとしているときとかに、仲間の住人の存在を感じるかもしれません。しかし、ほとんどの日には、それぞれの旅人にとっては、自分が島の唯一の住民のように感じられるのです。私はこの婆さんを喜んで島へ渡しますよ。でも、この人は夫と一緒でないとわかると、そんな孤独はごめんだと言って、行くのを拒否したんです」（*The Buried Giant* 42–43）

この場面は、小説の結末の先取り――未来をあらかじめ語ること、ナラトロジーでいうプロレプシス――である。イシグロは、哀愁に満ちたアーサー王の死とフロドウの最後の旅立ちをパリンプセストとして、『埋葬された巨人』の最終章をそこに重ね書きした。彼の描き出す二十一世紀的終末のヴィジョンは、十五世紀のマロリーや二十世紀のトルキーンのものに、わずかながらも、救いがあったのとは対照的に、暗く、虚無的なものである。サー・ガウェインがウィスタンとの決闘で倒れ、雌龍のクウェリグが同じくウィスタンの剣によって殺されると、いよいよ埋葬された巨人の復活が、サクソン人によるブリトン人の大虐殺が迫り、同時に、忘れていたままであれば幸せだっただろう、過去の私的記憶も蘇る。アクスルとビアトリスの息子は、両親の不和に嫌気が差して出奔し、伝染病ですでに死んでいたことを老夫婦は思い出すのだ。この夫婦の過去に何があったのか、ほとんど語られないので、よくわからないのだが、ビアトリスは、自分が一人のときに、アクスルが「私より若く美しい女」のところに行っていたことを知っていたのだ（272）。アクスルもまた、妻が不貞を犯していた記憶を蘇らせる。彼は渡し守にこう語る。

私に対して彼女が貞節ではなかった少しの期間があったのは事実だ。船頭よ、私が彼女を別な男の腕の中に追いやるようなことを、何かしたのかもしれないのだ。あるいは私が何かを言いそこなったか、しそこなったのかもしれない。今となっては、飛び去って空の点となった鳥のように、全てが遠くなってしまった。だが、われわれの息子はその確執を目の当たりにしていて、しかも、甘い言葉に欺されるような歳ではなかったけれど、われわれの心の不思議な綾の数々を知るには若すぎた。彼は、二度と戻らないと誓って去り、彼女と私が幸いにも再び和解したときにも、依然として遠くに離れたままだったのだ。（339）

アクスルはアーサー王とは別人とはいえ、アーサー王の伝説を、やはりパリンプセストとして、そこに重ねれば、この語られない不倫の物語の概略が浮かび上がるようである。アーサー王の王国の崩壊は、円卓の騎士たちの筆頭とされるサー・ランスロット（Sir Lancelot）と王妃グニヴィア（Guinevere）との不倫が引き金となったのであった。アーサー王がランスロット討伐のためにフランスに遠征している間に、王国滅亡に至る大叛乱を起こすモードレッド（Mordred）は、伝説によれば、アーサーが異父姉モーゲイズ（Morgause）との近親相姦によってもうけた息子であったとされる（Lacy 328）。

『埋葬された巨人』は、執筆開始のきっかけがユーゴスラヴィア内戦であったので、ブリトン人とサクソン人の民族対立という公的な歴史の過程が前面に押し出され、それが全体の語りを支配している。そのため、これまでのイシグロの小説では、歴史と絡み合いつつ、常に同時に描かれていた個人の私的な問題については、ほとんど語られていない。アクスルとビアトリスがそれぞれ相手に対して犯した不倫の罪は、二人の記憶がぼんやりと回復してきたとき、わずかに明かされるのみだ。サー・ガウェインは瞑想の中で、アクスルが過去にアーサー王麾下の騎士であって、アクセラム（Axelum）あるいはアクセラス（Axelus）と呼ばれていたことを語っている。アクセラムは、円卓の騎士ではないし、伝説にも出てこないが、アーサー王に直言する――「赤子たちの法」［おそらく赤子を殺してはならないという掟］が「われわれを神に近づける」と彼が言っていたとガウェインは語る――など（233）、発言力のある、かなり有力な家臣であったことは確かだ。そのアクセラムあるいはアクセラスが、若いときに、どこかの王国の姫であったビアトリス――アクスルは今でも妻のことを「お姫様」と呼んでいる――と出逢って、二人の物語は始まったのだろう。結婚し息子をもうけたが、やがて、主君のアーサー王夫妻と同じように、二人とも不倫を犯し、不幸になっていった。しかし、その物語については、ほぼ完全に沈黙が貫かれている。そのようなプライベートな語りの欠如が、『埋葬された巨人』がイシグロの全作品の中で持つ特筆すべき特徴となっている。しかし、二人は最後に、ケルト伝説の楽園へ渡ろうとするところで、神話的な地位を獲得することになった。それは、アーサー王ともフロドウとも違う運命であり、下敷きとなったどの物語のテクストにもない独特なものである。

アクスルとビアトリスは、最後に、渡し守のいる入江にたどり着く。旅の最初に登場していた渡し守とおそらく同一人物――最初の渡し守は「なめらかなはげ頭」（37）であり、最後の渡し守も「てかてか光る頭」（344）である――なのだが、彼自身は、あまりに多くの人々を船で島に運んできたので、二人に前に会ったことがあるのかどうかは覚えていないと言う――初日に会っているのだから、わずか二日前のことなのだが。この最後の章では彼が語り手となって、夫婦の最後の別れが語られる。ビアトリスに続いてアクスルが船に乗ろうとすると、彼は、船が小さいので、島へ渡せる人間は一度に一人だけだという。アクスルとビアトリスが言葉を交わすのを彼は聞く。

私は、ひたひたと寄せる波を越えて聞こえてくる二人の会話を聞く。

……

「島に着いたら、もっといろいろ話そう」と彼は言う。

「そうしましょう、アクスル。霧が晴れたのですから、話すことがたくさんあるわ。渡し守さんはまだ水の中に立っているの？」

「ああ、そうだよ、お姫様。これから行って、彼と仲直りしてくる」

「じゃあ、さようなら、アクスル」

「さようなら、私が真に愛するただ一人の人」

彼が水の中を歩いてやってくる音が聞こえる。私とちょっと話すつもりなのだろうか？　彼は私と仲直りするとか言っていた。でも、私が振り向いても、彼はこっちを見ず、陸と入江に低くかかる太陽だけを見ている。それに、私も彼の目を捉えようとはしない。彼は、私を過ぎて歩いて行き、振り返らない。岸で待っててくれよ、友よ、と私は静かに言うが、彼には聞こえず、さらに歩んでいく。(345)

アクスルとビアトリスには、アヴィリオン/アヴァローネでの平穏は与えられず、孤独の中で、二人は別れる。この結末には、マロリーとトルキーンの他に、さらにもう一つのテクストが重ねられているのではないだろうか。「溺れた巨人」が収録されているJ・G・バラードの短篇集『終着の浜辺』の表題作は、一九五〇年代、六〇年代のアメリカとソビエト連邦の冷戦と緊張緩和(デタント)という時代状況を反映したものであるが、『埋葬された巨人』の結末と響き合っている。主人公のトラヴェンは、ただ一人、太平洋の核実験場であった島、エニウェトク環礁の、核戦争で人類が滅び去った後のような荒廃の中、うち捨てられた掩蔽壕(バンカー)や実験棟、爆撃機の残骸などが転々と散らばる、荒涼たる砂地を無意味に、あてもなくさまよっている。この短篇は、彼の孤独な彷徨と小型飛行機で島に定期観測にやってきた科学者とその助手との短い交流、さらに、次第に精神に異常をきたしつつある彼がヤスダという日本兵の死体と交わす会話などを淡々と綴っていく。トラヴェンは、最愛の妻と息子を交通事故で失い、その二人の面影を求めて(*The Complete Stories* 595)、なぜかこの島にやってきた。トラヴェンの私的喪失の悲劇は、やがて来るだろう全人類の「破滅(ハルマゲドン)」の予兆となる。

「プレ第三次」［トラヴェンによる命名］という時代は、トラヴェンの心の中では、何よりもまず、その倫理的、心理的な逆転、歴史の全体という感覚、とりわけ、直近の未来——一九四五年から六五年までの二十年間——が、第三次大戦という火山の震える縁に宙づりになっているという感覚に特徴づけられていた。彼の妻と六歳の息子が交通事故で死んだことですら、この歴史と心理のゼロ地点の巨大な融合の一部でしかない。毎朝、彼らが死を迎える狂乱の幹線道路も、全地球的なハルマゲドンへの誘導路なのだ。（591）

一九六〇年代の冷戦やデタントの時代は、核ホロコーストの恐怖の下ではあったが、東西の力の均衡によって、ある程度の安定が保たれていたものであった。二十世紀末から二十一世紀にかけての世界は、はるかに不透明化し、不安定化している。イシグロの描き出す古代ブリテン島の物語は、それを表現したものであった。そこでは、これまでの彼の小説で繰り返し描かれてきたように、個人の悲劇の背後に個人の理解の及ばない巨大な歴史の力が作用している。その状況を予言し、先取りするかのようなバラードの短篇の上に、イシグロは新たな物語を重ね書きしたのであった。イシグロの沈黙の文学には、パリンプセストという語りの技法が取り入れられることによって、新たな次元が加えられたのである。

第七章『クララとお日さま』

——語られずも、そこにあるディストピア

I 愛をプログラミングされた子供ロボット

カズオ・イシグロは、二〇一七年に、ノーベル文学賞を受賞した。受賞後、最初の長編小説、『クララとお日さま』は、二〇二一年に刊行された。これは、人工知能＝ＡＩを組み込まれ、人間の子供の「人工の友だち（Artificial Friend）」＝ＡＦと呼ばれるロボットを語り手、主人公とした小説である。イシグロは、『私を離さないで』というサイエンス・フィクションをすでに書いていたので、再びＳＦを読書界に提供したことに驚きはなかった。実は、彼は、作家としてこれまで未開拓だった、新しい領域への進出を考えていた。彼の新作が出る度にインタビュー記事を掲載してきた『ザ・ガーディアン』は、今回もまたリーザ・アラーダイスによるインタビューをしているのだが、そこで、イシグロは、この作品を当初は、子供向けの絵本にしたいと考えていたと打ち明けている。ところが、娘のナオミ★にその内容を話して聞かせたところ、彼女は、硬い表情で、「こんな話を幼い子供たちに与えちゃダメよ、トラウマになっちゃうでしょ」と言ったのである。そこで、あらためて大人向けの小説として書き直したのであったという（Allardice）。

クララは子供のロボットである。物語は、クララと、彼女が「人工の友だち」として買い取られていった先の少女、ジョージィ、そしてそのボーイフレンドのリックとの関係を中心として展開する。一見、児童文学のようでもあるが、もちろん、そうではない。イシグロが子供を主人公とした小説を書いたのは、彼のこれまでの作品群を振り返ってみれば、意外ではなかった。『わたしたちが孤児だったころ』では、クリストファー・バンクスの上海での十歳までの生活が詳細に描かれていたし、『わたしを離さないで』は、キャシーの子供時代が中心となっていた。他の作品でも、「子供」は重要な役割を果たしていた。『幽かなる丘の眺め』でのマリコ、『癒やされざる者たち』のボリスは、語り手の語りに大きな影を落としていたし、『埋葬された巨人』に登場したサクソン人の少年、エドウィンは、未来の戦士として、不吉なポテンシャルを内在させていた。

しかし、クララは、これまでにイシグロが描いてきた子供たちと決定的に異なる面を備えている。人間の子供の友だち、AFとして作られた彼女は、いつまでも変わることなく子供のままなのである。AFが日常生活の中に存在するという世界に、ある程度成長した、おそらく十二、三歳か、せいぜい十四、五歳くらいの子供の姿で覚醒した彼女は、人間の子供とは違って、それ以上成長することはない。しかも、ロボットであるクララは、数年間という短い「耐用年限」が切れれば、そのまま廃棄されてしまう。乳幼児期が欠落し、寿命に人為的な制限が設定されているという点では、『わたしを離さないで』のクローンたちもほぼ同じなのかもしれないが、キャシーは三十代前半までの人生を送り、自分が生きた証しとなる、かけがえのない記憶を積み重ねることができた。クララは、記憶の文学としてのイシグロの作品の主人公としては、実に異例な語り手なのである。

クララは、SFに登場するロボットとしても、おそらく前例のないものである。イシグロは、サイ

★ナオミ・イシグロは二〇二〇年に、*Escape Routes* で、小説家としてデビューした。早くも翻訳、竹内要江(訳)『逃げ道』(早川書房、二〇二三年)が出ている。

エンス・フィクションにかなり通じていたらしいから、「ロボットものＳＦ」の古典であるアイザック・アシモフ（英語の発音はアジモフ）の作品をおそらく読んでいただろう。アシモフは、『われはロボット』（一九五〇年）、『鋼鉄都市』（一九五四年）、『裸の太陽』（一九五七年）など、多くの「ロボットものＳＦ」を、ＳＦの黄金時代、一九五〇年代に発表した。これらの作品では、ＳＦ読者の間では有名な「ロボット工学の三原則」が重要な役割を果たしている。それは、次のようなものである。

第一原則　ロボットは、人間に危害を加えてはならない。あるいは、行動しないことによって、人間に危害が及ぶのを見過ごしてはならない。
第二原則　ロボットは、人間によって与えられた命令に従わなければならない。ただし、その命令が第一原則と相反する場合を除く。
第三原則　ロボットは、第一原則および第二原則に相反しない限り、自分自身の存在を守らなければならない。

『ロボット工学ハンドブック』、第五六版、ＡＤ二〇五八年版
（架空のハンドブック、『われはロボット』の中に引用されている）

アシモフの描く、一九五〇年代から見て百年後の未来世界では、これらの原則が、最も基本的なプログラムとして、全てのロボットに組み込まれている。人間よりも力が強く、知的にも凌駕している

場合があるロボットたちが、人間に叛乱を起こすことを防ぐためのプログラミングである。アシモフは、この原則の抜け穴が生じる場合を巧みに設定して、優れたSFミステリを創作した。先端技術の所産であるクララに、この原則が組み込まれているのは、当然の前提とすることができるだろう。ここでは、イシグロらしい独特の前提がもう一つある。それは、彼女のようなAFには、自分の買い主であり、友だちである人間の子供への「愛」がプログラミングされているということである。クララは、自分をAFとして買い取った女の子、ジョージィに対して、純粋な、無条件の愛を注ぐ。機械であるはずの彼女なのに、人間の場合でも稀有なほどの人間的愛を持つことが、彼女にはできるのだ。しかし、クララの愛が純粋であればあるほど、人間的であればあるほど、彼女を生み出した超高度なテクノロジー文明の非人間性がますます露わになるというのが、この小説のイシグロ的仕掛けなのである。

II　信頼できない子供の偸聞（たちぎき）の語り

イシグロの小説にはしばしば「子供」が登場していたが、その中で語り手となっていたのは、『わたしたちが孤児だったころ』のクリストファー・バンクスと『わたしを離さないで』のキャシーであった。クララは彼らに続く子供の語り手である。しかし、彼女は先行する二人と決定的に違っている。バンクスもキャシーも、実はすでに大人になっていて、子供時代を回想して語る「過去の語り（アナレプシス）」

であるのに対して、クララは、その短い生涯の最初から最後まで、子供として留まるので、彼女の語りは常に現在を語る語りなのである。彼女は、クリストファーやキャシーのように、子供時代を振り返り、「後知恵（hindsight）」によって、過去の記憶についての語りを編集することはできない。永遠の子供であるという特性のために、クララの語りには、イシグロが描いてきた多くの「信頼できない語り手」の中でも、視野の狭さ、思い込み、偏見がとくに顕著に表れる。

クララの語りの内容には、いろいろとおかしなところがある。ＡＦ販売店の女性マネージャーが、客として訪れたジョージィの母親に、「クララには並外れた観察能力があります」(44)と説明しているように、彼女は、外界に強い興味を持ち、注意深く観察している。しかし、それが正しい観察であるかというと、はなはだ疑問なのだ。たとえば、彼女は、その側面に大きく「クーティングズ」と書いてあったので「クーティングズ・マシーン（Cootings Machine）」と名づけた機械が「汚染」の元凶であると思い込む。まず最初に作業員たちがやってきて、機械の設置のために、道路工事を始め、その騒音がクララたちＡＦを悩ませる。

その騒音は私たちとは何の関係もなかったけれど、マネージャーは来店した全てのお客様に謝っていました。あるとき、お客様の一人が「汚染」について話し始め、外の作業員たちを指さしながら、「汚染」は、誰にとっても、とても危険なものだと言ったのです。それで、クーティングズ・マシーンが最初に到着したとき、私はそれは「汚染」と闘う機械なのかなと思ったのですが、男の子AFのレックスは、違うよ、それは汚染をもっと作り出すように特別に設計された何かなんだと言いました。そんなこと信じられないと彼に言ったのですが、彼は「よし、クララ、まあ見てみるといい」と言いました。

もちろん、彼が正しかったことがわかったのです。

(*Klara and the Sun 27*)

いよいよクーティングズ・マシーンが作動すると、それは騒音をまき散らすのみならず、その屋根の部分にある四本の煙突からどす黒い煙を吐き出し始める。ついには、昼なのに夜のように暗くなり、AFたちのエネルギー源である太陽の光が遮られてしまう。マネージャーは、これまでも何回かその機械が来たことがあったけれど、店のAFたちには何も影響することはなかったから、安心しなさいと言ったのだが、クララはこの機械を憎むべき汚染の元凶とみなすようになる。この機械が何であるのか、読者にはクララによる描写しか与えられないので、判然としないが、道路工事の大型作業車か何かなのだろう。いずれにしても、それが機械である以上、同じものが他に何台もあるはずだ、と大人なら、常識的に考える。しかし、クララは、後に町を再訪したとき、「クーティングズ・マシーン」に遭遇し、それが、かつて自分が敵視していたものと同一だと、毛ほども疑わずに、それを破壊しようとする。その一台を破壊すれば、「汚染」はなくなり、ジョージィは救われると信じているのだ。ジョージィの家では、自分が篤く信仰するお日さまの住み処が、近所の農家、「マクベインさんの納屋」だと信じ込む。太陽が沈むときにそこにかかるからである。明示されているわけではないが、クララは、おそらく太陽エネルギーによって稼働していて、それが彼女にとって、太陽が特別な意味を持つ理由であることが推測される。

語り手としてのクララのもう一つの顕著な特性は、彼女が周囲の人間たちを観察し、彼らの会話を偸聞（たちぎき）して、読者に伝えることである。人間たちは、ロボットであるクララをほとんどモノとして見ているため、彼女が聞き耳を立てていても、全く気にしない。観察力が優れた彼女の偸聞（たちぎき）を通して、読者には、いろいろなことが判明してくる。ジョージィが病弱であり、ときとして生命が危ぶまれるほど危険な状態になるのだが、それは彼女が「リフトされた（lifted）」ためであることを読者は知る。徐々にわかってくるのだが、「リフト処置」とは、ＡＧＥ（Advanced Genetic Editingの略か）とも呼ばれ、遺伝子編集手術のことらしい。この世界では、高度なＡＩ技術が存在するだけではなく、遺伝子を操作することによって、人間の能力を高めることができるようになっている。しかし、リフト処置は、危険を伴うものであり、ジョージィの姉サルは、どうやらその手術の結果、死んだらしいことを、クララの偸聞（たちぎき）によって、読者は推測する。「リフト処置」が言及される箇所も、典型的な「偸聞（たちぎき）」の語りになっている。ジョージィの家で開かれた「交流会（an interaction meeting）」に、彼女と同年代の、リフト処置を受けた子供たちとその親たちが集まってくる。親たちは、ジョージィのボーイフレンドのリックが「リフト処置」を受けていないことについて話題にする。

それから、体型がフード・ミキサーに似ている大柄な女がこう言いました。「頭もとてもよさそう。あんな男の子がせっかくの機会を逃したなんて、ひどい話ね」

「私にはわからなかったでしょうね」と別な声が言いました。「あんなに立派にふるまっているもの。あの子の話し方って、イギリス訛り？」

「大事なことはね」とミキサーの女性が言いました。「次のこの世代が、あらゆる種類の人間とうまくやっていくことを学ぶってこと。ピーターがいつもそう言ってる」それから、賛同を唱えるつぶやきがいろいろあがる中で、彼女は母親に聞いたのです。「あの子の家族が……踏み切れなかったの？　怖じ気づいたってわけ？」

母親の穏やかな微笑みが消え、話を耳にした誰もがしゃべるのをやめました。ミキサーの女性はぞっとして凍りつきました。それから、彼女は母親に片手を差し伸べたのです。

「ああ、クリッシー、わたし何を言ってしまったのかしら？　そんなつもりはなかったのに……」

「いいのよ」と母親が言いました。「どうぞ忘れて」


(67–68)

ジョージィの母親クリッシーは、この喪失の経験があるにもかかわらず、ジョージィにリフト処置を受けさせた。どうやら、リフト処置を受けることは、この世界でエリート階級になるために有利な条件であるらしい。一方、ジョージィの父親、ポールは、リフト処置に反対であったらしく、そのことが夫婦の離婚の原因になったと思われる。クリッシーは、ジョージィが長くは生きられないことを半ば覚悟しているらしく、娘の代替物となるものをクララに求めようとしている。彼女は、カパルディという「アーティスト」(実はAI技術者)に「ポートレート」を制作してもらうため、ときどき娘を彼のアトリエに連れて行く。そこに一緒に連れて行かれたクララは、その「ポートレート」が、絵でも彫刻でもなく、ジョージィに似せて製作されている精巧なロボットであることを知る。どうやら、そのロボットの頭脳に想定されているのはクララ自身らしい。状況を理解すると、彼女は、クリッシーとポールがカパルディと交わす会話を偸聞(たちぎき)する。

……それから数分後、私は画面への集中を維持したまま、わきのガラスドアを少し開けました。下の声がずっとよく聞こえるようになりました。

……

「いや、ポール、君はこのことがほんとうにわかっていない。どんな仕事にも倫理的な選択というものは常にあるんだ。その仕事に対して報酬をもらおうともらうまいと、それが真実なんだ」

「これはまた、思いやりのある言い草ですな、カパルディ」

「まあまあ、ポール」と母親が再び言った。「ヘンリーは私たちが頼んだことをしてくれているだけじゃない。それ以上でも、それ以下でもないわ」

(202–03)

ここでもクララは偸聞（たちぎき）しているだけで、一切の説明がなされない。そのため、解釈は読者に委ねられる。どうやら、ポールは、カパルディがジョージィの複製ロボットを製作することに、気が向いておらず、とりやめようとしているらしい。この世界のテクノロジーは急速に発達しつつあり、かぎりなくオリジナルに近い複製も実現可能になっているのだが、それははたして、クリッシーとポールにとって、近い将来に予想されるジョージィ喪失の埋め合わせになるのだろうか。遺伝子操作が行われ、高精度なロボットが売買されるこの世界は、決してよき世界ではなく、ディストピアであることを読者はますます強く感じるようになる。

Ⅲ　近未来のディストピア

『クララとお日さま』の舞台は、イギリスではなく、「オレゴン州ポートランド」（254）とか「インディアナ」（292）とかいう地名が出てくる箇所があるので、アメリカと想定されていることがわかる。「イギリス訛り」のあるリック（67）と「私はイギリス人です」とクララに話す母親のミス・ヘレン（145）の親子は、ここでは外国人である。しかし、『わたしを離さないで』のイギリスの場合と同じように、この「アメリカ」は、われわれ読者がイメージするものとは根本的に異なっている。このアメリカというか、この世界の実態は、クララの語りを通して、次第にその姿が見えてくるのだが、『わたしを離さないで』のイギリスのように、抑圧的で偽善的、かなり不気味で、不穏なものであるようだ。クララのようなＡＦは、町の中心部にある販売店で売りに出されているのだが、先端技術の粋を集めたようなロボットはかなり高価なはずである。ジョージィの母親、クリッシーは、玩具を買うのと同じ感覚でクララを購入するのだから、富裕階級であることは明らかだ。一方、ＲＰＯビルディングという高層ビルの下の路上には、「物乞いの人（Beggar Man）」とその犬がいて、クララはＡＦ販売店の窓から、その姿をいつも見ている。彼女の非常に狭い視野に捉えられたことからしか判断できないのではあるが、ここが極端な格差社会であることは間違いないようだ。さらに、差別も激しいらしいことは、リフト処置を受けるか受けないかで、若者たちの進路が決まってしまうことに示されている。リックは、リフト処置を受けていないのだが、ドローンを自作するなど、技術者の卵としての優れた才能を持っている。ところが、この世界では、リフト処置を受けていない者を入学させてくれる大学は、非常に限られていて、事実上、アトラス・ブルッキングズというところしかない。しかも、この大学は入学競争が激しくて、かなりの寄付金が要求されるらしい。さらに、差別ということで考えると、この世界では、新たな形の奴隷制が生まれている。クララも仲間のＡＦたちも、確固たるパーソナリティを備えていて、ロボットとはいえ、少なくとも「心」を持っているという点では、人間と変わらない。しかし、彼らは商品なのだ。十九世紀のアメリカ南部の黒人のように、市場で売り買いされる奴隷と、どれほどの違いがあるのだろうか。

このように見てみると、『クララとお日さま』の世界は、たとえば、ジョージ・オーウェル（一九〇三—五〇）の『一九八四年』（一九四九年）のような、強固な全体主義ではないとしても、かなり抑圧的で非人間的な体制に支配されているとも言えるだろう。そのことは、それに対抗する反体制勢力の存在が示唆されることによって、さらに印象が強められる。クララが耳にするジョージィの父ポールとリックの母ヘレンとの会話によると、この世界には「ファシスト」がいて、ポールはその「ファシスト」のコミュニティに入っているという。

「ほんとうにごめんなさい、ポール」とミス・ヘレンが言いました。「あなたとあなたの新しい友だちたちがファシストじゃないかってほのめかしたこと。そんなことはすべきじゃなかった。ただ、あなたが言ったからなのよ。あなたたちがみんな白人で、昔の職業エリート階級の出身だって。たしかにそう言った。それに、他のタイプたちに対抗するために、かなり大がかりに武装をしなければならなかったって言った。そういったこと全体の感じがファシスト側みたいに聞こえたものだから……」

（232　傍点は原文ではイタリック体）

ところが、ポールという人物には、このレッテルが連想させるような極右白人至上主義者的なところはまるでない。テクストには明示されていないのだが、彼がクリッシーと離婚したのは、リフト処置をめぐっての意見対立があったのではないかと推測されるのだとすると、そのような遺伝子操作を許容し、おそらくは奨励さえしている体制に対して批判的であり、しかも同じ考えの同志が集まり、集団を形成しているために、「ファシスト」と呼ばれるのかもしれない。つまり、ここにはイシグロ独特の逆説があって、邪悪なのは「ファシスト」たちではなく、体制の側なのではないかということである。ポールが、クララが汚染の元凶として敵視する「クーティングズ・マシーン」を破壊する手助けをしてくれるところに、彼の反体制的傾向が現れている。クララは、「クーティングズ・マシーン」を破壊すれば、ジョージィの命が救われると信じていて、技術者であるポールに手を貸して欲しいと頼む。「ちょっとやり過ぎじゃないのか」とポールは言うが、結局、協力することになる。彼は、機械を破壊する、というか稼働不能にする方法としては、クララの頭の中にある「P－E－G９」溶液を少量、注入することだ、そうすれば動かなくなる、クララ自身が正常に動くために必須の溶液ではあるが、必要なのはごくわずかなので、取り出しても影響はないだろう、と言う（225–26）。ジョージィを救うためには、自己犠牲をいとわないクララは、ポールにその溶液を使って、「クーティングズ・マシーン」を破壊してもらう。テクノロジーの支配する社会への、このようなサボタージュに加担するのだから、ポールは、一般的にイメージされる「ファシスト」とは全く違っている。もちろん、彼は分別のある技術者であり、大人であるのだから、一台の機械を破壊することが、クララが信じるような結果にならないことは当然承知なのだが、心情的に彼女に共感して、この破壊行為に加担したのである。この状況を考慮してみると、彼が属するコミュニティは、特権階級のゲイティド・コミュニティ（gated community）よりは、一九六〇年代のヒッピーのそれに近いものかもしれない。ただし、ヒッピーのコミュニティは「ラヴ&ピース」をモットーにしていたが、ポールのコミュニティは武装していることが注目される。近い将来の、支配体制側との武力衝突に備えているのだろう。いずれにしても、そのあたりの事情については、語り手のクララは知り得ない、したがって読者にも知り得ないことであり、そもそもイシグロが使用する特殊な語彙やメタファーが常に単純な同定を許さないものであったことは、ここでも想起しておくべきだろう。

Ⅳ　太陽信仰の勝利

狙った「クーティングズ・マシーン」は首尾よく破壊というか作動不能にされたが、他の機械が健在だったことを、クララは、町から帰る車の中で知る。「新しいクーティングズ・マシーン」が動いていて、排煙筒から盛んに「汚染」を吐き出しているのが車窓から見えるではないか（346）。彼女は失望と敗北感に打ちのめされる。ジョージィの状態は、徐々に悪化していく。母親のクリッシーもハウスキーパーのメラニアもその看病につきっきりとなる。こうなると、もはや、クララには、篤く信仰する太陽の慈悲にすがるしか方策はない。彼女は、まだＡＦ販売店に陳列されていた頃、太陽が起こした奇跡を、少なくとも彼女には奇跡と思われる光景を目にしていた。「物乞いの人」とその犬が、地面に横たわっていて、動かなくなって、死んでしまったように見えた。この二人、というか一人と一匹に同情していたクララだが、もちろん、ＡＦの彼女は、助けに行くことなどできず、そのまま悲しく眺めるしかなかった。仲良く、共に死ぬことができたのだから、幸せだったのかもしれない、と彼女は思う。ところが、翌朝、意外な光景を彼女は見る。

次の朝、格子が上げられると、とてもよい天気でした。太陽が街路やビルにその栄養を降り注いでおり、私が、物乞いの人と彼の犬とが死んでしまった場所を見やったとき、彼らは全然死んでなどいなかったことがわかりました——太陽が与えた特別な種類の滋養が彼らを救ったのです。物乞いの人は、まだ立ち上がってはいなかったけれども、微笑み、身を起こして、飾り戸口に寄りかかり、片足を伸ばし、もう片方の足は、膝の上に腕を休められるように折り曲げていました。そして、自由になるほうの手で、彼は、やはり生き返って、行き交う人々を左右に眺めている犬を撫でてやっているのでした。ふたりとも太陽の特別な滋養をむさぼるように吸収し、刻々と強さを増していて、いずれ間もなく、おそらく午後には、物乞いの人は再び立ち上がり、飾り戸口から、元気に言葉を交わしているだろうと、私にはわかったのです。（37–38）

クララは、死に瀕しているジョージィも、太陽の「特別な滋養」が与えられれば、必ず救われると信じて、リックに背負ってもらい、マクベインさんの納屋への遠征を敢行し、太陽に懸命に祈りを捧げる。すると、奇跡が起こる。その後間もなくのある日、午前中から黒い雲に覆われていた空から、太陽の光がジョージィのベッドに降り注ぐ。

太陽は、依然として彼女とベッド全体を激しいオレンジ色の半円形に照らし出していて、ベッドのいちばん近くにいた母親は、顔に手を上げなければならないほどでした。リックは、今や、何が起こっているのか、何となく察したようだったけれど、私は、母親とハウスキーパーのメラニアもまた、その肝要なところを理解したらしい様子であるのを見ることに興味を惹かれていました。そうして、続くわずかな時間、私たち全員が立ち尽くしたままでいる中で、太陽がジョージィにますます明るく焦点を当てるのでした。私たちは観察し、待っていて、あるときなど、オレンジの半円に火が付くのではないかと思われたときも、誰も何もしませんでした。それから、ジョージィが身動きし、細く眼を開いて、片手を中空に上げました。

「ねえ。この光り、どうしたの?」と彼女は言いました。（284）

それからジョージィは、めきめきと回復していく。この場面では、人間のさまざまな宗教の中でも、最も原始的な太陽崇拝が、実際に効力を表す様が描かれている。しかも、その奇跡をもたらす、言わば巫女がロボットなのである。原始的な太陽信仰は、高度テクノロジー社会という文脈に置かれたとき、反合理主義の、反科学の含蓄を持つ。最先端技術の精華とも言うべきAF、ロボットが、自らの危険も顧みず、無私の献身と愛を「友だち」ジョージィに捧げるのは、なんという皮肉だろうか。ジョージィの回復がほんとうに太陽が与えた「特別な滋養」のためであったのかは疑問であり、その場にいた人間たちの中で、クララの祈りを知っていたのは、マクベインさんの納屋に彼女を運んだリックだけだった。しかし、リックも納屋の外で待っていたのだし、クララは、太陽への願いを口に出して語っていたわけではない。優れた技術者として成長しつつあるリックが、まさか太陽への祈りに効果があるなどと思うはずもない。ジョージィ本人を含めて、人間たちは結局、このＡＦの献身的な無償の愛に気づかないままである。

その後の展開は、クララにとっては苛酷なものだ。健康を取り戻したジョージィは、大学入学のための勉強に精を出し（この世界の子供たちは、中等教育段階まで、オブロング＝長方形と呼ばれる端末によるリモート個人授業を受ける）、リックは、アトラス・ブルッキングズ入学の意欲を失って、町にいる技術志向の仲間たちのコミュニティでの活動に熱心に参加するようになる。ジョージィは、大人になっていく。「太陽の特別な滋養は、物乞いの人にとってと同じくらい効果的であったことがわかり、あの暗い空の朝のあと、彼女はより強くなっていったばかりではなく、子供から大人へと成長していったのです」(379)。その過程で、子供の友だち、遊び相手というＡＦの果たす役割が次第に失われていくのは、自然の成り行きだった。クララは自分が必要とされなくなってくると、どうやら三階建てらしい家の屋根裏のようなところ、ユーティリティ・ルーム（Utility Room）を自分の居場所とするようになる。これは洗濯室とか作業室とかを指す言葉であるが、この家の場合は、どうやらただの物置で、クララがあえて言い換えているのだろう。

クララが一度だけ、役に立てるかもしれない提案が、あのカパルディによって、持ち込まれる。彼は優れた技術者であるが、ＡＦに対する最近の社会情勢の変化について、次のように語る。

「私は、君たちのことを、われわれの友だちだと思ってきた。教育と啓発の重要な源泉だ。ところが、実は、君たちのことを不安に思う連中が、世の中にはいるんだ。おびえて、憤慨している連中だ。……こういうことなんだよ。クララ、事実を言えば、まさに今、AFについての不安が大きくなり、広がりつつあるんだ。君たちがあまりに賢くなりすぎているという連中がいる」(297)

カパルディは、AFの内部で起こっていることを解明するために、クララに協力を依頼する。しかし、それはクララを解体することであるのだから、彼女の「いのち」は保証されない。クリッシーが、この提案に応じるかどうかの判断をクララ自身に任せたのは、親しく交流し、娘のジョージィを支えてきてくれた彼女への思いやりであった。「クララにはゆっくりと消えていく権利がある」と彼女は言う(298)。カパルディの言う、社会に広がりつつあるAFについての不安は、『わたしを離さないで』の中で、クローンについて、一般に抱かれるようになっていた不安と同じである。ヘイルシャムが経営難となり、廃止されることになったのは、人間より優れたクローンを創り出そうとしたモーニングデイルという科学者の試みが暴露され、スキャンダルとなったためであった。イシグロは、マクロ・ナラティヴを編み上げる中で、もう一度、同じ問題を、今度はロボットを主人公にして、語ったのである。『わたしを離さないで』では、クローンを生み出し、彼らを究極的に搾取する非人間的なシステムの姿は隠されていた、というか語られないままであった。しかし、この「改変された歴史」の中のイギリスが、ディストピアであることは、沈黙の中に、疑いようもなく、提示されていた。近未来を描く『クララとお日さま』でも、「イギリスではない」社会の内実は、語られないにもかかわらず、不穏な可能性に満ちたディストピアとして、そこにある。語り手のクララが、AFであるがゆえに、あまりにも視野が狭く、経験の範囲も、ほぼジョージィの家庭に限定されているため、その実相は、読者にはなかなか見えてこないままであるとしても。

この小説に登場してきた人間たちは、最終的には、クララの立場に立つならば、非情な、「非人間的な」者たちである。ディストピアは、人間そのものの中に侵入し、すでにそこに住まっているのだ。大学へ入学するために家を離れるジョージィは、クリスマスに帰省したときにまた会えるかもしれないね、とクララに語る。その言葉から、クララは自分が間もなく、この家にいなくなることを予感する。いよいよ母親の車に乗り込もうとするとき、ジョージィはクララを抱きしめて、別れを告げる。


……彼女は私より背が高くなっていたので、すこし屈まなければならず、私の肩に顎を乗せて、その長く、豊かな金髪が、私の視界の一部を遮っていました。彼女が身体を離したとき、彼女は微笑んでいたけれど、私にはいくらか悲しんでいるのがわかりました。そのとき、彼女はこう言ったのです。

「私が戻ってくるときには、あなたは、ここにいないんでしょうね。あなたは、ほんとうにすばらしかったわ、クララ。ほんとにそうだった」

「ありがとう」と私は言った。「私を選んでくれて、ありがとう」

(300–01)

最後の章は、広大な廃棄場（ヤード）に捨てられた彼女が、短かった「人生」の記憶を反芻しながら、静かに「ゆっくりと消えていく」様が語られる。

ここ数日というもの、私の記憶のいくつかが、奇妙な形で、重なり合い始めています。……これが方向感覚の失調ではないことは、わかっています。そうしようと思えば、一つの記憶を別の記憶から区別し、それをそれぞれ正しい文脈に置くことが、いつでもできるからです。それに、そのような複合した記憶が心に浮かぶときでも、私は――苛立った子供が、ハサミを使わずに、指で引き裂いてしまったような――そのぎざぎざの縁を意識しているのです。……それでもなお、そのような複合した記憶が、あまりにも生き生きと私の心を充たすものですから、私は、自分がこのヤードに座っていること、この固い地面の上にいることを、長い間、忘れてしまっていました。（301–02）

もはや廃棄物となり、「死」を、人間の「友だち」が成長する五、六年の期間のみの使用が前提とされている彼女の体内のソーラー・エネルギー源が耐用年限を迎えて停止するのを、つまり死を待つだけとなったクララに残されたものは、記憶のみだ。過去を持たないロボットであった彼女なのに、ヤードを訪ねて来たかつてのAF販売店のマネージャーに、「私には、振り返って、正しい順序に整理すべきたくさんの記憶があります」(306)と告げる。『クララとお日さま』もまた、イシグロの他の全ての作品と同じく、記憶の物語であったことを、ここで読者は確認する。

人間よりも人間的なロボットに比べて、人間たちはなんと非情なことだろうか。ジョージィもクリッシーもリックも、あれほどの交流があったはずなのに、彼女をゴミとしてあっさりと捨てさってしまう。しかし、クララは彼らの酷薄さに対して、いっさい抗議しない、怨みもしない。涙を流すという機能は、彼女に組み込まれていないのだろう。彼女の内面に去来するさまざまな思い、喜びや悲しみの記憶は、語られない。しかし、彼女が語らないこと、永遠に沈黙することが、何かを語っている。この世界全体を、近未来にありうべきディストピアだけではなく現在の、二十一世紀の世界全体を、雄弁に語っている。

『クララとお日さま』では、それまでのイシグロの長編小説の全てに共通して背景幕となっていた「戦争」あるいは「歴史」が姿を消しているように思われる。登場人物たちは、戦争の影を引きずっておらず、歴史の激流に翻弄されてもいないようだ。それは、イシグロの関心が、過去の歴史を記憶することよりは、現在進行しつつある新たな「戦争」にシフトしたからなのかもしれない。それは、高度なテクノロジーが、人間存在そのものに対して仕掛けようとしているものだ。もし、遺伝子編集技術がさらに進歩すれば、卵子や精子、胎児だけではなく、すでにこの世に生まれている人間にも「リフト処置」が適用されるかもしれない。もちろん、それによって、たとえば遺伝疾患などが治療可能になるとすれば、メリットがあることは予想される。しかし、一方では、優生学が醜悪な形で息を吹き返し、かつてよりも深刻な差別が生み出される可能性があるだろう。さらに、ＡＩは、人間に取って替わるかもしれない。一九六〇年代にスタンリー・キューブリックとアーサー・Ｃ・クラークが、『癒やされざる者たち』に登場する映画『２００１年宇宙の旅』で描いたのは、当時の現実世界ではまだ未発達であったコンピューターが、人類が進化の次の段階に進もうとするとき、人類に取って替わる可能性であった。映画のプロローグで、進化の引き金となる謎のモノリスとの出逢いによって「道具」の使い方を覚えた石器時代の人類が、武器として使った骨を空中に抛り投げると、それが一瞬で、月に向かう宇宙船に変わる。「道具」が進歩して、究極の形態となったのがコンピューターなのだ。人類の後継者たらんとしたコンピューター、ＨＡＬの叛乱は、あやういところで制圧される。宇宙船の他の乗組員が全員殺されてしまったため、ただ一人の生き残りとして、全人類の代表となったボーマン船長は、新生児として生まれ変わり、その赤子が青く輝く地球を見下ろしているところで、映画は幕となる。「道具」によって進化し、文明を築き上げた人類は、「道具」を超越して、次の進化の段階に入ったことが示唆されるエンディングである。進化した人類は、どのようなものとなるのだろうか。クラークは、一九五三年という驚異的に早い段階で、『幼年期の終わり』という小説を発表し、「幼年期」を脱した人類の進化がいかに進むかの可能性を提示したが、それは著者自身にも、もちろん、まだ「幼年期」にあるわれわれ読者にも、理解不可能な領域であった。

イシグロはＡＩについて、おそらく否定的なのだろう。『ザ・ガーディアン』のインタビューで、彼は、未来について、初めて恐怖を感じ始めていると語っている。気候変動だけではなく、人工知能、遺伝子編集、ビッグデータなど、『クララとお日さま』で提起した問題が平等や民主主義に対して及ぼす影響のためである。「われわれは、こういったものをコントロールできていないのではないかと、心配なのです」と語るイシグロだが、それでもなお、『クララとお日さま』は、元気づけられる、楽観的な小説として読んでもらいたいと願っている。「とても困難な世界を描くことによって、明るい面を、陽光が降り注ぐ面を示すことができるのです」と彼は言う（Allardice）。このディストピアで、唯一救いになるもの、「物乞いの人」とその犬に、そしてジョージィに、降り注ぐ太陽の光のように希望を与えてくれるものがあるとすれば、それは、語り手のロボット、クララである。彼女の沈黙が描き出す深く入り組んだ逆説を、その限りなく変化する諸相を、読者が読み解く努力をするならば、太陽が微笑みかけてくれるのかもしれない。確かなことは、イシグロの文学が、省筆によって、「偸聞（たちぎき）」の語りによって、『源氏物語』に発する沈黙の文学を継承していて、それをテクノロジーが支配し、グローバル化した現代に、新しい形で再創造していることが、ここにあらためて示されているということである。

終章
喪の作業

最後に一つの命題を提示して、しめくくりとする。

命題　イシグロの創作活動、マクロ・ナラティヴ構築は、「長い二十世紀」を「埋葬」しようとする、フロイト／デリダ的「喪の作業」である。

イシグロを論じるのに、ここでなぜジャック・デリダ（一九三〇―二〇〇四）なのか。そこには、フクヤマ―デリダ―イシグロという文脈と必然性がある。フクヤマとは――デリダやイシグロと並べるには値しない、あまりに小さな存在ではあるが――冷戦が終結したときに一時もてはやされたアメリカの保守派の論客、フランシス・フクヤマ（一九五二―）のことである。イシグロが、第六章で引用した、『埋葬された巨人』についての、『ザ・ガーディアン』のインタビューで語っていた、冷戦終結後にヨーロッパで起こった出来事に感じた「深い失望」のことを、もう一度振り返ってみよう。

「なぜなら、ベルリンの壁の崩壊のあと、私たちは、歴史の終わりに至ったとされ、平和な状況がやってくるという思いを抱いた……ところが、突然、強制収容所、絶滅収容所、スレブレニツァの虐殺などが、ヨーロッパの真ん中に出現したのです」

（Alex Clark　傍点は筆者）

アクスルが忘却していたブリトン人によるサクソン人虐殺は、そしてこれから起こることが確実なサクソン人によるブリトン人のジェノサイドは、冷戦終結後の現代世界での忌まわしい事件の記憶であり、また予感なのである。東西冷戦がソヴィエト連邦の崩壊、すなわち西側の勝利によって終わったとき、アメリカのいわゆる「ネオコン」のフランシス・フクヤマは「歴史の終わり」を宣言した。

われわれが目撃しつつあるかもしれないのは、単に冷戦の終わりではなく、あるいは戦後史のある特定の時期が過ぎ去ったことでもなく、歴史そのものの終わりである。つまり、人類のイデオロギー的進化の終着点であり、人間の統治の最終的形態としての西側自由民主主義の普遍化である。

(Fukuyama 4　傍点は筆者)

一時期もてはやされたフクヤマの「歴史の終わり」論は、現代史のその後の展開によって、完全に誤りであったことが、不幸にも、証明された。もし数百年後に人類が生き残っているとしたら、二十世紀は、「戦争の世紀」として記憶されているだろう。世界大戦が二度も起こり、その後も、冷戦と大小さまざまの戦争が繰り返された世紀である。「歴史」は、少なくとも「戦争の世紀」としての二十世紀の歴史は、終わるどころか、フクヤマ以後、四半世紀を経ても、二十一世紀に入っても、「長い二十世紀」として続いており、なお終着点を見通すことすらできない。

晩年のデリダは、自分より先に物故した二十世紀の思想家たち、ロラン・バルト(一九一五―八〇)、ポール・ド・マン(一九一九―八三)、ミシェル・フーコー(一九二六―八四)といった知の巨人たちやマルクス主義という巨大な思想を振り返り、反芻すること、フロイト的「喪の作業」を実践することに執念を燃やしていた。それら喪や記憶をテーマとする講演やエッセイは、『喪の作業』（二〇〇〇年）としてまとめられた。「喪の作業（work of mourning）」とは何か。

ジークムント・フロイトは、「喪とメランコリア」の中で、「喪の作業」について、次のように述べている。愛する者を喪ったとき、「一般的に観察されることだが、人は一つのリビドー態勢［愛する者への執着］を進んで捨てようとはしない」ために、「現実に背反して、妄想的、願望充足的精神病という手段によって対象に固執する」ことさえある。「通常は、現実の尊重が勝利をおさめる」のだが、それは「多くの時間とカテクシス的エネルギー★を費やして、少しずつ実行されなければならず、その間、失われた対象の存在は精神的に維持される」（Freud 244-45）。デリダは『マルクスの亡霊たち――負債状況＝国家、喪の作業、新しいインターナショナル』（一九九三年）において、マルキシズムという亡霊を埋葬しようとする、このようなフロイト的「喪の作業」を行った。そこでは「喪の作業」に終わりがないことが繰り返し示唆されている。埋葬したはずの死者マルクスは、「亡霊」として甦生し続ける。フクヤマのいう「歴史の終わり」など無意味なのだ。デリダは、『マルクスの亡霊たち』の中で、こう指摘する。

今日の若い人々（〝フクヤマの読者／消費者〟というタイプの、あるいは〝フクヤマ〟自身というタイプの人々）には、おそらく十分にはもうわからないのだろう。〝歴史の終わり〟、〝マルキシズムの終わり〃、〃哲学の終わり〃、〃人間の終わり〃、〃最後の人間〃といった終末論的テーマは、四十年前、一九五〇年代に、われわれの日々の糧であったということが。(*Specters of Marx* 16)

イシグロが、先に引用したインタビューの中で、フクヤマの「歴史の終わり」に言及していたことを想起しよう。フロイトからフクヤマ、そしてデリダという文脈で捉えるならば、イシグロが小説家として築き上げつつあるマクロ・ナラティヴは、終わりなき「戦争の世紀」の歴史を埋葬しようとする、やはり終わりなき「喪の作業」、フロイト/デリダ的「喪の作業」であったことがわかる。なぜなら、彼の——フロイト的言い方をすれば——リビドーの対象は、記憶だけの存在となった死者たちなのだから。たとえば、『癒やされざる者たち』の時空が歪んだシュールリアリズム的空間は、そこに登場する全ての人物が、もはや肉体を失い、記憶のみとなった死者たちなのだと考えれば、理解可能なものとなる。死者たちの記憶が、あるいは記憶の死者たちが、浮かんでは消え、消えては浮かぶ世界なのである。だから、滞在先のホテルのポーターも、その娘でありライダーの妻でもあるゾフィーも、彼女が連れている息子ボリスも、異国の町の路面電車の車掌として現れる昔の級友フィオナも、全て死者たちなのだ。この町でライダーが感じざるを得ない不条理性と疎外感は、ここでは彼

★ カテクシス (Cathexis) とはフロイトの用語 Besetzung を英訳する際に訳者の James Strachey が使用したギリシャ語。日本では「備給」と訳される。特定の対象に向けられる心的エネルギーのことととされる。

が唯一の生者であることから必然的に生まれている。リアリズム小説のように見えながら、現実から次第に遊離していく他の作品群もまた、死者たちの物語として見ることができる。

振り返ってみれば、『幽(かす)かなる丘の眺め』は、エツコが自殺したケイコのための喪の作業をする物語として捉えることができるし、『浮世の画家』のオノは、自らの過去と、語られない妻と息子の非業の死を埋葬しようと努めていたと見ることができる。『日の名残り』のスティーヴンズは、両大戦間に虚しい戦争回避努力をしたためにナチス協力者とみなされて不遇の晩年を過ごした主人、ダーリントン卿と自分自身の過去を、回想の中で反芻し、終わりなき喪の作業を繰り返している。『わたしたちが孤児だったころ』のクリストファー・バンクスの上海の閘北(チャペイ)での冥府降りは、これもまた虚しく終わる、あるいは終わらない喪の作業の一種と見ることができるだろう。『埋葬された巨人』では、埋葬されていたはずの巨人の復活が予言されることによって、喪の作業をもってしても、死者たちの記憶を消すことができないことを暗示していた。ロボットのクララは、非人間化し、生を失っていく人間たちの記憶がその電子脳の中にとどまるかぎり、それを再生し、いつくしんでいる。

イシグロは、巨大な歴史の嵐に巻き込まれ、非業の死を迎えなければならなかった幾千万の死者たちへの、それぞれにごく私的な、しかし、かけがえのない人生の記憶を持った死者たちへの鎮魂歌を、愛惜の念を持って、書き続けているのであった。彼の作品の全体が形成するマクロ・ナラティヴは、喪の物語だったのである。歴史は終わらなかった――「戦争の世紀」である二十世紀は終わらなかったのだから、彼の物語にも終わりはない。二〇一五年に行われたサム・ジョーディソンとのウェブチャット（インタビュー）で、イシグロは、自分の創作活動についての一つの「汚れた秘密（dirty secret）」を打ち明けている。それは、同じ本を何度も繰り返し書いていることだという。

表面だけ変わります。舞台設定とか。私は同じ本を何度も何度も書く傾向があるのです。少なくとも、前回書いたのと同じ主題を取り上げて、それを磨き直す、あるいはそれにちょっと違う変奏を加えるのです。（Jordison）

たとえば、それまでの日本を舞台とした二作とは劃然と区別されるものとして読者を驚かせた『日の名残り』も、前作『浮世の画家』でカバーした領域を繰り返したものだった。作家が自分の作品について語ることには注意を要するとはいえ、古典的日本小説、イギリス的マナーズ小説、カフカ的不条理小説、探偵小説、さらにはＳＦにファンタジーと、多様なジャンルの可能性を渉猟してきたイシグロが自認する主題の不変性、一貫性は揺るぎない真実なのである。イシグロの沈黙の文学は、語らないことで、言葉なき死者たちに言葉を与え、語らせていたのであった。彼が埋葬しようと試みているものが、終わりなき戦争の世紀、「長い二十世紀」という巨大な怪物であるとすれば、その「喪の作業」は、マルクスと対峙し、埋葬しようとする——そして果たせない——デリダのそれと、少なくとも論理的には、相似であると言えるだろう。

しかし、イシグロの「喪の作業」の対象は、デリダとは違って、二十世紀の知の巨人たちではなく、ましてや「マルクスの亡霊たち」ではない。ごく平凡な普通の人たちである。『私を離さないで』の結末を見てみよう。親友のルースと恋人のトミーを臓器提供の「完了」によって喪ったキャシーは、「介護者」としての仕事でノーフォークを訪れる。ここはかつてトミーたちとドライブに来た思い出の場所だ。町の古物屋で、キャシーは、宝物として大切にしていたのに、なぜかなくしてしまった「私を離さないで」という中古のミュージック・カセットテープと同じものを見つけ、トミーに買ってもらったのだった（*Never Let Me Go* Chapter 15）。彼らは、ヘイルシャムでの地理の授業で、ノーフォークはイギリスの「忘れられた片隅」のようなところだと教えられ、空想を刺激されたことがあった。本書の第五章で論じたように、「忘れられた片隅（ロストコーナー）」には「遺失物預かり所」の意味があり、ヘイルシャム校内にも、まさに「なくしものコーナー（ロストコーナー）」があったからである（60）。キャシーは車を降りて、広い耕作地の前に立つ。眼前には二本の有刺鉄線が張られたフェンスがあり、その有刺鉄線や頭上の木の枝には、ありとあらゆるゴミが絡みついていた。そこで彼女は空想を始める。

> そこに立って、この奇妙なゴミを目にして、その空っぽの畑を越えて吹き寄せてくる風を感じているとき、はじめて私はちょっとした幻想みたいなものを空想し始めたのでした。なぜなら、結局ここはノーフォークだったし、彼［トミー］を喪ってから二週間しか経っていなかったのですもの。私はゴミのことを、枝に引っかかった、ぱたぱたとなびくプラスチックのことを、フェンスに沿って絡みついた雑多なものの海岸線のような広がりを思いつつ、目を半分閉じて、空

想しました。ここここそ、私が子供のときから失ってきた全てのものが打ち上げられるところなんだ、と。今、私はその前に立っている、もし十分長く待っていれば、畑の向こうの地平線に小さな姿が現れ、それがだんだんと大きくなってくる、やがて、それがトミーだってわかる、彼が手を振り、もしかしたら呼びかけさえしてくれるかもしれない。幻想は、それ以上には決して進まなかった――そうはさせなかった――そして、涙が私の頰をつたい落ちてはいたけれど、私はすすり泣いてはいなかったし、自制心を失ってもいませんでした。私は少し待ってから、車に戻り、どこであろうと、私が行くべき場所へ向けて、走り去ったのです。（282）

ここは失われた記憶の断片が吹き寄せられ、打ち寄せられる渚なのであった。プラスチックの端切れや古い買い物袋の切れ端が、有刺鉄線や枝にからまって、風になびいている。その前にキャシーがたたずんでいる。彼女の姿には、イシグロの沈黙の文学がその語らない語りの中に描き出す、終わりなき二十世紀の巨大な歴史が凝縮されている。彼女は、喪の作業をしているのだ。ゴミの切れ端の一つ一つが、歴史の大波にのみ込まれ、戦禍の中で、あるいは強制収容所の中で消えていった数限りない普通の人々の忘れられた記憶の断片であり、彼らが生きた証、彼ら自身のメタファーであるのだから。

参考文献

＊以下のリストは、本書で引用または言及したもののみに限定している。

Aldiss, Brian W. *Billion Year Spree: The True History of Science Fiction.* Weidenfeld and Nicolson, 1973.

Allardice, Lisa. "Interview: Kazuo Ishiguro: 'AI, gene-editing, big data ... I worry we are not in control of these things any more'". *The Guardian*. Sat 20 Feb 2021. https://www.theguardian.com/books/2021/feb/20/kazuo-ishiguro-klara-and-the-sun-interview.

Anonymous. *Sir Gawain and the Green Knight*. Ed. J. R. R. Tolkien and E. V. Gordon. Second ed. Oxford, 1967.

Asimov, Isaac. *The Caves of Steel.* Spectra, 2011.

——. *I, Robot*. HarperVoyager, 2013.

——. *The Naked Sun.* Spectra, 2011.

Auden, W. H. "The Quest Hero." Neil D. Isaacs and Rose A. Zimbardo, eds., *Tolkien and the Critics.* U of Notre Dame P, 1968, pp. 40–46.

Baldick, Chris. *The Oxford Dictionary of Literary Terms*. 4th ed. Oxford UP, 2015.

Ballard, J. G. *The Burning World*. Berkley, 1964.

——. *The Complete Stories of J. G. Ballard*. Norton, 2010.

——. *The Crystal World*. Picador, 2018.

——. *The Drowned World*. Fourth Estate, 2010.

——. *The Empire of the Sun*. Fourth Estate, 2012.

——. *Miracles of Life: Shanghai to Shepperton*. Fourth Estate, 2008.

Beedham, Matthew. *The Novels of Kazuo Ishiguro: A Reader's Guide to Essential Criticism*. Palgrave, 2010.

Booth, Wayne C. *The Rhetoric of Fiction*. U of Chicago P, 1961.

Brewer, Derek S. "*The Lord of the Rings* as Romance." Mary Salu and Robert T. Farrell, eds., *J.R.R. Tolkien, Scholar and Storyteller: Essays in Memoriam*. Cornell UP, 1979.

Brontë, Charlotte. *Jane Eyre*. Oxford UP, 2019.

Bunyan, John. *The Pilgrim's Progress.* Ed. W. R. Owens. Oxford World's Classics, 2003.

Calvin, Ritch, ed. *The Merril Theory of Lit'ry Criticism*. Aqueduct, 2016.

Carey, John. *Pure Pleasure: A Guide to the Twentieth Century's Most Enjoyable Books*. Faber & Faber, 2001.

Carpenter, Humphrey. *J. R. R. Tolkien: A Biography.* Allen & Unwin, 1977.

Chapel, Jessica. "A Fugitive Past: Mixing memory and desire, Kazuo Ishiguro's new novel returns to the scene of innocence lost." *The Atlantic Unbound*. October 5, 2000.

Christie, Agatha. *The Murder of Roger Ackroyd*. William Collins, 1926.

Clark, Alex. "Interview: Kazuo Ishiguro's turn to fantasy." https://www.theguardian.com/books/2015/feb/19/kazuo-ishiguro-the-buried-giant-novel-interview.

Clark, Arthur C. *Childhood's End*. Gateway, 2012.

Dahl, Roald. *Matilda*. Puffin, 2016.

Derrida, Jacques. *Specters of Marx: The State of the Debt, the Work of Mourning and the New International.* Trans. Peggy Kamuf. Routledge, 1994.

——. *Work of Mourning*. Ed. Pascale-Anne Brault and Michael Naas. U of Chicago P, 2001.
Dick, Philip K. *The Man in the High Castle*. Gateway, 2017.
Dickens, Charles. *David Copperfield*. Oxford UP, 2008.
——. *Great Expectations*. Oxford UP, 2008.
——. *Little Dorrit*. Oxford UP, 2012.
Drąg, Wojciech. *Revisiting Loss: Memory, Trauma and Nostalgia in the Novels of Kazuo Ishiguro.* Cambridge Scholars, 2014.
Dunsany, Lord (Edward John Moreton Drax Plunkett, 18th Baron of Dunsany). *The King of Elfland's Daughter and Other Fantasies*. Kindle edition. Halcyon, 2014.
Eagleton, Terry. *Ideology: An Introduction*. Verso, 1991.
Fielding, Sarah. *The Governess, or, the Little Female Academy*. 5th ed. London, 1768.
Freud, Sigmund. "Mourning and Melancholia." Ed. James Strachey. *The Standard Edition of the Works of Sigmund Freud.* Vol. XIV. The Hogarth P, 1953. 243–58.
Fukuyama, Francis. "The End of History?". *The National Interest,* No. 16 (Summer 1989), pp. 3–18.
Hilton, James. *Goodbye, Mr. Chips.* Hodder & Stoughton, 1934.
Holland, Tom. "*The Buried Giant* review – Kazuo Ishiguro ventures into Tolkien territory." http://www.theguardian.com/books/2015/mar/04/the-buried-giant-review-kazuo-ishiguro-tolkien-britain-mythical-past.
Howard, Robert E. *Conan the Barbarian: The Complete Collection.* Bauer Books, 2023.
Hughes, Daniel. "Pieties and Giant Forms in *The Lord of the Rings*." Mark R. Hillegas, ed., *Shadows of Imaginations: The Fantasies of C. S. Lewis, J. R. R. Tolkien, and Charles Williams.* Southern Illinois UP, 1969.
Hughes, Thomas. *Tom Brown's School Days*. London, 1869.
Hunnewell, Susannah. "Interview: Kazuo Ishiguro, *The Art of Fiction No. 196*." https://www.theparisreview.org/interviews/5829/the-art-of-fiction-no-196-kazuo-ishiguro

Ishiguro, Kazuo. *A Pale View of Hills*. Penguin Books,1983.

——. *An Artist of the Floating World*. Faber & Faber,1986.

——. *The Remains of the Day*. Faber & Faber, 1989.

——. *The Unconsoled*. Faber & Faber, 1995.

——. *When We Were Orphans*. Faber & Faber, 2000.

——. *Never Let Me Go*. Faber & Faber, 2005.

——. *The Buried Giant*. Faber & Faber, 2015.

——. *My Twentieth Century Evening and Other Small Breakthroughs: The Nobel Lecture*. Knopf, 2017.

——. *Klara and the Sun*. Faber & Faber, 2021.

Jerng, Mark. "Giving Form to Life: Cloning and Narrative Expectations of the Human." *Partial Answers: Journal of Literature and the History of Ideas*, Vol. 6, Number 2, June 2008, pp. 369–93.

Jordison, Sam. "The Unconsoled deals in destruction and disappointment". *The Guardian*. 27 Jan 2015. https://www.theguardian.com/books/booksblog/2015/jan/27/kazuo-ishiguro-reading-group.

Kakuktani, Michiko. "BOOKS OF THE TIMES; From Kazuo Ishiguro, A New Annoying Hero." *The New York Times*. October 17, 1995. https://archive.nytimes.com/query.nytimes.com/gst/fullpage-990CE4D81738F934A25753C1A963958260.html.

LaCapra, Dominick. *Writing History, Writing Trauma*. Johns Hopkins UP, 2001.

Lacy, Norris J., ed. *The New Arthurian Encyclopedia*. Garland, 1991.

Le Guin, Ursula K. "Are they going to say this is fantasy?". Blog No. 95. https://www.ursulakleguin.com/blog/95-are-they-going-to-say-this-is-fantasy ?rq=?rq=Buried%20giant.

——. *The Unreal and the Real: The Selected Short Stories of Ursula K. Le Guin*. Saga Press, 2016.

Lewis, Barry. *Kazuo Ishiguro*. Manchester UP, 2000.

Lichtig, Toby. "What on Earth." *The Times Literary Supplement*. 18 March 2015.

MacDonald, George. *Phantastes: A Faerie Romance*. London, 1874.

Mackenzie, Suzie. "Review: Between Two Worlds." *The Guardian*. March 25, 2000.

Malory, Thomas. *Le Morte Darthur*. Macmillan, 1903.

Merril, Judith. "What Do You Mean? Science? Fiction?". 1966. *SF: The Other Side of Realism*. Ed. Thomas D. Clareson. Bowling Green UP, 1971. pp. 53–95.

Miyoshi, Masao. *Accomplices of Silence: The Modern Japanese Novel*. U of California P, 1974.

Morris, William. *The Well at the World's End*. Ballantine, 1973.

Murakami, Haruki. "Foreword: On Having a Contemporary Like Kazuo Ishiguro." Ed. Sean Matthews and Sebastian Groes. *Kazuo Ishiguro: Contemporary Critical Perspectives*. Continuum, 2009.

Noel, Ruth. *The Mythology of Middle-Earth*. Houghton Mifflin. 1977.

Nussbaum, Martha C. *Not for Profit: Why Democracy Needs the Humanities*. Princeton UP, 2010.

Nussbaum, Martha C. and Cass R. Sustein, eds. *Clones and Clones: Facts and Fantasies about Human Cloning*. Norton, 1998.

Rattigan, Terence. *The Collected Plays of Terence Rattigan*. 2 vols. Paper Tiger, 2001.

Roberts, Adam. *The History of Science Fiction*. Palgrave Macmillan, 2005.

Roberts, Keith. *Pavane*. Gollancz, 2000.

Rowling, J. K. *Harry Potter and the Philosopher's Stone*. Bloomsbury, 2015.

Scott, Walter. *Old Mortality*. Oxford UP, 2009.

Shaffer, Peter and Cynthia Wong, eds. *Conversations with Kazuo Ishiguro*. UP of Mississippi, 2008.

Snaza, Nathan. "The Failure of Humanizing Education in Kazuo Ishiguro's *Never Let Me Go*." *Literature Interpretation Theory*, Vol. 26, pp. 215–34, 2015.

Swift, Jonathan. *Gulliver's Travels*. Oxford UP, 2000.

Teo, Yugin. *Kazuo Ishiguro and Memory*. Palgrave, 2014.

——. "Memory, Nostalgia and Recognition in Ishiguro's Work." Cynthia F. Wong and Hülya Yildiz, eds., *Kazuo Ishiguro in a Global Context*. Ashgate, 2015.

Thomas, D. M. *The White Hotel*. Penguin, 1981.

Tolkien, J. R. R. *The Hobbit or There and Back Again*. 1937. Revised ed. Ballantine, 1966.

——. *The Lord of the Rings*. HarperCollins, 2007.

——. "On Fairy Stories". *The Tolkien Reader*. Ballantine. 1968.

——. *Sir Gawain and the Green Knight with Pearl and Orfeo*. Trans. J. R. R. Tolkien. Houghton Mifflin, 1975.

Whitehead, Anne. "Writing with Care: Kazuo Ishiguro's *Never Let Me Go*." *Contemporary Literature*, vol. 52, no. 1, pp. 54–83, 2011.

Wilhelm, Kate. *Where Late the Sweet Birds Sang*. Gateway, 2020.

Wong, Cynthia F. *Kazuo Ishiguro*. Third ed. Liverpool UP, 2019.

Wyndham, John. *The Chrysalids*. Penguin, 2010.

Yeats, W. B. *The Early Poetry: Volume II: "The Wanderings of Oisin" and Other Early Poems to 1895*. Cornell UP, 1994.

安藤和弘「カズオ・イシグロ『充たされざる者』——語りの歪みの考察⑴」、『中央大学人文研紀要』、第一〇一巻、二九—六〇頁、二〇二二年。

——「カズオ・イシグロ『充たされざる者』——語りの歪みの考察⑵」、『中央大学人文研紀要』、第一〇四巻、一—三三頁、二〇二三年。

遠藤健一『物語論序説——〈私〉の物語と物語の〈私〉』、松柏社、二〇二一年。

大貫隆史・河野 真太郎・川端 康雄（編）『文化と社会を読む 批評キーワード辞典』、研究社、二〇一三年。

小野寺健「訳者あとがき——カズオ・イシグロの薄明の世界」、小野寺健（訳）『遠い山なみの光』早川書房、二〇〇一年。

加藤めぐみ「幻のゴースト・プロジェクト——イシグロ、長崎、円山応挙」、田尻芳樹・秦邦生（編）

『カズオ・イシグロと日本――幽霊から戦争責任まで』、一一七―四四頁、二〇二〇年。

川端康成『山の音』、新潮文庫、二〇一三年。

曲亭馬琴『南総里見八犬伝』、岩波文庫、全十巻、第一刷、一九四一年、第二刷、一九七一年。

ジャーング、マーク「生に形態を与える――クローニングと人間についての物語をめぐる期待」、田尻芳樹・三村尚央（編）『カズオ・イシグロ『わたしを離さないで』を読む――ケアからホロコーストまで』、一九―五四頁、二〇一八年。

ジュネット、ジェラール『パランプセスト――第二次の文学』、水声社、一九九五年。

荘中孝之『カズオ・イシグロ――〈日本〉と〈イギリス〉の間から』、春風社、二〇一一年。

荘中孝之・三村尚央・森川慎也（編）『カズオ・イシグロの視線――記憶・想像・郷愁』、作品社、二〇一八年。

秦邦生「自己欺瞞とその反復――黒澤明、プルースト、『浮世の画家』」、田尻芳樹・秦邦生（編）『カズオ・イシグロと日本――幽霊から戦争責任まで』、二二一―四二頁、二〇二〇年。

武田将明「カズオ・イシグロ『充たされざる者』（一九九五）――疑似古典主義の詩学」、高橋和久・丹治愛（編著）『二〇世紀「英国」小説の展開』、松柏社、二〇二〇年。

田尻芳樹・秦邦生（編）『カズオ・イシグロと日本――幽霊から戦争責任まで』、水声社、二〇二〇年。

田尻芳樹・三村尚央（編）『カズオ・イシグロ『わたしを離さないで』を読む――ケアからホロコーストまで』、水声社、二〇一八年。

田村隆『省筆論――「書かず」と書くこと』、東京大学出版会、二〇一七年。

平井杏子『カズオ・イシグロの長崎』、長崎文献社、二〇一八年。

ホワイトヘッド、アン「気づかい（ケア）をもって書く――カズオ・イシグロの『わたしを離さないで』」、田尻芳樹・三村尚央（編）『わたしを離さないで』を読む――ケアからホロコーストまで」、五五―八八頁、二〇一八年。

森川慎也「クローンはなぜ逃げないのか――同時代の人間認識とカズオ・イシグロの人間観」田尻芳

樹・三村尚央（編）『カズオ・イシグロ『わたしを離さないで』を読む――ケアからホロコーストまで』、一四一―五五頁、二〇一八年。

山本健吉「解説」、川端康成『山の音』、新潮文庫、二〇一三年。

渡部直己『日本小説技術史』、新潮社、Kindle版、二〇一二年。

＊本書は大部分が書き下ろしであるが、
一部の章では左記の既発表論文（筆者単著）の一部を取り入れている。

第一章

「カズオ・イシグロと沈黙の文学――省筆あるいは偸聞（たちぎき）の語り」、『英国小説研究』、第二九冊、英宝社、一〇九―三四頁、二〇二三年。

「文明と闇――メレディス、コンラッドからハン・ガン、村田沙耶香まで」、『コンラッド研究』、第一一号、一―二四頁、二〇二〇年。

「分裂した日本人――マサオ・ミヨシの軌跡」、『英語青年』、第一五二巻第八号、四六五―六七頁、二〇〇六年。

第六章

「逆説としての黙示録――J・R・R・トルキーンの文学」、『宮城教育大学外国語科論集』、第四号、五二―八三頁、一九八二年。

終章

「カズオ・イシグロの文学――マジック・リアリズムと沈黙の語り」、『東京女子大学比較文化研究所紀要』、第七八巻、四一―五七頁、二〇一七年。

あとがき

　私にとって、カズオ・イシグロの作品は、繰り返し読んでも、常に痛切な読書体験になるというユニークな特性を備えている。読む度に新しい発見があるばかりではなく、自分がまたしても語り手に強く感情移入してしまっていることに気づく。しかも、その語り手はいつも何かを隠している、というか、最も大事なことを語っていないようなのだ。研究者としては、イシグロの語らない語りを解明したい、許される範囲で、つまり――そんなことがあるはずもないのだが――ある種の種明かしによって彼の作品を面白くなくしてしまう結果にならないかぎりにおいて、明瞭に言語化したいという欲求に駆られるのである。私のイシグロ研究はそのような動機に裏づけられてきた。

　最初の小説『幽（かす）かなる丘の眺め』を初めて読んだのは、私の手元にあるペンギン版が一九八七年の増刷となっているので（ペンギン版の初版は一九八三年）、その頃だった。実は、あまりに昔のことなので、どういうきっかけで読むことになったのかすっかり忘れていたのだが、二〇二三年の五月に東北大学での講演に招かれたとき、聴衆の一人、中村隆氏（現在山形大学教授）が、当時一緒に読んだことを思い出させてくれた。その頃、私は東北大学の教養部の英語教員だったが、文学部の大学院生たちがイギリス小説を読む読書会、「マラソン・リーディング」と称するものに参加していた。この読書会は、元をたどればさらに昔の一九七〇年代半ば、私が大学院生の頃、外国人教師（当時の国立大学にはそういう職があった）のイギリス人、後に東京大学に移ってかなり長く勤めたジョージ・ヒューズ氏が「ケンブリッジ式のテュートリアルをしてやろう」と自ら言い出して、正規の授業以外にボランティア的に指導することで始まったものだった。二週間に一冊、ヴィクトリア朝のマイナーな小説を読んで、英語でレポートし、ディスカッションするという、かなりきつい内容だった。その伝統が、高田康成氏（後に東京大学に転出）が東北大学文学部の助教授として赴任してきてからも続いていて、高田氏から、小説を専門としている私に、参加の呼びかけがあったのである。いろいろな小説を読んだが、中でもリチャードソンの『クラリッサ』を読んだことは、その後の私の研究の方向に決定的な影響を与えることになった。この「マラソン・リーディング」でイシグロを最初に読んだときの驚きは、今でも鮮明に覚えている。あまりにも見事な英語で書かれた、あまりにも日本的な小説だったからである。しかし、その時は、その驚きはあったものの、ちょっと風変わりな作家だなという程度の印象に過ぎず、後にノーベル文学賞を受賞することになろうとは、想像すらできなかった。

ところが、イシグロにはもう一度驚かされることになる。ブッカー賞を受賞した『日の名残り』は、日本とは全く切り離された、あまりにもイギリス的な小説だった。その語り口の見事さには舌を巻き、これは本格的に研究すべき対象だと思った。しかし、私は『クラリッサ』がきっかけとなって始まったイギリス演劇研究のほうに注力していた。なぜ演劇に進んだかといえば、イギリス小説の始祖の一人とされるリチャードソンの小説がきわめて演劇的だったからである。小説という新しいジャンルの起源は前時代の演劇にあると見定め、王政復古期からさかのぼり、ジェイムズ朝・エリザベス朝演劇、さらにテューダー朝のインタールードまで、多数の芝居を読み進めていく中で、イシグロに目を向ける余裕はなかった。イギリスの市民劇の系譜と小説ジャンル誕生の関係を追求した研究は、二〇一二年に『〈徒弟〉たちのイギリス文学――小説はいかに誕生したか』(岩波書店)として刊行されて終結し、イシグロに本格的に取り組むことができるようになった。この間、『わたしたちが孤児だったころ』は東北大学大学院の授業で、『埋葬された巨人』は東京女子大学の学部ゼミで、いずれも出版された年に取り上げていた。

約四十年近く前の「マラソン・リーディング」で出逢ったイシグロだったが、東京女子大学時代にも、やはり読書会が研究の有益な手がかりを与えてくれることになった。東京大学の武田将明氏が二〇一一年の日本英文学会全国大会で、大会準備委員として特別シンポジウム「近代小説は死んだのか?――小説の過去・現在・未来」を企画し、そのディスカッサントの一人として、私を招いてくれた。この特別シンポジウムでは、やはりディスカッサントとして招かれた芥川賞作家の平野啓一郎氏が中心となるので、大会前の事前準備として、他の二名のディスカッサント、都甲幸治氏(早稲田大学）と田中裕介氏（現在は青山学院大学）と共に、平野氏の作品を読む研究会が行われた。武田氏は、大会が終わった後も、この集まりを読書会として継続し、拡大してくれた。そこにはイギリス文学、アメリカ文学のみならず、フランス文学、スペイン語系文学の専門家が参加し、アメリカ、フランス、ラテン・アメリカの現代小説や芥川賞受賞作を主とする現代日本文学、さらには現代韓国文学、現代中国文学まで、実にいろいろな小説を俎上に上げた（外国文学のテクストは日本語訳を使用した）。芥川賞作家をゲストとして招いて話を聞いたことも複数回あった。この読書会では参加者が自由に発言した。現代文学を扱うのだから先行研究や批評に頼ることはできない。その結果、それぞれのメンバーの感性と知性がさらけ出されることになった。年齢差など何の意味もない。自分より一世代若い、気鋭の研究者たちとの、いわば真剣勝負の議論は実に刺激的だった。イシグロの『癒やされざる者たち』もこの読書会で取り上げられ、私がこの難物を理解するのに重要な手がかりとなったことは、本書一二七ページの注に記した通りである。渡部直己氏の『日本小説技術史』もここで読み、全く思いがけないことに、自分がイシグロを論じるための基本概念となる「偸聞（たちぎき）」を知ることになった。一方、東京女子大学の日本文学教員との共同研究プロジェクトでは、私が曲亭馬琴の「稗史七則」とイシグロの語りについての発表をしたところ、田村隆氏の『省筆論』があることをご教示いただいた。こうした過程を経て、本書での論述の骨格が固まっていったのである。「マラソン・リーディング」から現在に至るさまざまな読書会、研究会のメンバー諸氏に、ここであらためて謝意を表したい。

　イシグロ批評・研究の二次資料は、日本国内・国外ともに、すでに膨大な数にのぼっている。

二〇一七年にイシグロがノーベル文学賞を受賞すると、日本では、雑誌の特集も含めて、書籍や論文などが一挙に増えた。本書執筆にあたって、多くの先行批評・研究を読んだが、それでも網羅しきれてはいないだろう。そのため、自分のイシグロ論にとって重要な文献が抜けている可能性は残っているかもしれない。寡作な作家について、これほどの量の二次資料が生産されているのは、イシグロの語りが沈黙に満ちていることが主たる要因である。語らない語りであることが、多種多様な解釈を許容しているのだ。本書では、イシグロの「沈黙の語り」を、八篇の長編小説を題材として、語られずに語られていることが何かを解き明かすことに集中した。イシグロの短編小説や脚本を取り上げていないのは、自分のイシグロ論を組み立てるためには、長編だけで十分と考えたからである。先行する膨大な批評・研究に見るべきものがわずかしかなかったこともあるが、何よりも読みやすさを考慮して、注は最小限に留め、傍注とした。

筆者は『英語年鑑』(研究社)の「英語学・英米文学・英語教育各界の回顧と展望」の「イギリス小説の批評と研究」を七年間担当し、総計約二〇〇冊の書籍を読んだ。傑出した何冊かの書物に出逢えたのは大きな喜びだった。それ以外にも「まともな編集者の手が入っていれば、はるかにいい本になったのに、実に残念」と思わせられた場合が少なからずあった。その経験から、本書執筆にあたっては、プロの編集者の手を借りることが是非とも必要だと思っていた。ところが、『〈徒弟〉たちのイギリス文学』の担当であった天野泰明氏は、何年も前に退職しており、私がよく知るもう一人の編集者、研究社の津田正氏も退職してしまった。しかし、津田氏は編集室というものを立ち上げたので、編集だけでも引き受けてくださるかもしれないと思い、コンタクトしたところ、快諾していただいたばかりか、なんと、北烏山編集室では、書籍出版も手がけるという。何という幸運だろうか。そこで編集・出版を丸ごとお願いすることとなった。津田氏に原稿を読んでいただき、いろいろと示唆を受け、それに基づいて改稿を重ねた結果、著者としては満足できるものに仕上がった。津田氏に深く感謝申し上げたい。

二〇二四年一月

索引

カズオ・イシグロの作品名は独立して立項した。
イシグロ以外の著作については、
作者名の下位項目として立項した。

欧文

あ行

か行

さ行

た行

な行

は行

ま行

や行

ら行

わ行

原 英一

Hara Eiichi

1948年生まれ。
東北大学大学院文学研究科修士課程修了、同博士課程中退。

主な職歴
東北大学教養部助教授、東北学院大学文学部教授、
東北大学大学院文学研究科教授、東京女子大学現代教養学部教授。
現在、東北大学名誉教授。専門はイギリス小説およびイギリス演劇。

主な研究業績
"Stories Present and Absent in *Great Expectations*", *ELH*, Vol. 53, Number 3,
『〈徒弟〉たちのイギリス文学――小説はいかに誕生したか』(単著、岩波書店)、
『ディケンズ鑑賞大事典』(共編著、南雲堂)、
『ゴルディオスの絆――結婚のディスコースとイギリス・ルネサンス演劇』
(共編著、松柏社)、
Enlightened Groves: Essays in Honour of Professor Zenzo Suzuki(共編著、松柏社)
など。

カズオ・イシグロ、沈黙の文学

二〇二四年五月三一日　初版第一刷発行

著者　原英一（はら えいいち）

発行所　株式会社 北烏山編集室
〒157-0061 東京都世田谷区北烏山7-25-8-202
電話 03-5313-8066　FAX 03-6734-0660
https://www.kkyeditors.com

装釘　宗利淳一＋齋藤久美子

印刷・製本　シナノ印刷株式会社

ISBN978-4-911068-01-4
落丁本・乱丁本はお取り替えいたします。